京都・番組小学校の誕生

御苑に近き学び舎に

荒木 源

御苑に近き学び舎に

京都・番組小学校の誕生

荒木源

明治41年の京極尋常小学校（現・京極小学校）

○月日の記載は旧暦に依っています。一カ月遅くすれば、現在の感覚に近くなります。
○当時の時刻の表し方は、昼と夜をそれぞれ六つに分ける不定時法なので季節による変動がありますが、おおむね次のように考えてください。九つ＝零時と正午、八つ＝午前午後の二時、七つ＝同四時、六つ＝同六時、五つ＝同八時、四つ＝同十時。一刻はおよそ二時間となります。
○一町＝約百十メートル、一間＝約一・八メートル、一尺＝約三十センチメートル、一寸＝約三センチメートル。
○年齢は「数え」です。

「何やあれ」

男たちはその朝、木屋町を三条から四条に向かおうとしていた。左手に見える鴨川の河原に、黒山の人だかりができているのに一人が気づいて声を上げた。

寄ってゆくと老若男女が、興奮した面持ちで仲間同士喋《しゃべ》り合っている。「天誅《てんちゅう》やて」という言葉が聴きとれた。

血とかすかな腐臭がしてきた。押し合いへしあいする人々をかき分けた先で男たちが目にしたのは、青竹に刺して突き立てられた侍の首だった。耳を切り、鼻も削《そ》いであって、顔中に乾いた血がこびりついた風貌は、正視できたとしても誰のものだかよく分からなかっただろう。

しかし一緒にかけられていた札に、持ち主の名が書いてあった。

「島田ちゅうたら――」

島田左近《さこん》は大老・井伊《いい》直弼《なおすけ》の命を受け、京都で尊王攘夷派を取り締まった人物だ。

「物騒なこっちゃ」

男たちは首をすくめあった。

もっとも京都では、人殺しもさらし首もまるで珍しくなくなっていた。現にそれからひと月ちょっとのうちに、鴨河原には二つの首が新たにさらされ、加えて磔《はりつけ》にされた死体まで出現した。

島田に近い人物が多かったが、実は尊王攘夷派と密接と噂される者もいた。開国に踏み切った幕府を攻撃する尊王攘夷派、朝廷の力を利用して幕府の立て直しを図ろうとする公武合体派、双方が京都に勢力を送り込み、衝突を繰り返していたのだ。

そのあとも殺し合いは続いた。思想信条を賭けた闘いといっても、やることはならず者の喧嘩と変わらない。殺伐とした空気に便乗するように押し込み、追剥《おいは》ぎの類も跋扈《ばっこ》しはじめて、穏やかだった京都は、日が暮れたら女子供はもちろん、大の男も出歩くのをためらうような街になってしまった。

徳川家茂《いえもち》が将軍として二百年ぶりに上洛してきた文久三（一八六三）年、尊王攘夷、公武合体両派の対立はとうとう組織同士のぶつかりあいという形をとった。

朝廷を牛耳りつつあった尊王攘夷派の公卿を公武合体派の公卿が追放、これを会津藩や当時は公武合体派だった薩摩藩などが兵力で御所を封鎖して援護した。

尊王攘夷派の後ろ盾だった長州藩は御所を警備する任を解かれ、追放された公家たちとともに京都から脱出した。しばらくは幕府方が主導権を握る。新撰組が尊攘派の残党狩りで血の雨を降らせたのはこのころだ。

しかし翌年夏、池田屋で大量の藩士が斬られると、長州藩の捨て身の反撃が始まった。

御所に攻め入って天皇を奪おうと目論む長州藩は軍勢を京都の西南郊外に集め、夜から一斉に御所西側の蛤《はまぐり》御門に押し寄せた。

守備方の主力は前年と同じく会津、薩摩、そして桑名藩などで、長州軍に砲弾を浴びせて敗退させたのだが、その火と長州藩邸から出た火が折からの風にあおられてあっという間に広がった。

人々は運べるだけの家財道具を手に、あるいは車に積んで、死体が転がる街を逃げ回った。流れ弾に当たったりして命を落とした者もちょっとやそっとではなかった。

「どんどん焼け」と呼ばれたこの火災は日をまたいで燃え続け、御所より南の市中、西は堀川から東は寺町までを焼き尽くした。東本願寺や佛光寺《ぶっこうじ》といった大寺院も灰燼《かいじん》に帰した。

暮らしを建て直そうとあがく人々に、慶応二（一八六六）年は夏の大雨大風が追いうちをかけた。不作の中物価はうなぎ上りで、浮浪者が道々にあふれた。大坂、兵庫で打ちこわしが始まり、京都にも不穏な空気が流れる中、孝明天皇が薨《みまか》られたが、直後になんと、不倶戴天の間柄だった薩摩と長州が倒幕に向けて手を結ぶ。

さらに翌年の秋になると、名古屋で始まったという「ええじゃないか」が京都にも広まってきた。あちらでもこちらでも、神仏の御札が降ったといっては、男は女の、女は男の格好をして、憑かれたように踊り狂う人々の姿が見られた。

最後の将軍徳川慶喜《よしのぶ》が大政奉還を宣言したのはその年の十月十三日だった。さらに十二月九日には王政復古の大号令が発せられて京都の東西町奉行所も廃止されたが、慶喜追討の密勅が下ったのを知った幕府は明けた正月、軍を京都に差し向ける。薩長を中心とした軍勢とのあいだで鳥羽伏見の戦いが勃発した。幕府方は敗れたものの、この後関東、東北方面に場所を移しながら抵抗を続けることになる。

一

夏至からしばらく経ち、七月の声を聞いたものの夜はまだずいぶん短い。しかしそれも明けきらない頃合から、真如堂突抜町《しんにょどうつきぬけちょう》の三文字屋《さんもんじや》には忙しく働くいくつもの人影があった。

泰七郎《やすしちろう》が、前夜から水に浸けておいた豆を一粒かじってふやけ具合を確かめる。それを手代の庄吾《しょうご》と丁稚のうち年かさな長助《ちょうすけ》が石臼で挽く。下の音八《おとや》は、竈《かまど》に火を起こす。

「あかん、そんなはよ回したら。いつも言うてるやろ。呉《ご》がざらざらになってまう」

注意が泰七郎から長助に飛ぶ。長助は「すんまへん」と頭を下げた。臼の石の合わせ目に、生白いどろどろが滲《にじ》み出して水盤に溜まり、切れ目に取り付けた樋《ひ》から桶に流れてゆく。

そうやってできた生呉《なまご》を鍋に移して竈にかける。絶えず底からかき混ぜないと焦げ付いて全部駄目になる。やがて盛大に泡が立ち始め、もっと経つとその泡が少しさらっとしてきて、豆の甘い香りが土間じゅうに満ちる。

煮立った呉を晒《さらし》で漉すのだが、乳のような濃い呉汁を取るため、太い延べ棒を使い、四人総がかりで力いっぱい絞る。それをさらに二度漉す。

竈からの熱気や湯気をせいぜい逃がすため、表戸は開け放してある。それでも土間は風呂場のようでみな汗だくだった。

いったん冷ました呉汁ににがりを打つのは泰七郎だけの仕事だ。にがりが多すぎれば豆腐の滑らかさが失われ、しかし少ないと形を保てない。どのくらいの量がいいかは、豆の種類や新しさ、季節によって違ってくる。何年やっても緊張した。

型に流して蒸し器で改めて火を入れる。ここでも火加減には気を配らなければいけない。表面がかすかに波打つのがほどよく固まったしるしだ。蒸し器から出したものに包丁を入れる手ごたえで、狙った通りの柔らかさにできたとやっとほっとする。

切り分けた絹ごしを水に放したら、次は木綿にとりかかる。こちらは湯に生呉を混ぜ、にがりを打って直火にかける。浮かんでくる固まりを漉し布を敷いた型で絞るので、絹よりしっかりした豆腐になる。さらには昨日の売れ残りから、揚げや飛竜頭《ひろうす》も作らなければならない。

いつしか表は明るくなるのを通り越し、すでにぎらついた日差しが景色を歪めにかかっていた。店の中から見えるのは通りを隔てた民家だけだが、そのすぐ向こうに大きな屋敷が立ち並んでおり、庭に植わった高い松なども梢をのぞかせている。

三文字屋は、寺町今出川を僅かに下がる、つまり南に進んだあと、西へ入った場所にあった。帝のいます禁裏《きんり》を取り囲む公家屋敷街に町人の居住区が食い込んだような一画で、石薬師《いしやくし》御門までも一町ほどだが、蛤御門と反対側のため四年前の大火には辛うじてかからず済んだ。

土間がすっと暗くなった。

泰七郎は戸口に顔を向け、敷居を越えようとしている伊佐次《いさじ》に「生まれたんやて?」と声をかけた。

「誰から聞かはりましたん」

伊佐次が照れたように訊ね返すと、泰七郎は下御輿町《しもみこし》で伊佐次と同じ路地《ろうじ》に住んでいるおかみさんの名前を挙げた。

「ゆうべのうちに来はったわ。もちろん豆腐買いにやけど、しゃべりたいんも同じくらいやったんちゃうかな」

同じ路地すなわち裏長屋の住民なら、長屋内の出来事はどこの家の話だろうと知らずにいるほうが難しい。おしゃべり好きが一人いれば、外へもどんどん広がってゆく。

「今度は男やてか。最初が女で男、男。ええ按配《あんばい》やがな」

「はあ、まあ」

とだけ伊佐次はつぶやいて、土間の大桶に近づいた。持ってきた盥《たらい》に豆腐を移しにかかる。

子供のいない自分に対する伊佐次の遠慮を感じ取った泰七郎は、ことさら調子を上げて「めでたいこっちゃ」とその背中に言った。

「そやそや」

いつの間にか奥から出てきた泰七郎の妻、たかの声が重なり、伊佐次だけでなく、飛竜頭を揚げていた手代の庄吾や、店先の掃除にかかっていた二人の丁稚も一斉にそちらへ頭を下げた。

「あんたが来てるいうことは、赤んぼもおよしはんも元気なんやな」

「赤んぼなんか元気過ぎて、夜通し騒ぎよるもんやさかい、ちいとも寝られませんでしたわ」

「はは、しゃあないしゃあない」

たかは笑ってから「ただな、なんぼ慣れてはるいうたかて、およしはんにはしばらく無理さささんようしいや」と言った。

「大丈夫ですわ。さきももう、赤んぼの面倒くらいみよりますし」

「おさきちゃん賢いさかいなあ」

「いや、まあ」

先程と同じような返事をした伊佐次だが、今度はその顔にはっきり誇らしさが滲《にじ》んだ。

実際、伊佐次の長女であるさきは、八つになったばかりと思えないほどしっかりした子で、母親のよしが請け負った繕い物を取りに行ったり、届けて代を貰ったりするこみいった用事もきっちりこなした。たかはそんなさきを我が子のようにかわいがって、何かにつけて三文字屋に顔を出させるよう仕向けていた。

「それでもや」

たかは真顔に返り「おさきちゃんはおさきちゃんとして、今日ははよ帰りよし」と言った。

「はよ帰れて、そんなん売れ行き次第ですがな」

「今日も暑うなりそや。冷奴食べよ思てる人、ようけおるわ」

再び泰七郎が話に加わってきた。

「お祝いに今日は半値で卸すわな」

「ほんまですか。そらおおきに」

伊佐次は現金に顔をほころばせ、水を張った中に豆腐を泳がせた二つの盥に蓋をすると、上に木箱を乗せて天秤棒の両端に括《くく》りつけた。箱には飛竜頭や揚げが入っている。

これを担いで、朝夕家々を回るのが伊佐次のなりわいだった。泰七郎の「三文字屋」はもちろん奉公人たちも振り売りに出すが、別に伊佐次に品物を卸して商売させていた。

「きりのええとこまでいったらご飯にしよか」

伊佐次を見送ってたかが言った。男たちが売り物を作っているあいだ、たかは奥で食事の支度や掃除にかかっていたのである。

「ああ、そうしよ」

ほどなく男たちは、番に音八だけを残して通り庭から奥に向かった。店のと別にそちらにも竈があって、そこでたかが食事を作る。

三人の男が板の間に上がってめいめいの膳の前に座った。奉公人を主人と同じ席につかせる家は珍しいが、泰七郎はずっとそうしてきた。膳に載っているのは飯と味噌汁、胡瓜のどぼ漬け、汁の実はもちろん豆腐と揚げだ。

せかせかと食べ終えた長助が「ごっそさんでした」と手を合わせて膳を下げ、店に戻った。入れ替わりに音八とたかが一緒に板の間に加わる。

庄吾が立ち上がり、ほどなく音八も続いた。たかは大きな土瓶に淹れた茶を湯呑に注いで泰七郎の前に置いた。

「おおきに」

泰七郎が茶をすすった。茶といっても、切り落としの葉を揉まずに使った煎《い》り番茶である。冷めても味が変わらないので、たくさん淹れておいて少しずつ飲む。

湯呑を手にしたままぼんやり宙を眺めている泰七郎に、たかが「今日も寄合どしたかいな」と言った。

「せやね。羽織出しといてくれるか」

泰七郎はつぶやいて、湯呑を床に置いた。

「暑いのに、難儀どすな」

「ほんまや」

「こないしょっちゅうやとは思いませせなんだな」

「いっつもちゅうわけやないんやろけど——何せ御一新《ごいっしん》やさかい」

新政府が奉行所に代えて京に置いた役所は場所も呼び方もくるくる変わったが、四月以降「府」の名前が続いている。その府が、何を思ったか市中の町組《ちょうぐみ》を組み直すと言いだした。

いくつかの町がまとまりになったのが町組だが、近所同士だけでなく、さまざまな行きがかりで時間をかけて成り立ったものだから、組み直しなど誰一人考えたこともなかった。

そもそも徳川《とくせん》の世にもずっと、町組のことは町組に委ねられてきた。逆に町組のほうが、奉行所が手足として使っていた町代の横暴を改めさせたくらいだ。

だからはじめ町組側は、適当にあしらっておけばいいくらいのつもりだった。しかし府が組み直しの仕方を具体的に示してきて、それほど簡単にはいかないのが分かった。

返事の仕方を考えなければと、ここ真如堂突抜町が属する禁裏六町組や、禁裏六町組内の小組である塔之段毘沙門七町組でも寄合がひんぴんと開かれている。たまたま年番に当たっていた真如堂突抜町の年寄として泰七郎も出ないわけにいかない。一町の意見をまとめるにもやはり寄合が必要で、そちらは自分で仕切ることになる。

一方府は先だって、各町に年寄を含め三人の「議事者」というものを選ばせていたが、各種の事務仕事に加え、府から寄せられる細かな問い合わせに答えるのも議事者の仕事で、これまた泰七郎を忙しくしている。

「とはいえ、何もかんもいっぺんに変えられるわけはあらへんわなあ」

さっき自分で言ったことを打ち消すように泰七郎はつぶやいた。

「どないな世の中になったかて、お豆腐《とふ》はお豆さんからしかできしませんやろな」

「そういうこっちゃ。京のこと知りもせえへん長州が、調子乗って騒いどるだけや」

無意味な騒ぎに付き合わされていると思うといよいよ阿呆らしくなる。

寄合は暇を取られるだけでなく、ものいりなのだ。町内の寄合でも酒とちょっとした料理を用意しなければならない。禁裏六町組全体のそれとなれば定められた作法があって、年寄たちは豪勢にもてなされる。しかし負担は結局各町に割り振られるから、貧乏町から出席する年寄は楽しむ気分になど到底なれない。

「せやけど、徳川がこないになってしまうちゅうのも、誰も夢にも思わんことどしたさかいな」

今度はしかし、たかのほうが議論を元に戻すかの言葉を口にした。それもうなずくほかない事実だ。朝廷さえ思うままにしてきた幕府に田舎大名が牙を剥き、負かしてしまったのだ。幕府につくいくつかの藩がまだ官軍と戦い続けているけれど、北へ北へと押しこまれて、決着がつくのは時間の問題らしい。

京に住む身として、帝の御代が戻ったのはもちろん喜ばしく、誇らしく感じられる。禁裏に近く、さまざまな御役も務めることが多い町組にいるのだからなおさらだ。

にもかかわらず泰七郎は新政府の連中に胡散臭さを感じていた。

特に長州だ。禁裏に銃口を向けた罪は、どんな理由だったにせよ弁解のしようがない。勤王、尊王が聞いてあきれる。京には長州贔屓《びいき》が多くて、どんどん焼けも火をつけたのは会津だなどという。しかし長州が先に手を出さなければ何も起こらなかったはずなのだ。

先立つ血生臭い事件の数々も、長州が起こしたものが多かった。その人斬りたちが今は何くわぬ顔で役所にふんぞり返っている。府にも送り込まれた。

結局のところ自分が力を得るために帝をダシにしただけではないか――。

考えが逸れてしまった。もともとは町組も変わってしまうのかという話だった。何にせよ泰七郎は府の役人たちの思い通りにさせたくないのである。

「ごっそさん」

湯呑から手を離して泰七郎は立ち上がった。

長助が振り売りに出たので、店では庄吾と音八が夕方売る分の豆腐の仕込みにかかっていた。

泰七郎は呉を絞るのを手伝い、その具合を見てにがりの打ち方を頭に描いた。寄合の前にあれもこれもやっておかなければならない。自分が出ているあいだの指示だって、きちんと言い含めなければ、奉公人たちは思いもかけない粗相をしでかす。

早く商売に専念したかった。しかし表通りに自前の家なり店を構えるのは「町衆《ちょうしゅう》」としての務めを負うことでもある。阿呆らしくとも、寄合をいい加減にするわけにいかない。はやく世の中が落ち着いてほしいが、そうならなくても年寄の年番さえ明ければ、今のような雑事からは解放されるだろう。

あと半年の辛抱だ。

二

ひと月ほど経ったある日のことだった。

柳馬場六角下ルにあるさほど大きくはないが瀟洒な数寄屋門を構えた屋敷に、しゃっきりした身なりの男たちが一人、また一人と消えていった。

門も建物もまだ木の香りがするほど新しいのは、どんどん焼けで更地になった跡に建て直されたからだが、京都人のしぶとさを示しているようでもあった。

五十手前くらいに見える、胸まで届きそうな鬚《ひげ》を蓄えた人物が今座敷に入ってきたのに、こちらはもっと歳上だろうか、総髪にした屋敷の主人、絵師の森寛斎《もりかんさい》が「や、御苦労」と声をかけた。

「なんの。今が頑張り時でっしゃろ。宿願をかなえるため思うたら、何でもないこっちゃ」

答えたのは、門弟の数およそ三百と、京都でも指折りの手跡指南所「篤志軒《とくしけん》」を主宰している西谷良圃《にしたにりょうほ》だった。

座敷にはすでに、森と同じ絵師の幸野楳嶺《こうのばいれい》、近所の書林「平野屋」の店主である遠藤茂平《えんどうもへい》、熊谷直行《くまがいなおゆき》らが集まっていた。熊谷は香や筆墨、紙などを商う「鳩居堂《きゅうきょどう》」の若旦那だが、父親の直孝《なおたか》は学者を招いて私塾を開き、自らも読み書きを教えた。

「普魯西《プロシア》では、獄屋の中にまで学校があるちゅうやろ」

「恐れ入る話ですわな」

遠藤と幸野が語り合っている。

「確かに恐れ入るけど、いつかこっちでそういうことできるようになったらな、咎人《とが》もええけど辻君《つじぎみ》の学校作るんがええんちゃうかてわし思うてるねん」

「ほう」

「辻君が春をひさいどるんは、ほかに食うてく道がないさかいや。泥棒やら追剥ぎと同じこっちゃ」

「なるほど、国を豊かにするためには、そういう者《もん》らの暮らしから変えていかなあかん、そのためにはまず性根を変えてやらなあかんちゅうことですな。そらまこと、理に適うてますわ」

普魯西うんぬんというのは福沢諭吉《ふくざわゆきち》の「西洋事情」の一節であった。

二年前に刊行された「西洋事情」は、福沢が実際にアメリカ、ヨーロッパで見てきた文物、制度を紹介した書物で、大きな評判をとっていた。

中に「学校」という項目がある。

「西洋各国ノ都府ハ固《もと》ヨリ、村落ニ至ルマデモ学校アラザル時ナシ」

「学校ハ政府ヨリ建テ、教師ニ給料ヲ与ヘテ人ヲ教ヘシムルモノナリ。或ハ平人ニテ社中ヲ結ビ学校ヲ建テ、教授スルモノアリ」

「人生マレテ六、七歳、男女皆学校ニ入ル」

「貧人、其子ヲ教ル事能ハザル者ハ、一種ノ学校アリテ学費ナク教ヲ受クベシ」

ここにいるのは、かねてから時代に対応した教育の場を京都に創る志を抱いてきた者たちだった。森から声をかけられ、それがどんなものであるべきなのか研究を重ねてきた。「西洋事情」は手がかりとして大いに頼りにされた。

無論、京都には前からたくさんの寺子屋や私塾があって町人の子弟に読み書きや算盤《そろばん》を教えている。その数は、住む者の数に対すれば江戸を上回るとも言われ、日本でおそらく一、二の水準だ。

しかしそれらは公の運営にかかるものではない。日本全体を見ると幕府や藩の学問所があるが、元服ごろ以上の士分の者を対象に、高度な知識を与えるところだから性質が違う。

寺子屋や塾で、師匠に謝礼を払うのは言うまでもない。入門する時には別に束脩《そくしゅう》と言われる金を求められるし、机やほかの道具も買い整えなければならない。富裕とまで言わなくとも、あまり貧乏では子供を通わせるなど無理だ。

森の屋敷に集う者たちは、それではいけない、西洋で行われているらしい、学校の制度を取り入れるべきと考えた。

中でも西谷は、実際に指南所を経営している経験から、改革の必要を痛感していた。

「学問なんか何の役に立ちますのや。そんなもん知らんだかて、暮らしてくんにちいとも困らしませんわ」

ある時、近所の男にそう面罵された。男は路地に住む日雇いの役夫だった。男の子供は、みな小さいうちから奉公に出されていた。

金があるのに同じようなことを言う者もいた。子供が嫌がるからと寺子屋に行かせず、気ままに遊ばせた。挙句、子供は飲む打つ買うで身を持ち崩し、身上を潰してしまった。

どちらも、まず親が教育を受けていないところが同じだった。誰もが教育を受けるという決まりと場所があれば、こんなふうにならない。

実生活上、読み書き算盤が有用な技術なのは論を待たないが、西谷はさらに、人の生きてゆくべき道を幼いうちから教えることが大切と考えた。

親に孝行し、主人に忠実に仕え、友人と信頼ある付き合いをする。礼儀を大切にして自分の才知を高めるよう努める。そういった教育がゆきわたれば、世の中の乱れも自ずから正されるはずだ。政治は、民の心を映す鑑なのだから。

一刻も早く学校を作らなければならない。

西谷はすでに昨年、二度にわたって、すべての男女幼童が等しく通える「勧学教導所」を公費で建設すべしと、奉行所に建白文を出していた。雨具を備え付けることまでわざわざ言及して、無償にこだわった。

残念ながら奉行所からは何の反応もなかった。当然だったかもしれない。ほどなく奉行所そのものがなくなってしまったのだから。

しかし潮目は変わった。

勢力を揺るぎないものにしつつある新政府は、西洋風の導入に熱心だ。あんなに激しく攘夷を唱えていたのにという気がしなくもないが、とりあえず置いておこう。

実を言うと西谷たちを集めた森は、かつて長州藩の禄を食《は》む身だった。今でこそ画業に専念しているが、勤王志士を匿《かくま》ったり、金や兵糧《ひょうろう》を都合したりといったことを熱心にやっていた。公武合体派の公卿に御所を追われた三条実美公が長州に逃れる時も手を貸したそうだ。熊谷直行の父、直孝もずいぶんかかわったらしいが、いずれにせよこの集いにはそういう方面とのつながりがある。あるどころか――。

「広沢《ひろさわ》さん、まだでっしゃろかいな」

熊谷直行がつぶやいたのに応えるように訪《おとな》いの気配があった。

「遅うなりました」

頭を下げながら襖を開けたのは、歳のころ三十半ばといったあたり、痩躯に黒羽織と縞の袴まできちんとまとった男だった。

「合議が長引きまして。走って参ったのじゃが――」

走ったというがどこからなのだろう。府庁なら御池の神泉苑そば、以前の東町奉行所の跡だからまだしもだが、御所からとなるとそれなりの距離だ。しかし男は汗一つかいていない。

この広沢兵助《へいすけ》＊1は長州藩士で、薩摩の大久保一蔵《おおくぼいちぞう》＊2とともに朝廷から倒幕の密勅を受け取った御一新立役者の一人だ。現在は国の政《まつりごと》を司る太政官の参与という重職につきながら、京都府御用掛を兼務しており、公家出身の知事、長谷信篤《ながたにのぶあつ》をたすけて府政を引っ張る立場にある。

この広沢に、長州時代から面識のあった森が西谷らを引き合わせる形で集いが始まった。広沢はいつも出席者の話にじっと耳を傾け、後で控えめに自分の意見を述べた。

何もかもに賛成してくれたわけではない。

例えば「西洋事情」には、六、七歳から七、八年間「小学校」で様々な学問の基礎を身に着けたあと、「大学校」でより専門的な教育を受ける仕組が説明されていたが、広沢は「少なくともすぐには出来申さぬ」とはっきり言った。咎《とが》人のための学校などもちろん問題にならなかった。

＊1 後の広沢真臣《さねおみ》　＊2 後の大久保利通《としみち》

やはり「西洋事情」が紹介している、学校に広い「遊園」を併設し、子供を走り回らせたり、柱を立てて登らせたりして身体を鍛えるというくだりには苦笑いするばかりだった。西谷にはこの上なく大事な、親の負担をなくすることについても「一切となると――どんなもんじゃろう」と口を濁した。

しかし、誰もが通う初級の学校を京に造るという根本の一点で、広沢は西谷たちと異なるところがなかった。部分部分に渋い見解を示すのは、その一点を絵空事にしないための現実的な方策を役人の目で探っているからだろうと思われた。

西谷は今度こそ、の手ごたえを感じていた。だから「今が頑張り時」と言ったのである。

広沢を交えた集いを重ねるうち、出席者たちの考えは次第に落ち着くところに落ち着いてきた。建設すべき小学校の数、大きさ、建設及び運営費用の捻出法、何歳くらいの子供にどんな内容を教えるか、教師にどんな人材をあてるか、等々について大まかなありようが見えてきたのだ。そして前回は、広沢が持ち帰って役所で相談すると引き取ってお開きになった。

今日広沢は、いや府は何を語るのか。

固唾を呑んで自分を見つめている面々を、広沢は穏やかに眺めわたした。

「実はそれがし、爾後《じご》はこちらへ伺えなくなるやもしれませぬ」

ええ、という声が一つならぬ口から洩れた。

「そらまた、何でです」

急き込んで訊ねたのは森だった。森にもこの話は思いがけなかった。

「まさか、府はお取り上げにならはらへんと――」

茫然とした様子で熊谷が言ったのに、西谷の思い詰めたような声がかぶさる。

「常々申し上げておりまするが、小学校建設の儀は、どうあっても成し遂げねばならんことです。何とぞ今一度、長谷知事に御取次を願います」

「ご心配召さるな」

広沢は微笑んだ。

「長谷殿にはすでに話を通しちょります。ぜひ進めるようにとの仰せでござる」

今度のどよめきは、歓喜のそれだった。おさまるのを待って広沢は続けた。

「しかし、それがしが直接関われるのはここまで」

「東京《とうけい》へでも行かれるか」

先月江戸から改められたばかりの名前を森は口にした。幕府は瓦解したが、その地の重要性は変わっていない。改名の詔書は、京都に匹敵する場所として、東京でも帝が政を行う旨を明らかにしていた。

大「坂」が大「阪」になってもどうということはないけれど、東京は正直、京都としては面白くない。新政府が東京の陣容を強化するのは止められないだろう。広沢もその一員になるのか。

広沢は「それは今のところ何とも分からんですが」とだけ答えた。

「しかし、少なくとも当面は京にいはるいうんやったら」

すがるようにつぶやいた熊谷に、広沢は首を振ってみせた。

「国にしても府にしてもやらにゃならんことが多すぎるのです。それがしのような非才非力の者にすべては見切れません」

「広沢さんともあろうお方がそんな――」

「ともかく、先に言い合わせたようにことを進めて参りたい。実行となればまた細々した障りが出てきましょうが、よろしくお頼み申します」

広沢は、一同を見回した視線を西谷の上で止めた。

「西谷殿」

「はい」

なお声が硬い西谷に、広沢は「小学校の在りようを書面にしたためて府に差し出して戴きたい」と言った。

「それは広沢様がご存じやないですか。知事にもお伝えにならはったと――」

「皆さんから出た考えであることをはっきり示しておくことが肝要です。春に御上が明らかにされた御誓文に『万機公論ニ決スベシ』『上下心ヲ一ニシテ盛ニ経綸ヲ行フベシ』とある通りです。京都に議事者の制を整えたのが例えばその現れ。我らも範を示さねばなりません」

「なるほど」

膝を打った西谷だが、まだ躊躇するふうを見せた。

「私はすでに二度の建白をしております。相手が奉行所やったとはいえ、歯牙にもかけられへんかった者が――」

「さればこそ、西谷殿の熱意が証されようというもの」

そして広沢は「時代は変わりました。『建白』はいささか古式な感じもしますから、『口上』とでもなされてはいかがか」と付け加えた。

西谷は再び深く頭を下げ「承知いたしました」と言った。

次に広沢が遠藤のほうを向く。

「遠藤殿からも、別に書面を頂ければありがたい。一つより二つ。民意の広がりを証するものになりましょう」

「もちろんやらせてもらいますけど」

遠藤は鷹揚に答えてから「わしは古式ですさかい、建白書でよろしか」と笑いを誘った。

「遠藤殿にお任せいたします」

広沢も笑いながら立ち上がった。

「慌ただしくて申し訳ござらんが、それがし、これにて失礼致す」

「ちょっと、広沢さん」

それを幸野が引き止めた。

「付き切りになってもらえへんのはよんどころないと観念しましたけど、あとは全部私らでやれて言われたら心細いですわ。時々は頼らせてもろてよろしいんでっしゃろ」

「それがしが頼りになるかどうかはともかく、必要な時はもちろん」

謙虚な言い回しながらうなずいた広沢は「それがしの仕事を分け持つ者も近々参る手筈になっちょります。学校については、その者が主にお手伝いいたすでしょう」と付け加えた。

「どなたか、もう分かっておるんですな」

森がはずんだ声を上げげた。

「いや、まだそこまではいっちょらんのですが、木戸《きど》さんによく頼んでありますから、心丈夫でいて下さい」

「おお、木戸さんに」

確かに、長州の棟梁と目され、さっき広沢が触れた五箇条の御誓文を策定するにも深く関わったといわれる木戸準一郎《じゅんいちろう》*が動いてくれるなら間違いはない。広沢と木戸の近さもよく知られていた。広沢が京都に来たのも木戸の差配だった。

「では」

改めて一同に会釈して、広沢は座敷を出た。門をくぐり、通りを足早に歩きながら、その頭は、これは自らやり遂げると思い定めている問題へ向かっていた。

学校をいち早く造るのも、民の声を聴きいれる形を整えるのも、まずこの街を動かす仕組みを

*後の木戸孝允《たかよし》

構築してからでなければ達成できない。

京都では町衆の自治組織が東京や大阪にもないほどの力を持っている。うまく利用すればいいのだけれど、陋習《ろうしゅう》に囚われた今の状態では何かと不都合が多い。

「簡単でないのは分かっちょったが――」

広沢は独りごちた。

「町役の尻を叩き続けるしかないな」

三

町組の組み直しをめぐる動きは、一気に慌ただしくなった。

七月十日、府は各町組の代表者を呼び出し、組み直しの断行を通達してきた。今の町組の規模がまちまちで地理的にも分散している例が多いのを改め、「近隣のおよそ二十町を一組に組み合わせて小組とし、一番二番の数をもって上京何番組、下京何番組と唱える」が要諦だった。

五月に内示された時とまったく同じである。町組側からは現在の各組の成り立ちにそれぞれ事情がある旨を縷々《るる》説明してきたのに、無視されたわけだ。しかも盆を挟んだ十日後に新しい組み合わせを届けることを一方的に決められた。

禁裏六町組は八十町からなっている。単純に考えて、四つに分けなければいけない。

盆などすっ飛んでしまった。

大雑把に言えば、公家屋敷街を含む広義の御所の四方が禁裏六町組ということになるが、場所ごとに雰囲気はかなり違う。

歴史が古いのは、禁裏の西側に接し、かつ一条通以南の町々だ。「六町組」の名も、この地域にあった六つの町でもともと組が結成されたことから来ている。由緒正しい土地柄であり、御用達を務めるような大店《おおだな》も多い。

後から開けた土地が順次組に加えられていったけれど、格下の感じは否めない。特に禁裏の東北にあたる一帯は歴史が浅く、「出町《でまち》」という呼ばれ方からも分かるように、京の端っこである感じが強かった。実際、寺町今出川の角は、豊臣秀吉が洛中を囲んで築かせた土塁「御土居《おどい》」の「大原口」になっている。大原やその先の若狭、近江方面からの玄関口という役割はあるものの、経済力は低い。街並みも十分に整備されず、野っぱらや藪に近いところが残っている
そういう地域だけを切り離して組にしたところで、求められる各種の負担に耐えられるのかという懸念が出てくる。一方で由緒ある地域のほうでは、格下に見ていた町々が、対等であるかのように独立した組を作るのが面白くない。

もう一つ、禁裏六町組は名前の通り禁裏に直属して御殿の修理などの御用を勤め、上京にも下京にも属さない特殊な町組だった。しかし府は新しい「番組」にそのような例外を認めるつもりがない。これも禁裏六町組にとって、権利の縮小を意味するものに思われる。

要するにみんな今のままがよかった。断固反対すべしとの声が相次いだが、いざとなると府のしっぺ返しが怖い。

責任を押し付け合ううち時間切れになってしまった。結局抵抗らしい抵抗はできず、最も由緒正しい町々がひと組を作り、そこに入らなかった禁裏西側の町を集めてもう一つ、禁裏の南側で一つ、出町周辺も一つとして届け出た。上下京からの独立の件は、配慮してもらえるよう別に願いを出した。

府はいったんこれを受理した。しかし八月半ばになり、上京全体を統括する町役であるとして、それまでの「大年番《おおねんばん》」を改める形で設けられた「大年寄《おお》」が、独立に関する願いを取り下げるよう伝えてきた。組み直しの後は、上京に所属せよということだ。

またまた寄合である。

「御所にお仕えするちゅうのは、やっぱり譲ったらあかんとこいう気がするんや」

上座に陣取る恰幅のいい男が呻くように言った。禁裏の西側にして一条以南にある町の一つ、烏丸頭町《からすまかしら》の年寄だ。

寄合に使われているのは、烏丸頭町からほど近い花立町《はなたて》のいつもの貸席で、八十人の年寄が一同に会して余裕のある大広間だった。

「わてもそう思う。なんちゅうたかてわてら――」

同じ並びの七、八人離れた席から声が上がったのを、二人の真ん中あたりにいた男が「そんなことは誰かて分かってますがな」と制した。

「町の組み合わせ自体は取りあえずあれでええことになったんや。どうせ聴きいれてもらえへん文句つけて、全部ひっくり返されたらどないしますね」

「そやわな、やっぱり怖いわな」

最初の男がため息をつく。すると今度は割って入ったほうが一転「お気持ちはよう分かるんどす」と慰めるように言った。髷《まげ》に白いものが目立つこの年寄も近所の鷹司殿《たかつかさどの》町から来ている。

「組み合わせ以上に、わしらの根っこのとこに関わる話ですわなあ」

「悩ましおすなあ」

「ほんまに切ない」

人の言うことにすぐくっついてゆくのは、まさに地元、花立町の年寄だ。

背格好、歳のころはそれぞれだけれど、上座の男たちは揃って上等の絽《ろ》を着ている。大店なら火難もあっさり乗り越えられるということだ。自分の綿の羽織の袖口を捏《こ》ねながら、泰七郎はすっかりうんざりしていた。

何度目の蒸し返しだろう。どうにもならないのは分かっているのに、未練断ちがたく、ぐずぐず時と金を無駄にしている。それでも、格の高い町々が踏ん切りをつけてくれるまで寄合は終わらない。

一方でもちろん泰七郎も、府のろくでもない思いつきを呪わしくは思っている。

禁裏六町組はまだましなほうかもしれない。

他所では、町の格の違いが「親町・古町」「枝町・新町」という形で制度化され、前者が後者を完全に支配してきた。今度の府の通達には、その別をなくすと書いてあったから大変だ。これからどう付き合っていけばいいのかとお互い途方に暮れているらしい。飛び地など地理的に複雑な組も多い。「親町・古町」が「枝町・新町」を組に引き入れた過程が複雑だったからだ。

府を牛耳っているという長州の連中への怒りが改めて湧いた。

長州の言うままに町組を脅しつけてくる、大年寄たちも負けず劣らず腹立たしい。本来町組の代弁者であるはずだ。どうしてそんなに長州にすり寄るのか。新しい権力者と結んでうまい汁を吸うつもりなのだろうか。それが商人としては当然の振舞いなのかもしれないが——。

せめて薩摩が府に来ていてくれたらと、泰七郎は考えたりする。

薩摩は御一新前から出町と縁が深かったのである。出町に隣り合う、今出川御門北側の一帯を買い取って藩邸を建て、近所の髪結いでよく西郷吉之助《さいごうきちのすけ》＊を見かけたという。大久保一蔵など、出町の中と言っていい扇町《おうぎ》に屋敷を構えていた。

彼ら相手なら多少こちらの意を通せたかもしれない。せめてうまい汁を吸う側に回れたかもしれない。しかし御一新後、西郷、大久保も京都にいるものの国のことにかかりきりだった。府に送り込まれたのは広沢兵助をはじめとする長州関係者だ。長州は昔から、木屋町あたりの盛り場を根城にしていて、出町どころか禁裏六町組の周辺にはあまり寄り付かなかった。

＊後の西郷隆盛《たかもり》

蛤御門に攻め寄せてきた時くらいのものだ、と思い返してまた嫌な気持ちになる。

やっとこさ大年寄の要請通り願いを取り下げる申し合わせが成立し、泰七郎が花立町を後にしたのは暮れ六つをかなり過ぎたころだった。

空は見るまに黒くなってゆく。ここまで遅くなると思っていなかったので灯りの備えもない。しかし貸席の門の外では、家ごとに掲げられた白い提灯が柔らかい光をあたりに投げかけていた。これなら追剥ぎに襲われる心配はあるまい。

豊かな地域だからというわけではない。確かにこちらのほうが数は多いけれど、今なら、出町でも至るところに同じ提灯が見られる。

白い紙に黒々と浮かび上がっているのは「御霊神社《ごりょう》」の字だ。

禁裏から相国寺《しょうこくじ》を越えた先に位置する上《かみ》御霊神社は、禁裏周辺の北半分から洛外の小山郷《こやまごう》までを氏子に持つ。本殿は御所の賢所《かしこどころ》を移築したものであり、帝もしばしば勅使を遣わされる大きな神社だ。

京に都が移されてまもなく疫病が広まったのを、桓武《かんむ》天皇の弟で、藤原種継《ふじわらたねつぐ》暗殺事件にかかわった疑いをかけられて淡路に流される途中亡くなった早良《さわら》親王らの祟りだとして、お慰めするために御霊会《ごりょうえ》が開かれたことに起源があるそうだ。

応仁の乱の始まりが、境内で戦われた管領家、畠山《はたけやま》一族の御家騒動だった話もあり、御霊、怨霊の類が多くいらっしゃるのは間違いないだろうが、今、辺りには人家と田園が混じりあった穏やかな風景が広がっている。建物などもちろん凛とした佇まいだけれども、傍で子供たちが相撲やめんない千鳥に興ずる、人々の憩いの場でもあった。

その上御霊さんの祭が始まっている。七月十八日には神様を移した神輿《みこし》が御旅所《おたびしょ》の中《なか》御霊社へ向かう神輿迎《みこしむかえ》があった。

神輿が上御霊神社へ戻ってくる御霊祭は八月十八日。五日後に迫っている。しかし盆同様に、泰七郎は祭にも思いをはせる余裕がなかった。

こんなことではあかんなあ。

胸のうちでつぶやいてため息を漏らしたのだったが、ふと、これから神輿を拝んでこようと思いついた。ないがしろにしてしまった埋め合わせをしたかったし、もろもろの面倒事を何とか収めてほしいと頼みたくもあった。

中御霊社は花立町からだとほぼ真東だが、間に挟まっている御所を南北どちらかから回らなければならない。北回りのほうがやや近いが、来た道と同じではつまらなく感じて、泰七郎は烏丸を下がった。公家屋敷街に沿って丸太町を左に、次は寺町をまた左に曲がる。そのあたりは同じ時期に祭りをやっている下《しも》御霊神社の氏子地域で、上御霊のそれより少し丸っこい提灯が出ていた。

やがて右手に鳥居が見えた。小ぶりな鳥居だが、今は神様をお迎えしているわけで、ひときわ立派な提灯が両側に掲げてある。鳥居をくぐった先に屋根のついた舞台があって、二つの神輿が並んでいた。いずれも上御霊神社のものだ。下御霊神社は百年以上前から御旅所を使っていないと聞いている。

燈明に浮かび上がるそれらはほとんど同じ形で、朱雀、青龍、白虎、玄武を描いだ胴の周りに簾《すだれ》のような金飾りが垂れかかっていた。さらに金の鳳凰が、金張りの屋根の天辺で羽を広げる。

きらきらしいのもそのはず、二つとも帝がお乗りになっていた鳳輦《ほうれん》を神輿に作り直したものだ。屋根に散らされた菊の御紋が証である。一つは後陽成《ごようぜい》帝が、もう一つは後水尾《ごみずのお》帝が寄進されたとのことだ。

思わず見惚れてしまったが、忌々しいことに、長州がらみの面白くない記憶もよみがえってきた。蛤御門に長州が攻めてきたのは神輿迎の翌日である。御霊祭を予定通りに行えず、神輿は九月の四日まで御旅所に留められた。

さらにその前年、文久三年の出来事は泰七郎により強烈だった。三条実美《さんじょうさねとみ》公らが長州と共に落ちた騒動だ。こちらは御霊祭の当日、八月十八日未明。御霊神社の祭りはよくよく長州と悪縁がある。

あの日三文字屋は休むことになっていて、奉公人たちも里に帰していた。ゆっくり眠っていられるはずだった泰七郎だが、普段でも起き出さない頃合に夢を破られた。表から、がしゃがしゃと鉄が触れ合う、重くしかも慌ただしい物音が響いてきたのだ。

何事かと屋根裏へ上がって虫籠窓《むしこまど》に顔を押し当てると、月明かりの中、武装した大勢の兵が石薬師御門のほうへ駆けてゆくのが見えた。

泰七郎は転がるように階段を降りた。

「どないしたん？」

寝ぼけ眼のたかに「しっ」と指を口に当ててみせ、見たものを説明した。戸には二重に心張り棒をかませ、その前に土間にあったものを手当たり次第積み上げた。それからは身を縮こまらせて震えていた。家から一歩も出ず、用意していた御馳走もほとんど喉を通らなかった。

後で分かったことだが、門に向かっていたのは薩摩などの藩兵で、長州の動きを封じるために先手を打ったのだった。御所の九門が固められた中、反長州の宮様や公卿たちが三条公を押し込め、役職を解いた。

それでも上御霊神社は、神輿をなんとか巡行させようとしたそうだ。いつもの年なら神輿は今出川御門を通って禁裏に入り、禁裏の朔平門《さくへい》前で帝の御覧にかかるのである。だが後から参内を命じられた諸藩の者たちを含め、兵は夥《おびただ》しくなる一方で、御旅所を出るのもままならない。とうとう諦めた。この年、神輿が上御霊神社に戻ったのは九月十八日だった。

祭だけではない。

あの騒動で暮らしをめちゃくちゃにされてしまった者もいた。泰七郎は少し考えて、その女の名が「ふさ」といったのを思い出した。

時々豆腐を買いに来た。振り売りも使ってくれるそうだった。大人しく、路地住まいにしては品のある女だった。

三条公のお屋敷に奉公したことがあったからそうなったのだろうか。やはり三条公の馬係だった男と結ばれて、夫のほうはその後も勤め続けていた。子供が一人いたらしく、つましいながら睦まじい暮らしぶりがうかがわれた。

しかし夫は、京から落ちる三条公のお供を仰せつかった。役目柄仕方ないことだったが、女子供まではとても連れていけなかった。

幼な子ととり残されたふさは、じきに公がお戻りになると考え、あるいは亭主だけでも帰ってくると思っていたようだったけれど、消息もないまま時が過ぎた。ずいぶん豆腐を買いに来ないのを泰七郎が不審がっていたら、家賃さえこと欠くようになって夜逃げしたと庄吾が路地で聞いてきた。

その先は誰も知らない。どこかで野垂れ死んだというのが一番ありそうだ。追剥ぎが、奪うものもないのに腹を立てて殺したかもしれない。

幕府におもねることを拒み続け、復権した後、新政府の重鎮として江戸を治めていらっしゃる三条公のお屋敷は、石薬師御門のすぐ南にある。昔はちょくちょくお姿もお見かけして、出町の住人には親しい存在だ。

長州を頼られたのも、ほかに手がなかったからだろうけれど——。

三条公が今や神のようにあがめられていらっしゃるのが、泰七郎には皮肉に感じられてならない。ご立派なお考えでなさったことだとしても、上《うえ》つ方《かた》の争いに巻き込まれて、酷い目に遭うのは下々だ。自分だって、一歩間違えればふさのようになったかもしれない。

せめてこれからは、泣かされる者が出ない世になってもらいたい。でなければ御一新など虚しい。袂を探って掴みだした銭を数枚賽銭箱に投げ入れた泰七郎は、神輿の前で手を打ち、頭を垂れた。

御旅所を出るとそのまま寺町通を上がってゆく。蘆山寺《ろざんじ》、清浄華院《しょうじょうけいん》、本禅寺《ほんぜんじ》。公家屋敷街の向かい側にはいくつもの寺が並んでいる。三文字屋のある真如堂突抜町も、以前あった真如堂という寺から名付けられた。寺が集まったのは、太閤さんがそう命じたかららしい。それ以前には、平安京の東端の通りということで、京極《きょうごく》通と呼ばれていた。

今出川の一本手前を左に曲がれば三文字屋である。店の戸をがらがら音を立てて引き開けた。すると「お帰りやす」と可愛い声が土間に響いた。

見れば土間と奥の境の板戸が半分開いて、振り売りの伊佐次の娘、さきがこぼれるような笑顔をのぞかせていた。

「おさきちゃんかいな。ああびっくりした」

さきは何が面白いのかくすくす笑い続けていたが、くるりと身体を翻して奥へ駆け戻った。その背中に、赤ん坊の金二《きんじ》が腰ひもでくくりつけられている。

「お疲れさんどした」

入れ替わるように台所から出てきたたかが声をかけた。

「神輿拝みに御旅所へ寄っとったもんで余計遅うなったんやけど――どないしたんや、おさきちゃん」

「茄子炊くさかい後でおさきちゃんよこしよして、伊佐次はんに言うたんどす。そしたらあての支度がちょっと遅なってしもて」

上がり框《かまち》に腰を下ろしながら、泰七郎は改めてさきに目をやった。赤ん坊の首はまだあらかた座ったというくらいだが、そのあたりも心得たふうにそっと揺すぶってあやしている。

「えらいもんどっしゃろ」

たかの言葉にうなずくしかない。たかは続けて「晩、要りますやろ?」と訊ねてきた。

「せやな。だらだら食うてたけど、ちょっと貰おか」

「いま出来ますさかい。そや、おさきちゃんも食べてくか?」

うん、と一旦は元気よくうなずいたさきだったが、はっとしたふうに首を振った。

「金ちゃん、まだご飯食べられへんし、お母さんのおっぱいやないと」

「あーそらそうや。おばちゃん気いつかへんかった。子供いいひんしかなあ。あかんなあ。おさきちゃんのほうがよっぽど賢いなあ。ほな鍋に入れたげるしはよ持って帰り」

嬉しそうに言ったたかは、台所に戻って持ってきた鍋を渡しながら、さきの口に飴玉を押し込んだ。

「お駄賃や」

「おおきに、おばちゃん」

おじちゃんも、とさきは如才なく付け加える。

「お祭りの日いは鯖寿司するしな。また取りにおいで」

「うん」

「気いつけや」

さきは鍋を捧げるように持ちながら、背中の重みと器用にバランスを取って歩を進め、戸の外へ消えた。

たかが鯖寿司の話をしたので、泰七郎は、以前のような騒動がなかったらええなと冗談を言いかけた。しかし余計なことを口にして本当になったら嫌だと思い直した。

「鯖寿司は子供は好きやないんちゃうか」

代りにそう言うと、たかは「ああ、そやな。なんぼおさきちゃんがしっかりしてたかてな」とあっさり応じた。

「ちらしも別に作ろかな」

屈託なくつぶやく妻が、子供に恵まれなかったのをどう思っているのか、泰七郎は改めて考えた。しかし考えたところで詮のないことでもあった。たかがいつも明るく振舞ってくれているのがともかくありがたかった。

幸いなことに何事もなく祭の日がやってきた。三文字屋の横の今出川通で、泰七郎夫婦は、伊佐次の一家と神輿を見物した。

担ぎ手はただ歩くのでなく、踵《かかと》を膝《ひざ》の裏にぶつけるように足を後ろに蹴り上げ「跳ねる」。この動作で長柄《ながえ》に付けられた「鳴り環《かん》」という金具がシャンシャンと音を立てる。今日は金二を母親のよしが抱いており、さきは上の弟の清吉《せいきち》と競うように担ぎ手たちの動きの真似をしてはしゃぎ回った。子供たちのそんな様子を見ていると、泰七郎も自分が幼かったころを思い出した。

しかし翌々日、町組の組み直しに関わる最後のものとして開かれた寄合は、思いもかけない成り行きになった。

府からの通達が、組み直した「番組」ごとに、「中年寄《ちゅう》」とその補助役である「添年寄《そえ》」を一人ずつ選ぶよう求めていた。そのため禁裏六町組のうち、一つの番組を作る出町周辺の町の年寄たちが鰻屋に集まった。

通達は、どちらも「家格によらず、衆人の折合いよき人柄を選挙」すべしとなっていたが、中年寄については、衆目の見るところ元浄華院《もとじょうかいん》町の年寄、儀兵衛《ぎへえ》のほか考えられず、本人もそのつもりだった。さしたる店のない町々の中では、鴨川にかかる今出川口橋の西のたもとにあって、洛外からの客を相手に繁盛していた儀兵衛の金物屋が最も羽振りが良かったからだ。

問題は添年寄のほうで、候補と目される旦那が何人かいたが、団栗《どんぐり》の背比べで誰になってもおかしくなかった。

何にせよ入れ札をすれば決まると、木札に思う名前をみなに書かせて箱に集めた。開けると有力と思われた者の札数はきれいに割れており、何と泰七郎がそれらを上回った。

泰七郎には夢にも思わなかったことだった。父親の代からかれこれ四十年、表店《おもてだな》を張ってきたのは間違いないが、しがない豆腐屋である。もっと大きな商売をしている者はいくらでもいる。

「番頭もおらんのでっせ」

言ってみたが「分かって泰七さんに入れたはるんやがな」と返された。

「店は古いけど、わしより長う生きたはるお方ぎょうさんいはりますし。わし、学も何もあらしませんし」

懸命に抵抗した。しかし「構へんがな。御一新の世にはふさわしいやろ」とか「誰かて大した学なんかあらへん」とか、取り合ってくれない。それも有力と思われていた年寄たち本人が言うのである。選ばれなかったのを喜んでいるふうなのだ。

当然かもしれない。泰七郎だって寄合続きにうんざりして、早く商売に専念したい、真如堂突抜町での年寄の任期が明けるまでの辛抱だと思っていた。みんながそういう気持ちだったとして不思議はない。

ならばしょうがないか、と考えてしまうところが泰七郎にはあった。誰かがやらなければいけないのだ。嫌だけれども、けちのつけようのない手続きで決まったことをひっくり返す理屈がない。

それが貧乏籤《くじ》を引く原因なのかもしれないけれど——。

「ほなやらせてもらいますわ」

とうとう言ってしまった。

「そらありがたい。心強いわ」

「よろしゅう頼むで」

待ってましたと言わんばかりにみなが声を合わせた。

「大したことはできまへんよって。そこはあんじょう頼んます」

急いで釘を刺しにかかったが、誰も聞いていないふうで、次々酒を注がれるばかりだった。強く断るべきだったのか。もう後悔が襲ってきた。

千鳥足で泰七郎は三文字屋に帰った。滅多にないことなので驚いているたかに、回らない舌と頭で次第を説明すると、たかは目を丸くした。

「嵌《は》められたみたいな気いするわ」

「そんなことあらしませんやろ」

たかは煎り番茶を差し出して笑いかけた。

「『衆人の折合いよき人柄』に選ばれはったんですがな。名誉なことや」

「これからはもっとちょくちょく店空けんならんかも知れんで。町組のことは一応片付いたけど、何せ何十町まとめての添年寄やさかいなあ」

「お手当、貰えるんでっしゃろ」

まだ額がはっきりしないが、役料が支給される話は伝わってきていた。しかしそれは府が出すわけでなく、番組の負担だ。その分きちんと仕事をしなければならない重圧になる。

「店が回らへんかったら、その銭で人雇うたらよろしやん」

「そらま、そうやけどなあ」

浮かない表情のまま泰七郎はつぶやいた。

面倒はもう一つあった。中年寄、添年寄は名字帯刀が許されるという定めだった。

儀兵衛は何よりそれを楽しみにしていたところがあった。儀兵衛は宮本武蔵が大好きで、講談はもちろん、芝居でも武蔵のものがかかればかならず見に行くというふうだったから、名字は迷わず「宮本」に決めた。宮本ならどうしたって二本差しだというわけで、安物ながら刀も大小揃えた。

しかし泰七郎はどちらも嫌だった。刀は持たなければ済むが、名字を届けなければいけないので、仕方なく、親たちが京に出てくる前にいた近江の土地の名「横谷《よこたに》」にした。山間の集落で、すぐ横に深い谷があったらしい。それでも気恥ずかしく、添年寄として書状に名を入れる時は屋号のほうを使って「三文字屋　泰七郎」と書いた。

八月二十五日、上京四十五、下京は四十一の番組が正式に発足した。真如堂突抜町が属するのは、上京二十九番組ということになった。各町の木戸にかかっていた「禁裏六町組　何々町」の看板を「二十九番組　何々町」に取り換えるのが、添年寄としての初仕事だった。

四つに分かれた禁裏六町組には、二十七から三十までの数字が割り振られたが、一番由緒ある町々で作った組は、当然二十七になると思っていたら二十八だったのでがっくりしたり、怒ったりしていると噂が聞こえてきた。

八月二十七日には、帝の即位の礼があった。当今様《とうぎん》は一昨年十二月の先帝御崩御を受けて去年一月に践祚《せんそ》なさっていたのだが、即位の礼が政事御多忙とのことで延期されたままだったのだ。

式典はすべて御所の中で行われて、添年寄になったくらいでは様子など想像するしかないものだったのだけれど、奉祝の行事がいたるところであり、番組としても人を集めて御所の方角を拝礼し、御神酒を上げた。府が番組の発足を急いだのは、これに間に合わせるためだったのかと泰七郎は得心した。

九月八日、元号も改まった。新しいそれは「明治」だった。

四

即位の礼と改元は、森寛斎邸に集っていた面々にも、広沢兵助が多忙の度合いを増した事情をはっきり認識させた。

とにかく大事なのは広沢の後任だ。小学校創設が成るか、成るにしてもどういうふうにかは、その人物にかかっていた。木戸準一郎に選んでもらうと説明されてとりあえず胸をなでおろしたものの、やはり不安は残った。

鍵を握る男は、実はすでに八月三十日、京都に到着していた。名を槇村半九郎《まきむらはんくろう》といった。歳は三十五。広沢と同じである。

鍾乳洞・秋芳洞の入口として知られる長州・大田《おおだ》村の地侍、羽仁《はに》家の次男として生まれたが、藩士である槇村家の婿養子になった。剣術の修練に励む一方、学問も怠らず身につけて、試験で優秀な成績を修めたのが評価されてのことだった。

二十二歳で初めて長州藩の役職についた。長く務めたのは密用聞次《みつようききつぎ》役だ。藩内を回って情報を集め、事が起これば時には敵方に潜り込んだり、寝返らせる工作をしたりする。早い話が間諜《かんちょう》である。

蛤御門の戦に敗れた後、幕府に恭順の意を示すか徹底抗戦するかで藩が割れて内戦になった。この時槇村は抗戦派に加わり井上聞多《いのうえもんた》*の配下となった。

井上が手勢と寺に立て籠もると、槇村は自ら農民の姿になって外の様子を探りに出た。敵兵に見とがめられそうになったが、かねて手なずけておいた近在の村役の名を出して切り抜けた。そういう協力者を各地に飼っていたのだ。彼らを使って、下関で挙兵した高杉晋作《たかすぎしんさく》ら同志の動きを素早く把握できたのも、共同作戦を進める上で大いに役立った。

抗戦派すなわち討幕派が藩を握った後、元奇兵隊総督・赤禰武人《あかねたけと》が幕府に密かに通じた疑いを持たれて逃亡した。槇村が赤根を探し出して捕まえた。

また同じころ、第二奇兵隊から出た大量の脱走者の処分を任されたのも槇村だった。槇村は

*後の井上馨《かおる》

四十八人を死罪にし、隊の規律は鉄のごとく強固になった。

木戸とは密用聞次になったころから面識があった。

当時、桂小五郎《かつらこごろう》と名乗っていた木戸は、年長といってもわずか一歳の違いだったが、すでに藩の要職についていた。しかし藩医の息子から養子縁組で士分を得た出自のせいで親近感を持ったか、槇村とは特別な絆を結んだ。木戸は槇村を重用し、槇村もそれに応え続けた。酒を酌み交わしたことも一再ではなかった。

しかしながら、長州で相変わらず汚れ仕事を続ける槇村と、新政府の参与の中でも最重要人物になりつつある木戸との境遇がかつて以上に開いたのも事実だ。

京都へ出て来いという木戸からの手紙が、八月半ばに突然届いて槇村は戸惑った。

荒廃した京都を建て直すのにお前の力が必要だ、と木戸は書いていた。そんな大都市の政が自分に務まるだろうか。

一方で、選ばれた理由も分からなくはない気がした。政というが、今の京都で喫緊の課題といえば治安の回復に違いない。担当者として槇村はうってつけだ。

いずれにしても木戸の要請とあれば断りようはない。案の定、藩への根回しも済んでいた。そして新政府の吏員になれるのは大きな魅力だった。幕府のころの感覚で言えば直参である。

慌ただしく支度をした槇村は、妻千賀《ちか》と二人の子を残して京都へ立った。ほかにも木戸に呼び出された者が何人かおり、連れだっての道中になった。京都府に出仕する予定なのは槇村だけで、あとは太政官に入る者もいれば、ほかの地方に赴任する前に京都へ立ち寄るという者もいた。

槇村には初めての京都である。ぼろぼろになっているのだとしてもその繁華さはなお眩しく、何より街の隅々にまで立ちこめる雅な趣に、足を踏み入れるなり興奮させられた。

指示された通り、御所にある政府の執務所を訪ねて出迎えを受けたあと、割り当てられた宿に荷を解いた。早速、同宿になった男と近所を歩き回り、見つけた天ぷら屋で酒を飲んだ。驚くほど旨い酒だったが、代金もひどく高かった。勘定を聞いて、思わず店の親父を睨みつけたくらいだ。

親父は怯えた。訛《なま》りでこちらの素性が分かっていたらしく「長州のお方やと思うてふっかけてるわけや決してあらしまへんのどす」とくどいほど頭を下げた。しかし代はどうしても割り引こうとしなかった。

翌日も二人で知恩院《ちおんいん》、清水《きよみず》を見物に出かけた。宿になっている箪笥《たんす》屋の主人が、最初に見るならそのあたりがいいと言ったのだが、なるほどどちらにも圧倒された。

以前から話には聞いていたけれど、目の当たりにする迫力は想像をはるかに超えていた。知恩院の、石段を上るにつれて巨大なお堂の姿が山門の柱を枠にした絵のごとく立ち現れてくる様、数えきれない大路小路が縦横に走る京の町を一望のもとにできる清水の舞台の高さ、広さ――。

しかしながら槇村は同時に、これらの場所を紹介した主人の薄笑いも見えた気がした。

あんた方のお里にはあらしまへんやろ、とか、京は千年も前から天子さんがいはるとこですさかい、とか。

下手に出ているようで見下している。捉えどころのない京言葉の抑揚は、京都人の性質をそのまま表しているように思えた。

夕方に、木戸と会うことになっていた。御所ではなく、木戸の屋敷に呼ばれた。

京都の地理はまだまるで分からなかったものの、御所と槇村たちの宿の中間くらいのように思えた。もちろんそれなりの構えだが、木戸の権勢を考えればむしろ質素である。

玄関には何人分もの草履《ぞうり》が並び、奥から話声が聞こえてきた。前日京都に着いた全員が呼ばれたらしい。同宿の男と一緒に行くよう言われた時から分かっていたが、他の面々より木戸と親しいと思っていた槇村には、差しでないのが少し不満だった。しかし区別をしないところが木戸らしい気もした。

槇村が連れと座敷に入ると、すでに酒が出ていて、思った通りの顔ぶれが木戸を囲んでいた。広沢もいる。

「よう来たよう来た」

槇村を認めて木戸は大きな声で言った。

「しばらくでござった」

といっても昨年暮れに木戸は長州に一時戻っておりその時にも顔は合わせている。

「どうだ、京は」

「そうですな」

槇村は苦笑しながら、昨夜から今日にかけての印象を率直に口にした。

「槇村は京が嫌いか」

「やりにくそうなところとは思うちょります」

その時、槇村たちが入ったのと反対側の襖が開いて、震いつきたくなるような年増《としま》が膳を運んできた。槇村たち、新しい客二人の前に順に膳を置くと、銚子を取り上げて勧める。

「会わせたことがなかったかな。松だ」

ああこれが、と槇村は思った。木戸が京都で馴染んだ芸者で、お尋ね者になった木戸を身体を張って守ったと評判だった。隠れ家に食事を届けるのはもちろん、新撰組の近藤勇《こんどういさみ》が探索に来たのを追い返したこともあるというから凄まじい女だ。いや、そこまで女を惚れさせる木戸が凄いのか――。

長州に連れ帰っていたようなのを、また呼び戻したということか。木戸もずいぶん執心なのだなと考えていたら、木戸が「ついこのあいだだが、妻《さい》にした」と言ったので槇村はびっくりした。

「婚儀を結ばれたんですか」

「婚儀ってほどでもないがな。とにかく木戸松子だ」

女を見ると、照れたように顔を伏せた。

何にせよ、士分にある者が芸者を正妻にするなど前代未聞だ。ぽかんとしている槇村をからかうように、木戸は「松も一応、京の女だが――」とにやにやした。

「いや、おなごは、どのおなごも美しいと思うちょりました」

慌てて槇村は答えた。これは本気で思ったことでもあったので、言葉に力が入った。すると木戸がすかさず言った。

「そうか。じゃあ楽しみはありそうだな。よかったよかった」

一座がどっとはじけた。やっぱりかなわんと槇村は胸のうちで独りごちた。

しばらく女の話になったりもしたが、さすがに新政府の一員として選ばれた男たちの論ずるところは、いつの間にか国事へ移っていった。

特に上京組が知りたがったのは、三日前に挙行された即位の礼のことだった。木戸は帝の真近で見ていたのだ。いや、筋書の段階から木戸は深く関わっているはずなのである。

天皇家本来のありように戻すべく、過去の即位の礼で多用された中国風の作法を徹底的に排除したと木戸は説明した。列席者の衣装も公卿の正装である束帯が用いられた旨に、皆が深くうなずいた。

「しかし、地球儀も使ったんだ」

「地球儀？」

「地球に見立てた球に、世界の地図が描いてある」

「どうしてそんなものを即位の礼に？」

「智識を世界に求め、大いに皇基を振起すべし、だからな」

御誓文の一つを引いて木戸は言った。

「なあるほど。やはりこれからは世界に目を開かにゃならんちゅうことですな」

「吸収できるものは何でも吸収する心構えが大事ですよ」

次々に声が上がった。かつては尊王とともに攘夷を藩論の最上位に置いていた長州だが、列強と直接戦火を交わし、圧倒的な力の差を見せつけられてからきっぱり考えを改めたのである。

「その地球儀は、水戸の烈公*が孝明帝にたてまつったものだよ。さし渡しが三尺もある。攘夷の鬼だった烈公だが、外国への関心は人一倍お持ちだったってことさ」

木戸が補足して皆はまたうなずいた。

戸惑う反応もあったのは、木戸が長州藩主に、藩の土地と領民を朝廷にお返しすべしという「版籍奉還」を勧める手紙を送った話をした時だった。

「徳川についた藩はもちろんそれでいいでしょうが、何も我が長州まで――」

一人が言ったのに木戸は首を振った。

「日本の国が土地土地の殿様にばらばらに治められておるのでは、新しい世に合うよう物事を変えていこうと帝が号令をかけても、行きわたるのに時間がかかって埒が明かん。隅から隅まで、直接治める体制にしなきゃならん。でなければ外国に追いつくなんて夢のままになってしまう」

「そんなものですか」

「そんなものだよ。お前たちも、政府で仕事をすれば分かってくるさ」

＊徳川斉昭《なりあき》のこと

議論の間にも酒を注いだり注がれたりは絶えることがなく、木戸夫人が銚子を取り換えた回数も数えきれないくらいになった。夜が更けるにつれ、身体がぐらぐらしたり、呂律《ろれつ》が回らなくなったりする者も出てくるのは当然の成り行きだった。

「そろそろ失礼つかまつる」

潮時と思ったのだろう、一人が言うと皆、羽織と刀を手に立ち上がった。槇村も続こうとした。

「お主はちと残ってくれ」

広沢に声をかけられて、虚を突かれた槇村は中腰のまま木戸と、帰ろうとしている仲間たちを交互に見た。木戸はそのまま、というように目くばせし、酔いの回った仲間たちのほうは、気づいた者が「じゃあお先に」とつぶやいただけだった。木戸と槇村の近さは知られているので、妙なこととも思わないふうである。

「しからば」

座り直そうとした槇村を、木戸が手招きした。木戸、広沢、槇村と、机を挟まず小さな輪になった。

「相変わらず強いな」

木戸が言って銚子を出した。確かに槇村は酒が強かった。ためらわず猪口を取って受けた。飲み干して返そうとすると木戸は「俺はもういい」と猪口に手で蓋をした。広沢も飲まなかった。

「お前には人より先に伝えちょこうと思ってな」

「何をです」

「実は先月、江戸に行った」

「東京ですな」

「いや、そうなる前のだ」

秘密めかした木戸の口調を槇村はいぶかしく思った。新政府の要人なら、江戸か東京かはともかく、京都との行き来はむしろ当たり前だ。

「何をしちょったと思う」

槇村は少し考え「東幸《とうこう》の下準備ちゅうところですかな」と答えた。このあいだの詔書からすればそのうち帝が東京に足を運ばれるのは間違いない。

「よく出来た、と言いたいが満点はやれんな」

「はて、そうしますと」

「普段こちらにいらっしゃるから東幸という。しかしずっと向こうとなったらどうだ」

槇村は頬をぴくりと震わせ、木戸の顔を見つめた。

「そんなことが――」

「できるかどうかを調べに行ったんだ」

「できるんですか」

「できる。いや、せにゃならん」

木戸は続けた。

「東国は日の本始まって以来、帝の御威光に親しく触れたことがない。しかし長いこと実質的には中心だったから、今更西国の下に置かれるとなれば、帝何するものと歯向かってきかねん。地の利としても東京のほうがいい。京都よりはるかに土地が広い。交通が便利だ。海に近いのが何といっても大きい」

「しかし」

京都を都でなくすとなれば、大騒動が起こるのは目に見えている。現にこの一月、大久保一蔵が大阪遷都を企てたが、公卿たちや京都の町衆の猛反発で断念せざるを得なくなったことは槇村の耳にも入っていた。

大阪行幸だけは成ったものの、これにも警戒の目を向けられて、結局ひと月余り滞在した後、帝は京都に戻られた。即位の礼が行われたのだから、帝の本拠はこちらだと京都の者は安心しているだろう。

「そうだな」

槇村の指摘を木戸は素直に認めた。

「だから慎重にことを進めちょるわけだ。江戸から東京と名を改めたのがその第一歩さ。しかし、いずれは何もかもを引っ越しさせることで、俺と大久保さんは一致しちょる」

だから自分が選ばれたのか。

思いがけない話に衝撃を受けながら、槇村は改めて深く納得していた。

京都での第一の仕事は、都を移すのに反対する勢力を監視し、早め早めに潰すことだ。槇村以上の適任者はいないだろう。

やってやろうじゃないか。

血が騒ぐのを覚えながら槇村はなぜか、一抹の寂しさのようなものも感じていた。心のどこかに、これまでのような人から恐れられ、嫌われるばかりでない働きが京都でできるのではないかという希望を抱いていたのだ。しかしそうはいかなかったようだ。仕方がない。自分に求められたことをやるしかない。

その時木戸が、槇村の思いを見透かしたとしか思えない言葉をかけてきた。

「いつまでもただの密用聞次じゃやだめだぞ」

「え」と声が漏れた。木戸は楽しそうに「お前には、京都をこの国のどこより、東京よりも先を行く町にしてもらいたいんだ」と続けた。

「どういうことです」

「不穏な動きは取り締まらにゃならんが、動きが起こらなきゃその必要もない。誰もが満足できるいい世の中にすればいいわけだ」

「それはそうでしょうが」

「京都の者たちにはこれから辛いことになる。お前も昨日今日ですでに分かった通り、千年の都ってやつを誇りに生きちょるんだからな。そうじゃなくなったら面白くないだろう。よからぬ企みをする元気さえなくして、腑抜けみたいになってしまうかもしれん。それじゃ困るんだ。京都はすみやかに復興して、王政復古の利を全国に知らしめる見本になってもらわにゃならん」

「よろしゅうおたの申します」

いることを意識していなかったが、しばらく前から控えていたらしい松が口を添え、槇村に頭を下げた。

「分かりましたが」

どぎまぎしながら槇村は言った。

「どうやって先に行かせればいいんです」

「お前、俺とずいぶん飲んできたじゃないか」

「はあ」

「俺の考えは分かっちょるはずだ」

これまで木戸と交わした会話を槇村は思い出そうとしたが、聞次を命じられたことのほかはぼんやりした記憶しかなかった。

もじもじするのを木戸は面白そうに眺めて「まあいい。あとは広沢から聞け。悪いが俺はもう寝る」と言った。そして本当に松と一緒に座敷を出てしまった。

あっけにとられている槇村の横で、今度は広沢が「では」と口を開いた。

槙村は改元のその日、臨時雇いの形で新政府に入り、翌々日、京都府へ出仕した。役所では半九郎でなく、正式な名前の正直《まさなお》を使うことにした。

東幸はわずか十二日後だった。帝を載せた鳳輦は、長州、土佐などの藩兵三千余に守られて御所を出発した。岩倉具視《いわくらともみ》ら高官も同行した。

府は間髪をおかず、府民に向けた声明「告諭大意《こくゆたいい》」を作り、町組から改められたばかりの番組に配った。

開闢《かいびゃく》以来、日本を治めてこられた帝の恩を改めて思い、王政復古を推し進めようとされている御心を理解して、神州の民たる道を全うせよ――。

いかめしい文章が述べているのは要するに「騒ぐな」、それだけだった。詳しい事情など、とても明らかにするわけにいかなかった。

五

ええ加減にしてくれ。

泰七郎は、叫びたい気分だった。

途方もない手間暇に金もかけ、番組をどうにか作ったばかりなのに。

今度は学校やて？

九月二十八日、上京の大年寄から府の触書が回ってきた。「小学校」なるものを「建営」し、そこで子供に読書、習字、算術の「三事稽古《さんじけいこ》」をさせるというのだった。府全体で十から十二カ所、一カ所に千、二千の子供を集める。対象になる子供の年齢は下が七、八歳、上は十五、六歳だそうである。

建設費として富裕な者の寄付をあおぐほか、足りない分は家の大きさに応じた課金制度である軒金《のききん》を追加徴収してまかなう。維持運営の経費にも軒金を充てる――。

「どんなつもりでこんなこと言いだすんでっしゃろな、儀兵衛はん」

一緒に書状を見ていた儀兵衛に声をかけた泰七郎は、儀兵衛が不服そうな顔をしているのに気がついて「宮本はん」と呼び直した。

「ほんまやな、三文字屋はん」

今度は深くうなずいた儀兵衛に、泰七郎は「わしは泰七郎でよろしわ」と言った。

感覚の違うところもあるけれど、府への思いは二人とも共通している。

小学校がどんなものなのかよく分からないが、それだけ大勢の子供が行くところなら、地所も建物も相当な大きさが必要なはずだ。造ったあとも含め、いったいいくらかかるのか。

鳥羽伏見の戦いでは、官軍に寄付しろという要請に多くの旦那たちが応えた。三井や小野といった豪商の中には、ぽんと千両を寄付したところさえあったというが、そうたびたびとはいくまい。中小の店ならなおさらだ。泰七郎はもちろん、このあたり一の金満家である儀兵衛にだって無理なはずである。

しかし軒金になったらこれまたえらいことだ。軒金は、借家については家の持ち主にかかってくる。泰七郎には幸か不幸か無関係だが、大地主などたまったものではない。

戦で始まった今年、梅雨時は大雨が続いてあちこちで水が出、橋が流されて堤も壊れた。すでにその修繕費が、このあいだまでは町組、今は番組を通じて町衆に押し付けられている。

それればかりでない、畑の被害が響き、物の値段もじわじわ上がりだした。泰七郎は大豆がいくらで仕入れられるか、気が気でない毎日を送っている。そんなだから行き倒れの類も一向に減らず、大流行というほどではまだないけれど、流行り病の話もちらほら聞く。

何より分からないのは、番組もそうだったが、どう役に立つのか首を捻《ひね》るしかない思いつきのような施策を、次から次へと府が出してくることだった。横行している買占めを取り締まるほうがよほど急務と思う。

もちろん「三事稽古」が大切なのは理解できる。

商人として、読み書き算術は必須の技能である。身に付けなければ一人前になれない。一つの店の盛衰に留まらず、京全体の繁栄のためにも、学ぶ場は必要だろう。

しかしそのためにはすでに、たくさんの寺子屋や指南所、塾がある。

泰七郎自身、近所の柳風呂町《やなぎふろ》にある寺子屋「盛栄堂《せいえいどう》」に通い、別に算盤の師匠にもついた。添年寄になる時「学がない」と謙遜したが、読み書きに関していえば、公用の文書を扱うのも今のところなんとかなっているのだから、胸を張っていいのかもしれない。

小学校とやらができたとして、寺子屋と何が違うのか。

正直よく分からないけれど、ともかく「誰もが行く」のが小学校らしい。親から謝礼を取るのでなく、寄付、軒金というようなみんなの金で作るのだからそういう話だろう。建てようという数と、一つあたりに集めるとしている子供の人数をかけ合わせても、確かに「すべての子供」に近い勘定になる。

しかし、表通りに家や店を持つ者、さらに表通りの貸家の子弟まで含めても、「すべて」というのは難しい。

路地からまでなんて、絶対に無理だ。奉公に出す前の子供にも手伝わせる用はいくらでもある。いや、頼らなければ回していけない。謝礼の問題だけではないのだ。寺子屋だって貧乏人からの謝礼を安くしているところが少なくない。それでも、通わせられないものは通わせられない。

何のために稽古させるのか、とそういう親は言うだろう。草履《ぞうり》をこしらえたり、水汲みをしたりするのに読み書きが必要だろうか。

振り売りなら算術が多少できたほうがいいかもしれない。店で働く場合はいろいろなことがもっと役立つだろうが、ある程度はやっているうち自然に覚えるものだ。

もっとも泰七郎は、丁稚の長助と音八を盛栄堂に通わせ、自ら算盤の稽古をつけてやっている。庄吾にも丁稚だったころ同じようにした。子供のいない泰七郎夫婦だから、跡を継がせる可能性も考えてのことではある。しかし三文字屋を離れるとしても、ちゃんとした商い、仕事ができるようになってもらいたいと思う。

大店ではそういうことが当たり前だが、三文字屋などには分を過ぎている気もする。泰七郎の道楽のようなものだ。本人たちには、休んでいたい時に稽古などさせられて迷惑かもしれない。何にせよ、人にはそれぞれの立場と事情がある。無視して一律に三事稽古など、押し付けでしかない。

誰も同じように考えたはずだ。声が府庁に届いたのだろう、十日もしないうち新しい触書《ふれがき》が来た。小学校の話は何が何でもやれというわけではないし、意見があれば聴いて取り入れるから番組ごとにまとめて申し述べよという。

それ見たことか、である。

手間をかけるのも業腹《ごうはら》だったけれど、この際言うべきことは言っておかなければならない。泰七郎は儀兵衛と相談して寄合を開いた。

「阿呆なことやめときなはれて、突き返したったらええんちゃいますか」

「せや。何が何でもいうわけやないいちゅうんやから、うちはやりません言うたったら済むやろ」

「さすがにどうやろ。理屈はそうでも向こうの面子が立たんようなってまう」

「役人は面子にこだわりよるもんな」

「寺子屋を、名前だけ小学校に代えてもらうちゅうのはどないです」

泰七郎にも最上の策に思えたが、なお素っ気なさすぎる。細かい注文、文句をつけて、結局今と変わらないようにしてしまえばいいと、その後上がった声を書面にした。

「学校がどこにできるにしろ、家から遠いという者が出るだろう。寺子屋はそのまま残して、学校と、好きなほうに通えるようにしてほしい」

「学校で教える者をどう探すのか。結局、寺子屋の師匠に頼むことになると思われるが、別の仕事を兼ねていて学校に出るのが難しい師匠も多いし、流派の違う者とは一緒にやりたがらないだろう」

「子供だって、あちこちの寺子屋にいたものを一緒にするとなると、学校の中に分派ができて争いになるかもしれない」

「そもそも一つの学校に千、二千という子供が集まれば、とても世話が行き届かないのではないか」

特に、はっきりさせてほしいと要望が多かったのは、稽古をつける時間の問題だった。

「昼夜に分けてほしい」

「働いている子供には夕方から教えてほしい」

路地の子供までみな通えるはずがないことなど、わざわざ指摘するのも阿呆らしいので触れなかったが、子供を一日中学校に取られると困るのは家持でも同じだ。程度はともかく手伝いがあるし、十歳くらいになったら家職の見習いをさせるか、やはりよそへ奉公に出す。女の子なら母親から裁縫など内向きの仕事を習う。あるいはそういうことを教える師匠のところへ行く。

豆腐屋は朝が早い分ほかの商売より少し終わりも早かったが、いずれにせよ泰七郎が盛栄堂に通ったのは仕事が終わってからだった。奉公人たちももちろん同じだ。

寺子屋の大半は、教わる側の事情に合わせて稽古の時間に融通をきかせている。年限だって、好きな時に入門して、好きなだけ通い、行けなくなったら辞めればいい。

仕事のための稽古である。稽古で仕事ができないなど本末転倒もいいところだ。もし小学校がそういう融通を認めなかったら、通える者は寺子屋より少なくなるだろう。

寄合から帰った後も、泰七郎は府に提出する書面を作るため遅くまで呻吟《しんぎん》しなければならなかった。儀兵衛は還暦近い歳のせいもあるだろうが万事無精で、特に字を書くのは苦手だった。「手え痛いんや」などと泣き言を言うので、結局泰七郎が引き受けるはめになる。

翌朝も泰七郎はいつも通りに起きて店の仕事をした。支払われることになった添年寄の役料は半年で七、八両。思った以上に少なくて人を雇うふんぎりはつかなかった。雇ったところで仕事をおぼえさせるまで泰七郎の負担は減らないのである。

そのあとは降りだした雨の中、儀兵衛のところへ書面を持って行って中年寄の名前を入れてもらい、さらに府庁へ向かう。役人とのやりとりに気の張ることも多くて、無事提出できた時にはぐったりしていた。

店に帰ればまた豆腐作りである。

呉汁ににがりを打った泰七郎は、上がり框に腰を下ろして蒸し上がりを待ったが、いつの間にかうつらうつらしていた。

「旦はん」

はっと目を開けると、長助がにきび面に申し訳なさそうな表情を浮かべて立っていた。

「すんまへんけど、具合見てもらえまっか」

急いで立ち上がり、蒸し器を覗《のぞ》く。

「ぴったりや」

長助ともう一人の丁稚音八が蒸し器を竈から下ろした。豆腐を取り出すのを手伝おうとすると、庄吾が「あとはできまっさかい」と泰七郎をとどめた。

「こんなもんかなて思うたんでっけど自信のうて。すんまへん」

「いや、遠慮のう起こしてくれたらええんや」

「このところまたお忙しそうにしてはりますやん。何か難しいことなってるんでっしゃろか」

長助が心配そうに訊ねてきたのに泰七郎は苦笑した。

「成り行きによってはお前らを盛栄堂にやれへんようなるかもしれへんでな」

「例の、小学校の話でっか?」

今度は音八が、あどけなさの残る顔をこちらに向けた。「こら、余所見《よそみ》すんな」と庄吾に叱られている。

小学校をめぐる触れが出ていることはまだちらっとしか奉公人たちに教えていなかったが、丁稚の二人は直接関りがある分特に気になるらしい。

泰七郎は前日の寄合の模様を語ってやった。庄吾、長助、音八は、絹ごしを水に放したあと、木綿作りにかかりながら耳を傾けた。途中で伊佐次もやってきた。伊佐次は学校について何も知らず、「何ですいな、それ」と言った。

ひと通り泰七郎が語り終えたところで、長助はため息をついた。

「確かに学校、夕方からもやってもらわへんかったら、わいら行けしまへんなあ」

「まあ、二人で交代ごうたいやったら何とかなるかもしらんけど」

「あきまへん、そんなん。盛栄堂行かしてもろてるだけでむちゃむちゃありがたいのに。親にも怒られますわ。なあ音八」

どうしてそれで親に怒られるのかまで呑み込むのは、音八に少々難しいようだった。戸惑っているからしょうがなく、長助は自分で「今のままが一番よろしなあ」と話を収めた。

「よう分からへんかったけど」

伊佐次も笑って言った。

「どうなっても大した変わりおへんわ、わしには」

「そや、その通りなんや」

泰七郎は力を込めてうなずいた。長助や伊佐次が自分と同じ考えを持っていることが心強かった。府に提出した書面のまっとうさを泰七郎は改めて確信した。必ず取り上げてもらえるだろう。

しかし、と一方で思う。新政府は信用できない。番組を作った時だって、意見を聴くようなことを言いながら最後はごり押しだった。

帝をめぐるもろもろも火事場泥棒さながらだ。考えてみれば江戸を「東の京」と呼ぶことになったのから、こちらの身を半分削られるみたいなものだったが、番組の分け方を届ける締切りの直前だったせいで深く考える間がなかった。即位の礼のお祭り騒ぎで浮かれさせておいて、また不意打ちの東幸とはひどいではないか。

新政府に勝手をさせないためにどうすればいいのか。

このあいだ泰七郎は、かつて町組が町代の横暴を改めさせたという一件を調べてみた。

五十年ほど前、文化のころの話である。もともと町代は町組に雇われる立場だったが、実務を取り仕切るうち、勝手に町組を運営するようになった。建物売買の手数料を吊り上げて懐を温めるといったことに加え、年寄のところに下駄履きで挨拶に来るなど無礼が目に余ったため、一部の町組が奉行所に訴えを起こした。

しかし奉行所のほうは、町組との連絡役であるはずの町代を手なずけ、実質的に配下に置くことで町組を管理しようとしており、その振舞いを黙認する傾向があった。不利と思われた町組側だが、上京下京を越えて連絡を取り合い、町代の悪行を告発し続ける一方、古い書面をひっくり返して本来の町代の仕事の範囲を明らかにする粘り強い活動で、ついに言い分を認めさせた。

同じようなことはできないか。

だが、帝の話も小学校の話も、言ってみれば奉行所が自ら推し進めている格好である。町代への肩入れを止めさせるのとはわけが違うだろう。

それでも、おかしいことはおかしいと声を上げ続けるしかない。

嘘にしろ下々の声を聴くと新政府が言うのは、やはり御一新だからと考えることもできる。幕府のころは、訴えですら様々面倒な手続きがあって、事実上不可能な場合も多かった。強引にことを進めれば命さえ落としかねなかったのを思うと、確かに世の中は変わった。

その変化を、うわべだけのものにしてはいけない。しっかりやらな、と泰七郎は自分に言い聞かせた。

「とーふー、とーふー」

蓑を着けた肩に天秤棒を担いだ伊佐次が声を張り上げると、応えるようにがらりと戸の開く音がして、手桶や鍋を手にした客が傘を差しながら出てきた。

近所にほかの豆腐屋もあるが、売り声の節回しを聴き分けているのである。三文字屋は味がよいと評判で、よそよりたくさんの贔屓を持っていた。

「毎度。何にしまひょ」

「何にしよかいなあ」

「夜は冷えてきてまっさかい、湯豆腐でもどないです」

客は少し思案したが「ほなそうしよか」と答えた。

「絹か木綿かどっちがええ？」

「お好みでっけど、わしやったら絹かな。うちのは木綿に負けへんくらい濃いさかい、あっためてもとろっとおいしおっせ」

「ほな絹一丁貰うわ」

「一丁でよろしか？」

調子よく訊かれて、客は半丁を追加した。盥の蓋を取ると雨粒が水面に無数の円を描く。伊佐次は切り分けた豆腐を客の鍋に移して代を受け取った。

「おおきに。毎度」

また天秤棒を肩に通りを行き、いつも決まって買ってくれるところには自分から訪いを入れた。路地があればやはり踏み入って声を張る。一人一人が買う量は表より少ないが、こちらも大事な客である。

受持ちの町を回る最後はいつも、伊佐次自身が住んでいる下御輿町の路地だった。売り切っていればそのまま帰れるからだ。長屋の連中には「もうなくなってしもてん」となりがちだが、残った品物を安売りしてやることも多くありがたがられていた。

その日、伊佐次は黙ったまま薄暗くなった路地に入った。盥にはあと半丁豆腐があったが、それは自分で酒のアテにするつもりだったのだ。

かなり大きな路地で、両側、突き当り合わせて十数軒の家が並ぶ長屋になっている。途中二カ所空き地がとられて、それぞれに共同の井戸と厠がある。

建物が曲がって軒庇が深く重なった場所ごとに子供が集まり、雨を避けながら遊んでいた。女の子たちは毬《まり》つきだ。何人かの背中には、もっと小さい子供が括りつけられている。見慣れた光景だけれど、体一つの子と変わりなく毬をあやつる様子には改めて感心させられた。

「おかえり！　おとん」

赤ん坊をおぶった中でもいっとう小さいのが嬉しそうに駆け寄ってきた。伊佐次は頬を緩めて、さきと金二の頭をかわるがわるに撫でた。金二ももう、おぶわれたまま激しく動かされて平気なくらいに成長したのだ。

「豆腐、あらへんの？」

今度は後ろから声がした。

唐傘の下に利助《りすけ》の顔があった。厠《かわや》から戻ったところらしい。若干なよっとした感じもあるが、目鼻立ちの整った美形である。色が白いのは家に籠って仕事をしているからだろう。紙を貼り合わせ、箔を押して色紙や短冊を作っている。

「半丁だけやったら」

伊佐次は答えた。もちろん客が優先だ。実を言えば、自分用に豆腐を取っておいたことに罪悪感もあった。豆腐半丁の売値は二十文。うどん一杯より高い。誰もが口にできる菜《さい》ではあるが、長屋暮らしに気軽な食べ物とも言えない。儲けでいえば今日の伊佐次の懐に入ったのは二百文少々だろう。独り身の利助のような余裕はない。

「運良かったわ。残りもんに福があるかもしれへんしな」

伊佐次の胸のうちなど知りようのない利助は、素直に喜んで鍋と銭を持ってきた。

「毎度」

「あて、ご飯の手伝いせなあかんさかい帰るな」

さきは子供たちに言って、家に向かいかけた伊佐次の後をついてきた。「あんたももうちょいしたら帰りや」と、五つになる弟の清吉に注意するところまで抜かりがない。

半刻ほどの後、夕食になった。四畳半に並んだ箱膳は三つである。ひとつはさきと清吉の共用だ。膳の上には芋の煮物と菜っ葉の汁、朝に炊いた冷や飯が載っていた。

豆腐がなくなったので、伊佐次は味噌をなめながら茶碗の酒を啜った。さきの背中から下ろされた金二が、今はよしの胸に吸い付いている。

「おいしそうに飲むなあ」

「あんたかて赤ちゃんの時はこないやったんやで」

「ほんま？」

「そらそや。赤ちゃんはみんなや。清吉かてや」

清吉は恥ずかしそうな表情になったが、さきはにこにこしたまま金二を見つめている。

「さきもはよ食べ。芋、全部取られてしまうで」

「あ、あかんえ清吉」

「姉ちゃんが食べへんしや」

「食べる、食べるて」

急いで膳の前に戻って芋をほおばるさきは、やはりまだあどけない子供でもあった。

しかしいずれ奉公には出さざるを得ない。同じことなら早いほうがいいかもしれない、とも残り少なくなった酒を口に運びながら伊佐次は考えた。

どこにやればいいだろう。下女を親身に扱ってくれる家はないだろうか。男の子たちは、その時になったらまず三文字屋に当たるつもりなのだが——。

六

各番組から寄せられた書面に目を通しているうち、槇村正直のはらわたはふつふつ煮えくり返ってきた。

この者らは何一つ分かっておらぬ。

小学校を造るのは、京都を日本でどこより先をゆく場所にしてやるためなのだ。西洋の制度を可能な限り取り入れようと、広沢殿も殊のほか気を配られたのに。

ごく一部、賛意を表する番組を別にすれば、あれは好かぬこれは嫌とほとんど駄々っ子である。というより、今までのやり方を変える気がまるでない。

木戸準一郎にも指摘されたが、京へ来たその日から感じている、妙な誇りの高さが根っこにあるのだと思う。よその土地、人を馬鹿にし、自分たちが一番だと考えている。腰を低くはしてみせるが、慇懃《いんぎん》無礼というやつで、肝心な点は一歩も譲ろうとしない。

そんなことだから東京に帝を持っていかれるのだ——。

と、今は明らかにするわけにいかないのがこちらの弱みではある。

都でなくなる代りの一策と悟られずに、陋習にとらわれた京の町衆をその気にさせねばならない。

譲らせるには、逆に連中が絶対に守りたいものを知るべきだと槇村は考え、広沢兵助に相談してみた。

「見栄っぱりなんは分かっちょるな？」

「はあ」

「本当に言いたいことは黙っちょるか、さらっとつぶやくくらいなんじゃ。そこを見極めにゃならん」

「はあ」

「出てきちょるのは、小学校のあれがだめ、これがだめという細かい話じゃろう」

なおぴんと来ないでいる槇村に、広沢は痺れを切らしたように「要は金の問題じゃ」と続けた。

「連中は軒金が重くなるのを嫌がっちょるんじゃ。あとは枝葉に過ぎん」

いささか乱暴な断定と感じられ、槇村は思わず町衆の肩を持つようなことを言ってしまった。

「枝葉とまで言っていいのでしょうか。子供に仕事がさせられなくなると困る、などの論はそれなりにもっともと思われまする」

「それも金がらみじゃからな。しかし、ほかのことならいずれ長いものに巻かれてゆく。あやつらは馬鹿じゃない」

広沢は、町組を番組に組み直させた折、文句を言っていた町組も、最後はすべて指導に従ったことを引き合いに出した。

広沢が言うならそうなのだろう。槇村は思った。正直なところ槇村には、西洋風を取り入れると世の中がよくなるという機序はよく理解できない。福沢諭吉など読んではみたが、日本の現実とかけ離れていて、取り入れるとどうなるのかぴんと来ないのである。

だが、長州の上司たちを槇村は疑わなかった。まずはそうすることが生まれ育った世界の規範だったからだし、もう一つには藩の中での勢力争いから幕府との戦いまで、混乱と激動を乗り切って天下を取ったその実績にけちのつけようがなかったからだった。気やすくはあるけれど木戸は神で、広沢もそのお使いくらいの存在である。

だが、広沢の言葉が正しくても見通しが明るくなったわけではない。むしろ厄介さがはっきりした。

「こちらで出してやれればよいのでしょうが」

「そうはいかんな。いけば苦労がない」

広沢も苦笑いするしかないようだった。

新政府は金欠だ。

幕府との戦いで莫大な出費を余儀なくされ、なお陸奥《むつ》、蝦夷《えぞ》で血とともに金を垂れ流す状態が続いている。負けた者の財産を接収するといっても、すでに使い果たされている。そもそも幕府が弱体化した最大の原因が財政難だったのだ。

木戸が版籍奉還を進めようとする狙いの一つが政府の財源確保なのだと、槇村もこのあいだようやく呑み込んだ。いかに京都を重視していても、ないものは出しようがないといって、すでに相当な寄付を貰ってきた町衆からさらに出させるのが難しいのもはっきりしている。無理してそっぽを向かれたら、京都を治めること自体おぼつかなくなるだろう。いざとなれば連中がどれほどの力を発揮するか。幕府だって気を遣って、強力な介入を避けてきたのだ。

「如何すればよいでしょうか」

「考えるのがお前の仕事じゃ。そのために呼んだんじゃからな」

引き下がるしかない槇村だった。

とりあえずは、大年寄に説得させよう。町衆を動かせるのは町衆だ。敵の中にこちらに通じる者を作るのは間諜のやり方にも似ている。広沢もそうして番組への移行を飲ませた。

最も富裕な商人たちはありがたいことに概ね最初から府に協力的だった。やはり目端が利くから大きな商いができるので、新しい仕組の必要が分かるのだろう。力に接近しておく旨味をよく知っている、というのももちろんありそうだが。

しかも、番組への移行に合わせてにできた大年寄という役職は、それまでの上下京大年番などから名前が変わっただけと見えて、根本的に違うところがある。町衆が選ぶのではなく、府が任命するようになったのだ。使いにくくなればすげ替えられる。さすが広沢の仕事である。

広沢は、町衆の中に足場を築くことに意を用いてきた。一部の町衆が学校の建設を志していたのに目をつけ、府の狙いとすり合わせた口上を出させるなど、大変な芸の細かさだ。

ところが町衆の負担問題については、広沢と元から通じていた者たちですら重過ぎると感じているようだ。

口上を書いた西谷良圃が、十月になって改めて建議を出したのには驚かされた。まずは上京下京一校ずつ、急いで造ってほしいとの求めなのだが、逆に言えば府の下渡し金と篤志家の寄付だけでできるのはそれくらいが限度と考えたからではないか。学校は徹底的に無償であるべきというのが西谷の持論らしいから、広く強制的に金を集めて多くの学校を作るなど筋が通らなく思うのだろう。

だが、学校は一つや二つではしょうがない。府が目指すのは、これまで一部の者たちだけが、それも藩校やら塾やら寺子屋やらばらばらの場所でばらばらの内容を学んでいたのを改め、誰もが一律の知識を身に着ける仕組みを整えることだ。なぜかはよく分からないけれど、そうすれば世の中が活気づいて、みな豊かになる。京都はその実験場なのだ。

だから、はじめの負担が少々重くなるのは我慢してもらいたいのだが――。

そうゆっくりはしていられないが、粘り強く考えよう、と槇村は思った。密用聞次としても無理難題を何度も命じられてきた。必死で探せば道は見つかるものだ。

槇村の仕事はもちろん小学校の問題だけでない。府にかかわる事柄は基本的にすべて広沢から引き継いだ。

中でも重要なのはやはり、市中の治安回復だった。

京都の警備にははじめ薩摩ほかいくつかの藩が兵を出していたが、五月にはその中から選んだ者や、町奉行所の与力・同心だった者を合わせて、府が直接指揮する「平安隊」が組織された。

この平安隊を各地に配置、巡回させているのだけれど、評判がどうにもよろしくない。元が武士だけに町人を下に見る気質が強いのに加えて、幕府や藩の締め付けがなくなったからだろう。府の威令はまだ行き渡らず勝手放題である。

酒食をたかる、賂《まいない》をせびる、雑用に町人を勝手にこき使う、気にいらないことがあれば乱暴を働くと、これでは誰がならず者だか分からないのが、名前ばかりは立派な平安隊の実情だった。

槇村は、得意の間諜術をまず身内相手に使って、心得違いの者を摘発しなければならなかった。買い物をしたら金を払うべし、などという規則を作らなければならなかったのは情けない限りだが、こちらも安定した仕組みができるまで、遠い道のりを歩まなければならない。

治安といえば警備と両輪をなすのが防火だ。こちらも実績のある元幕吏を府に招いて、火事をとにかく早く見つけるための方策をさまざま考えさせた。

火事が起きたら周りの建物を取り壊して類焼を抑えるわけだが、見つけるのが早いほど取り壊しの範囲が少なくて済むし、運がよければ消し止められることもある。

しかし早くと言うは易いものの、実行するとなると大変だ。結局各地に火の見櫓を建て、火消し組への連絡手段を確保しておくなど、費用をかけて設備と仕組みを整える話になってしまう。

物価の問題だって、手をこまねいているわけではない。食料をため込んでいる者に供出を命じているが、いかんせん米もほかの作物も出来が悪すぎる。

簡単に片付かないことばかりだ。道は見つかる、という信条もぐらつきそうだ。


どうしていいか分からなくなったら、ただ考えていてもしょうがない。考える材料、情報を集めなければならない。密用聞次らしい発想かもしれないが、槙村が経験から得たやり方である。

しかも愉しみを大いに兼ねる。槙村はせっせと島原、祇園へ通った。臨時雇いとしての京都府出仕から一カ月、正式に議政官吏員に任用された槙村の給料は、長州にいた時と桁違いだったし、茶屋のツケもほとんど府に回せた。財政難でも、そういう金はどこからかひねり出されるものだ。

行きつけになった茶屋は「一力」、赤穂浪士の大石内蔵助《くらのすけ》が呆けを装うために通ったというので有名な老舗だ。槙村とすれば、自分も大事のために遊んでいるつもりである。もっとも家族と離れての京都暮らしが、婿養子の気兼ねを取り払っていたのも確かだった。

元禄のころと同じ建物ではあるまいが、夜な夜なの宴で行灯《あんどん》の煤が染みつき、一力の座敷の天井は真っ黒になっている。どんなに世の中が荒れても、いや荒れる時こそ花街は栄えるようだと、酒を飲みながら槇村は思いを致すのだった。

ほどなく女が現れた。槇村はこのところ、こと乃という芸妓が気に入りで続けて呼んでいる。

「おこしやす」

こと乃が紅い唇の両端を優雅に引き上げて微笑みかける。腹立たしいことの多い京都だけれど、本当に女だけは文句のつけようがない。肌の白さなどびっくりするくらいだ。長州では最上等の萩の女も比べものにならない。

連れの女の三味線でこと乃が舞う。これまた見たことのない艶めかしさである。かと思うと、客を寛がせるくだけた話芸も巧みで、都としての長い歴史がもっとも優れた現れ方をするのはこういうところではないかと考えてしまう。

槇村はん、槇村はんと愛らしく呼びかけられる度、とろけてしまいそうな心持になったが、自分が色男でないのは自覚していた。目が細く獅子鼻で、頭ばかり大きな小男である。おまけに早くも頭のてっぺんが寂しい。髭を伸ばしにかかっているのはそれを補うためもある。こと乃は、新政府の、それも今をときめく長州出の役人だから相手にしてくれるのだ。

もっとも木戸準一郎はそれだけで、京女の中にあってもすこぶるのつきそうないい女を落としたのではないだろう。何かがやっぱり違うのである。

「わしのおらんところでは、きつい悪口を言っちょるんじゃろ？」

冗談めかして訊ねるのに、初めは「そんなことあらしまへん」と笑うばかりだったこと乃だが、馴染んでくると「長州さんは厚かましいて思てはる旦那さんも時々いてはります」と漏らした。

「ほう。どんなところが厚かましいのかな」

「うちは思てませんえ」

こと乃は慎重に断りつつ続けた。

「何するんでも人の財布を当てにしたはるて」

槇村は苦笑するしかない。

「徳川でも豊臣でも同じじゃったろうがな」

言葉にはしなかったが、帝だって例外ではないだろう。しかし主張できることはそれくらいだ。

幸いこと乃のほうも、追及するつもりがないのは言葉通りのようだ。だいたい小学校の話はほとんど知らなかった。寂しい反面、自分に無関係ならそんなものだろうと思う。

「入用は出してもらわはったらよろしいんどす」

簡単にこと乃は言ってくれる。

「持ったはる人は持ったはりますもん」

「はは、ありがたい了見だが」

「懐がしんどいて口癖みたいなお客さんもおいやすけど、うちらに言わしたら、しょうもないことに使わはるさかいですて」

「そういう金で祇園は成り立っちょるんじゃろ？」

「遊ばはるんは楽しいんやさかいよろしやないですか。楽しいもないことに見栄張らはるんどす」

やはり見栄か。京都はしょうがないなと思いながら、どんなことなのか訊ねると、こと乃はしかめ面になって「寄合とか」と言った。

「そんなもん、話だけしてちゃちゃちゃと済ましたらええ思いますんに、昔から決まった格式があるとか言わはって。大したとこでやらはるんどっせ。お料理だけやのうて、器から敷物から凝りまくらはる。掛け軸一つにしたかて気張って偉いお師匠さんから借りてきはったり。花代よりよっぽど高いて聞きますえ。それで後から物入りやったてこぼさはるんどす」

ふうんとうなずきながら槇村は、京都の連中も自分たちの気質を持て余しているらしいのをおかしく思った。

「いっそ祇園で寄合をやらせるか」

「よろしおすな」

「しかし何も決められんかな、それじゃあ」

「うちらが代りに決めまひょか」

「府の指導に従ってくれよ」

「そらもう」

こと乃と笑い合った槇村だったが、町衆たちの不満が府だけでなく、その政策を先頭に立って進めているかのような大年寄たちにも向いているとも聞かされて眉根を寄せた。

大した役料でもないはずだが、見合う働きをしていない、無能だなどと批判する声が日増しに高まっている。瀆職《とくしょく》の噂を流す者もいた。批判の対象が、府に協力的な一部の中年寄、添年寄に広がりつつあるらしいのも捨て置けなかった。

こと乃自身が府に何を望んでいるのか訊ねてみた。物価高の次に挙がったのが、増え続けている浮浪者たちのことだった。

市中がひどい状態なのにもかかわらず、周辺からは、まだしもありつけるものがあるだろうと流れ込んでくる者が後を絶たない。流人が引き起こす問題は数えきれないくらいだ。物価高をひどくする要因でもある。

とりあえずそこに手を打つか、と槇村は考えた。

町衆に金と労力をかけさせるのは同じだが、小学校と違って効果のはっきり分かる施策である。反対もできないだろう。

府と、味方になってくれる者たちの評判を少しでも上げておかなければ、先々の大仕事にはとりかかれないまま終わるかもしれないのだ。

七

下御輿町の路地は、珍しく静かだった。雨の日でさえ絶えない子供たちの黄色い声が今は響いてこない。

しかし子供たちはそこにいた。井戸のある空き地に、やけにびっちり固まって座り込んでいた。真ん中で、十歳くらいの男の子が本を開いている。酒屋の通い手代の子、直弥《なおや》だ。近づくと、たどたどしく読みあげるのも聞こえてくる。

「わ る さ を し た の は こ の し た か」

ほかの子は耳を傾けながら、じっと本に目を凝らしていた。

直弥が手にしているのは、親にねだった貸本屋の絵草紙だ。直弥はこの長屋から寺子屋の盛栄堂へ通っている何人かの一人で、親も稽古の役に立つかしらんと、時々借り賃を出してやるのである。

そういうものが長屋にあるとなれば、例に漏れずあっという間に広まって、子供たちはわいもあてもと一緒に見たがり、こんなことになる。

直弥には読めない字も時々出てくるようだ。

「ちゅ ん ちゅ ん お……あ さ ん い た い よ う」

「『ば』やろ。さっきも教えたやん」

後ろの男の子が口を挟む。直哉と同い年くらいだろうか、やはり盛栄堂に通っている。しかしその子だって何でもすらすら読めるわけではない。絵草紙、特に子供向けのものはほとんど仮名文字で、少ない漢字にも仮名が振ってあるからなんとかなるが。

無理はなかった。稽古を始めて直哉は一年ちょっと、後ろの子はもうすぐ二年というところだけれど、二人とも何日かに一回、それも短い時間ずつしか盛栄堂にいられない。

もう一、二年すれば、おそらく奉公に出ることになる。奉公先で稽古を続けられるかどうかは主人次第だ。

そんなわけで、仮名文字以上を読み書きできる路地の子供はまずいなかった。大人になっても自分の名前が精一杯、というくらいが普通である。寺子屋に行ったり、働くうちに自然に字を覚えたりする機会が少ない女の子は、それさえ半分いるかいないかだろう。

でもみんな絵草紙は大好きだった。絵草紙は、そういう読者を想定して作られている。字などやさしい以前にちょっとしかなく、ほとんどが絵だ。昔話のようなみんなが知っている筋なら見るだけで十分楽しめる。

直弥もきちんと字を追うのが面倒になってきたようだ。

「お　じ　い　さ　ん　よ　う　き　て　く……さ　た」

「だ」

「と　し　よ　り　じゃ　か　ら　ち　い　さ……つ　づ　ら　で」

「な」

手助けしてもらいながら、このあたりまでは真面目にやっていたが、お婆さんが雀の宿を訪ねていくころはかなり適当になった。

「はよ、おみやげくれや」

「いえにかえるまで、きっとあけたらあかんよ」

こんな感じだろうと、勝手にせりふを作っているのだ。後ろの子も笑って、もういちいち直さない。

「あー重た。しんどい。もうあかんわ。なにがはいってんのやろ。ちょっとくらいのぞいたかて構へんやろ」

みなが息をのむ。直弥はここぞと得意気に「うわーおばけえ」と声を張り上げた。

子供たちは嬉しそうな悲鳴をあげると満足げに直弥から離れた。

直哉本人を含め、何人かは手伝いのため自分の家へ戻っていった。残りもいくつかに分かれて、それぞれ次の遊びを始めた。路地に賑やかさが戻ってきた。

さきはいつも通り金二をおぶっていたけれど、よしには何も言われていなかったので鬼ごっこに加わった。

鬼が手を伸ばしてくるのをひらりと避ける。遠くまで力いっぱい逃げたものの、ほかの子が狙われたのを見て、わざとまた鬼に近づく。

「こっちや、こっち」

引き付けてひらり。もう一回ひらり。

鬼が悔しがる。背中の金二がきゃっきゃと笑う。

友達と遊ぶのは本当に楽しい。

金二も可愛い。自分に頼り切ってくれる小さな存在。背中の重みにさきは誇らしさを感じる。

だがさきの頭の片隅には、字のことがこびりついて離れなかった。

絵草紙の、絵のまわりにぐねぐねはい回るたくさんの線。みみずが鬼ごっこをしているみたいにも見える。

字というものだと知ったのはいつだったか。

一つ一つに読み方があって、自分や人がしゃべっているようなことを紙の上に表していることは、しばらく前に理解できた。

直弥は、途中から字を読まなくなった。さきにも分かった。舌切り雀に出てくる人や雀はお話のしゃべり方でなくてはいけないのに、さきたちと同じしゃべり方になってしまったからだ。

本当は何と書いてあったのだろう。

お話は何度も聞いて憶えている。よしをはじめいろんな大人が語ってくれた。しかし読んではくれなかった。花咲爺さんや桃太郎や、浦島太郎、全部そうだ。誰も本を持っていなかった。

さきは今、お話の筋以上に、あのぐねぐねの線と、読み方がどう結びついているのか気になってしかたない。

今日のような機会があるたび、一生懸命首を伸ばして本をのぞき込んだ。他の子供たちは気づいていないだろうが、さきが見たいのは字なのだ。しかしぐねぐねがどう区切れているのかもはっきりせず、まして読み方を対応させるなど無理だった。

もっと近くから時間をかけて調べたかったけれど、本を貸してもらうのは、直弥からにせよ他の誰かからにせよ難しかった。本の借り賃は高く、小さな子供にまた貸しして汚されでもしたらえらいことだったからだ。大事にするといくら約束しても相手にされなかった。

なのにか、だからか、字への興味はいっそう募った。街のあちこちにある字が、どんどん目に入ってくるようになった。店の看板などには、絵草紙より線が多くてごちゃついた字が書いてある。

実はこちらの字なら、いくつか読めるものがある。ごちゃついてはいるが区切りが分かりやすいから、名前を知っている店なら字ごとに当てはめてゆけば見当がつく。

一番よく分かるのは「屋」だ。飛びぬけてたくさん使われているからだ。この字が最後についている店の名前は全部「や」で終わる。だからこの字は「や」と読むのである。

もう一つ、通りの入口ごとに造られた木戸の札に必ず見つかる「町」も分かる。「ちょう」のはずだ。ただ「まち」のこともあるようで、そこははっきりしない。

木戸といえば、脇に立て札が出ていることもあるが、あれに書いてあるやつは、区切りが難しい上にごちゃごちゃしている。読める人は本当にすごいと思う。

いつかはあんなのも読みたいけれど、とりあえずは絵草紙でいい。

自分も字が読めるようになりたい。

盛栄堂で教えてくれるのだとは分かっている。しかしその道が自分には選べないこともさきははっきり意識していた。

直弥のところも、子供を通わせているほかの家も、多少なりとお金を持っているが、うちにはない。さらに自分は女だ。清吉や金二ならともかく、さきはだめだ。

恥ずかしいとも悲しいともさきは思わない。ただ別のやり方を探さなければというだけである。字の分かる人に教われればいいのだが、長屋の男の子は年下の女の子を相手にしてくれない。大人は忙し過ぎる。三文字屋のおじさんなら立て札の字も読めるみたいだが、やはり簡単には頼めない。

どうにかしようはないだろうか。

いつの間にか考え事が頭を占領してしまって、さきはぼんやり立ち尽くした。

「捕まえた！　さきちゃん、鬼やで」

我に返って「待て待てー」とまた走り出す。しかし字を読めるようになりたい願いが消えたわけではない。折あらば大きくふくらんで、しばしば今のようにほかのことを忘れさせてしまう。

十一月に入ったばかりのある日のことだった。お昼を済ませたさきは使いを頼まれた。よしは繕いを内職にしており、出来上がった品物をお客に届けるのがよくさきの仕事になった。

真冬の寒さが始まっていた。さきは金二ごと綿入りの半纏《はんてん》にくるまった。前ならこんな時、よしは「金ちゃん、置いていって構へんよ」と声をかけたものだが、このごろはさきのするまま放っておいた。「大丈夫」と言われるに決まっていたし、本当に金二と一緒に行きたいみたいだったからだ。

「場所、分かるな」

「分かる——」

声を上げるや、さきは畳紙《たとうがみ》に包んだ繕い上がりの着物を抱えて家を飛び出した。

よしの手伝いもさきは大好きだ。ご飯の支度で、皿や椀を並べたり、済ませたあと洗ったりするのは面白い。お使いならもっとわくわくする。おおきに、と言われたり、褒めてもらったりすると本当に嬉しい。

客の家は、下御輿町を上がってから幸神社《さいのかみやしろ》の前を通って西へ進み、突き当りをまた上がって上《かみ》立売通《だちうり》を越した桜木町《さくらぎ》だった。

洛中の北東限になる出町だが、さらに北、上立売の向こうとなるといよいよ端っこの趣が強くなる。家も一気に減って、畑や藪の中にぽつりぽつり見えるだけだ。今は畑も藪も緑が少なく、殺風景な感じがする。

とはいえさきには関係ない。夜なら怖いかもしれないが、晴れ渡った冬空から、澄んだ陽射しが降り注いでいる。

あと少しの客の家まで足を速めかかったさきは、上立売通を渡ろうとして、桜木町より一本さらに西の藪之下町《やぶのした》の入口あたりが、見慣れない様子になっているのに気づいた。

本当に藪だらけの藪之下町だが、その一画がいつの間にか切り開かれて、奥に迫った相国寺の土塀までまる見えになっている。そして長屋に似た建物が一つ出来上がり、隣でも柱が組みあがったあちこちに大勢の大工が取りついて忙しく立ち働いていた。

何だろう。二十間あるかないかの距離である。さきは建物に近づいた。

よく見ると長屋と比べてもずっと粗末な造りだった。人家が少ない分このあたりには使いに来ることもあまりなく、多分半月くらい通りかからなかったと思うが、だとしたってそれくらいの時間で建ったのだからたいした手間はかけられていない。

戸口も見える範囲で一つしかない。長屋のようには中が仕切られていないのだ。と思った時、そこが開いて人が出てきた。戸の向こうがちらっと見えて想像が裏付けられた。

床もなくて土に莚《むしろ》を敷いただけのようだ。たくさんの人が寝転がったりしゃがみこんだりしている。

出てきたのはおじいさんだった。いや、よろけるような歩き方でかなり歳がいっていると思ったのだけれど、見ているうちにそれほどでない気もしてきた。顔が汚れている上、きちんと結われていない髪に半分隠れているからよく分からない。ひどい襤褸《ぼろ》を着て、履き物もないが、どういうわけか首から木札を下げている。

男は建物の横にしつらえられた物置のようなところへ歩いていった。大きな木箱の蓋を開け、手を突っ込んで取り出したのは炭団《たどん》だ。それを桶に投げ込み、いっぱいになると戻りかけたが、思い出したようにそばの井戸に立ち寄って手を洗った。

ついでに顔も洗たらええのに。

そんなことを思った時、さきは炭置き場の向かいに残った藪の前でうずくまっている別の人影に気づいた。

小さな人影だった。やはりあちこちが破れかかった赤茶の格子の着物に、帯の代りに縄を結んでいる。髪は前髪だけ括《くく》ってある。女の子だ。

ふいに女の子がこちらを向いた。さきと目が合うとその顔がぱっと輝いて笑いかけてきた。

さきはどきっとしたが、勇気を出して女の子のほうに歩き出した。敷地に入っていいのか少しためらったけれど、柵があるわけではなく、柱組みのほうで働いている大工たちもこちらにまるで注意を払っていなかった。

「大丈夫や、な？」

独り言のように、あるいは金二に問いかけるようにつぶやいてさきは進み、女の子の前で立ち止まった。

「何してんの」

「子供、あてしかおらへんね」

訊ねたこととはずれたことを女の子は言った。しかしそのひと言で、さきは女の子が寂しがっていたのだと理解した。

「きょうだい、おらへんの？」

女の子は首を振った。そして「おとんもおかんもおらへん」とつけくわえた。

さきはびっくりした。長屋には父親のない子がおり、母親がいない場合もあることは知っていたが、両方となるとかなり大変と思わざるを得なかった。

「ご飯、どないしてんの」

「今は貰える」

「前は？」

「前も、時々はもろてた」

「おこもさんなん？」

今度、女の子は小さくうなずいた。

食物や金銭をめぐんでもらって暮らすおこもさんが街にはたくさんいる。このところは特に多くなっていた。木戸番が追い払ってしまうから細い道ではあまり見かけないが、大きな通りだと辻々に座っている。今出川口橋のたもとには何人もいて、夜にはもっと集まってくると聞いた。

確かにおこもさんの中には子供もいたが、子供だけということはあっただろうか——。

女の子はさきの考えを読み取ったように「おかん、このあいだ死んでん」と言った。

「そうなん」

それ以上何と言ったらいいか、さきには分からなかった。悲しかったやろな、心細いやろなと思ったが、聞いてはいけない気がした。しかしそう思ったことで、おこもさんと知って女の子に抱いた警戒心も薄まった。

女の子はたしかに痩せて、腕などつかんだら折れてしまいそうに細かったが、おこもさんの臭いはしなかった。

「ここ来て着物一回洗うてもろたし。あて、身体も拭いてるし」

「ここ、何なん」

さきが訊ねると「おこもさん、集めたはんね」という答えが返ってきた。

「何で」

「分からへん。けどおかゆとか貰える」

「そらええな」

女の子は笑ったが、すぐ笑顔をしまって「子供、あてしかおらへん」とまた言った。

「ほいでやることのうて」

最初にした問いをさきは思い出した。

女の子は地面に棒切れで線を書いていた。ぐねぐね折れ曲がった線だった。そしてその横には、墨で真っ黒になった紙が広げてあった。

真っ黒になっているがべったり塗りつぶしたのではない。

「字いやんか」

思わず大きな声が出た。

紙に何回も何回も字を書きつけているのだ。字は重なり合い、しまいには隙間もほとんどなくなったために真っ黒に見える。けれども墨の色、濃さが線ごとに微妙に違うので、字の形は何とか判別できる。女の子はそれを土の上に写そうとしているのだった。

「読めるん?」

勢い込んで訊いたが女の子は「ううん」と言った。ちょっとがっかりだったが、思わぬところに見つかった字にさきは興奮した。

盛栄堂でも、手習いの紙は真っ黒になるまで使うと聞いたのを思い出した。これは誰かの手習いの跡なのだろう。

「あてにもやらして」

返事も待たず、さきは女の子が使っていた棒切れに手を伸ばした。判別できる字は、それほどごちゃついてはいなかったが、区切れの分かり辛さは絵草紙のそれよりずっとひどかった。大きくなったり小さくなったりも極端だ。

手習いだから、お手本をうまく写せずこうなったのだろうか。しかし、同じ形が何度も繰り返されている。初めて見るが、これはこういう形の字なのだとも思えた。

さきはその一つを写してみた。

「下手くそやなあ」

女の子が笑った。確かに、さきが書いた線は、元の形から大分離れてしまって、それこそ途方もなく長いみみずみたいになっていた。

「ほんまや」

さきも素直に認めて笑った。もう一回と改めて棒切れを手にした時、それまで大人しくしていた金二が突然ぐずりはじめた。

あやそうとしたが、金二はいっこう泣き止まない。金二を支えている腰ひもをはずし、抱き上げてお尻に鼻を近づけた。

「あかん、おむつや」

そしてさきははっとした。そもそもお使いの途中だったのだ。

畳紙の包みが地面に放り出されているのを目にして青くなった。棒切れを手にした時に我を忘れてしまったらしい。

「あて、行かな」

「また来てや」

「きっと来る」

さきは女の子と指切りげんまんをした。そして女の子が、さっき炭団を取りに来た男と同じように首から下げている木札を見た。

看板に書いてあるふうな、区切りのはっきりした字と、絵草紙に出てくる感じの字が並ぶ。

区切りのはっきりした字は三つで、まとめて「とうのだん」と読むのをさきは知っていた。下御輿町の西、柳風呂町のそのまた向こうは「しもとうのだんちょう」で「下塔之段町」と木戸に掲げてある。北側には「かみとうのだんちょう」と読む「上塔之段町」があるから、共通部分を取り出して「ちょう」をはぶけばいいのだ。

「あんた、名前なんて言うん」

女の子は「すみ」と答えた。さきは、絵草紙みたいなほうの字を指さした。

「これか」

「多分」

「あてはさき」

背負い直した金二の顔をすみに寄せて「この子は金二」とつけくわえると、さきは畳紙の包みを拾って土を払った。

「ほな」

踵《きびす》を返して駆けだしたさきの背中から「げんまんしたで」とすみの声が追いかけてきた。

繕い物を届けたあとも、さきは精一杯の速さで長屋まで戻った。

「おかえり。ご苦労さん」

びくびくしていたのだが、遅くなったことによしは何も言わなかった。「何そないに息切らしてんねんな」と笑っただけだった。次の繕い物をしていたようだったので、時間の過ぎ方が分からなかったのかもしれない。

「ええで、遊んできて」

ほっとしてさきは「金ちゃんのおむつ替えるさかい」と言った。汚れたおむつを外し、股を拭いて新しいのを巻き付ける。汚れたほうはざっとすすいで明日まとめて洗えるようにしておく。

そこまで済ませて表に出ようとしたさきを、よしが「ああ、そや」と呼び止めた。

「薮之下町の入り口のところに、何か建ててはったやろ」

一気に緊張が戻ってきた。声がひっくり返りそうになったのをこらえて、さきは「うん」とうなずく。

「さっき言うの忘れたけどな、あっこ近寄ったらあかんで。そば、行かへんかったな？」

「うん」

必死にそう答えたが、胸がばくばくしているのが分かった。

しかし訊かずにはいられない。

「何でなん」

「あっこ、おこもさん集めてはんね」

「へえ」

知らぬ顔で「何で」と繰り返す。すみはそのわけを知らなかった。

「何でて――おこもさん汚いやんか。悪さするんもいはるし。そのへんうろうろされたらかなんさかい、居場所決めてくれはるんはありがたいえ。偉いさんも珍しゅうええことしはった思うんやけどな」

あそこはおこもさんを自分たちから遠ざけておくための場所なのだとおぼろげに理解したさきに、よしは続けた。

「こんな近所にしてくれはらんでもよかったのにな。まあしゃあないけど、近寄ったら危ないさかい。直接なんかされへんでも、いろいろあるさかい」

危ないとはちいとも思わへんかった、とさきは胸のうちでつぶやいた。いろいろある、と言われたのも何のことやらはっきりしなかった。

もっと訊いてみようとよっぽど思ったけれど、なぜか口が動かなくなった。

「うん、分かった」

代りにするりと飛び出した言葉が威勢よく響いた。ただ女の子たちの輪のほうへ向かいながらさきは、いつにない金二の重さを背中に感じていた。

八

思いつきで始めた流民集所だったが、まずは順調にすべりだし、町衆の評判も悪くないようなのに槇村正直はひと息ついた心地だった。

集所は千本《せんぼん》通、堀川《ほりかわ》通、六波羅《ろくはら》、六角《ろっかく》、塔之段の五カ所に造らせた。ことの性質上もあり、京都の真ん中からは離れた場所が多い。

それにしても、地所はもとより建物の普請代まで、短期間に次々提供者が現れたのに槇村は驚いた。造ったら造ったで、その運営は集所ができた番組に降りかかる。中年寄、添年寄をはじめ、係になる者の入費、手間も相当だと思うが今のところ文句は聞こえてこない。米をはじめとする食料も、品薄の中、問屋がやりくりをつけている。さらには町医者が回り持ちで集所を訪れて病気の流民を診療する制度を整え、町医者のほうも積極的に協力しているという。

以前広沢兵助が、町衆は要するに金を出したくないのだと言ったけれど、それは一面の話ではないか。

広沢と親しい中に、熊谷直孝のような人物もいる。「鳩居堂」の大旦那かつ私塾の主宰者であり、息子の直行とともに小学校の計画にも関わりが深いのだが、別に医者を集めて「有信堂《ゆうしんどう》」という無料の種痘所を開いている。有信堂は、ほかの病気でも貧窮者ならただで面倒を見る。炊き出しなどもよくやっているようだ。

京都の連中には思いのほか情け深いところが備わっているのかもしれない。

いやいや、それはそれで単純に過ぎる見方だ、と植村は自分に言い聞かせた。

集所がすんなり受け入れられたのは、流民を放っておいては自分たちの生活が脅かされかねない、場合によっては自分たちもいつ流民になってもおかしくないと町衆が思っているからだろう。病気を診るのだって、流民のためではなく、そこから疫病が広まることを恐れてのことだ。

熊谷は確かに熱意から行動している。それでも打算がないかとなれば断言は難しいと思う。府に協力的なことには、長州贔屓の要素を割り引かねばなるまい。そこも含めてありがたいのではあるが。

いずれにせよ、喜んでばかりともいかない槇村だった。流人集所の成功が小学校のほうの難航ぶりを逆に浮き上がらせたからだ。町衆の多くが反対しているのは、その意義や利点を理解させる府の能力に問題があるからだとなってしまう。

それでも成功はやはり気分がいい。槇村は集所を視察することにした。上げた実績を自ら確かめるとともに、人々に誇りたかった。

視察先には六波羅を選んだ。

鎌倉幕府が探題を置いた六波羅は、鴨川東岸の五条から七条あたりまでを指す地名で、現在の市中でいえば東南端に近い。

その年前半の大雨で被害が大きかったのは当然ながら鴨川沿い、しかも南のほうだった。洛外の伏見、木津あたりではよりひどかったから、流民の押し寄せてくることもよそをはるかに上回った。そういうところに作った集所をこそ見るべきと考えたのである。

槇村は馬を用意させ、府庁の部下を供に集所へ向かった。

そうするようあらかじめ触れを出しておいたのだから当然だが、中、添年寄以下、番組内各町の年寄も全員揃って槇村を出迎えた。それも麻裃《あさがみしも》の正装である。恭しく謝辞を読み上げられて槇村は感激し、来てよかったと思った。

集所は想像していたより遙かに立派で清潔だった。府の役人が来るというので普請を追加し、念入りに掃除して、流人たちを風呂に入れたことまで槇村は想像できなかったが、普段通りでも十分な水準だったのだ。

百人を軽く超す流人の世話に当たるのは、番組から選ばれた町衆の妻や雇われの女中たちである。医師も来ており、診療の様子を槇村に見せた。流行り病と思われる者は、一つの棟にまとめて寝かせていると医者は槇村に説明した。

さらに、流民たちに仕事を身につけさせる係がいる。

一番多い仕事はごみの処理だった。市中では道端に捨てられたごみが溢れかえり、悪臭を放っている。汚物や犬猫、人の死体も少なくない。係の指揮下、流人たちがこれらを集め、定めた場所に穴を掘って埋める。

報酬はもちろん、ごみを処理してもらう地域が負担するのだが、担い手が確保されたことで市中は目に見えてきれいになってきた。首に木札をかけた集所の流人が現れるのを心待ちにする風潮まであるという。

すっかり満足した槇村とその一行を、年寄たちは宴席に招いた。

六波羅は三十三間堂や大仏のある方広《ほうこう》寺の門前町でもあり、土産物屋などに交じって料理屋も結構な数が見受けられた。連れて行かれたのはその中でも目立って立派な家だった。

洛中随一とはいくまいが、豪壮といっていい構えで、庭の植木、配された岩なども立派なものだ。

その大広間の両側に、それぞれ中年寄、添年寄を先頭に二十数人の年寄たちが居流れる。府庁側の主だった者は床の間の前に並んだ。槇村はもちろんその真ん中である。

はじめにまた中年寄の口上があり、応えて槇村は知事の長谷信篤に書いてもらった扁額《へんがく》と金子を下賜するとともに、番組の働きを褒めあげた。世辞ではなく、心からの言葉だった。

「忝《かたじけな》く存じまする」

年寄たちが平服する。

酒と料理が運ばれてきた。女も四、五人出てきて酌を始めたが、槇村は自ら銚子を持って立ち上がり、中年寄の前に進んだ。

「こっちからやらしてもらわなあきませんのに」

実際、折を測っているうちに先を越されてしまったのだろう。役人が酌をしに来ることなど滅多にないから、中年寄は面食らっていたが「ま、ま」と槇村に促されて杯を取った。

返杯を受けた槇村は、しばらく集所の話を続けたあとで「ときに」と、ほかの年寄たちにも聞こえるように声を高めて切り出した。

「小学校のほうだが、随分意見を貰っちょるな」

この番組からも、反対と言っているに等しい書面が提出されていた。座の空気はたちまち緊張した。

「意義深いことやと存じおります。ただ、実際に始めるとなると、いろいろ障りも多いもんですさかい――」

今度は添年寄が、ことさら何げないふうにしゃべりだした。しかし槇村は向き直って制し、改めて全員を見渡した。

「いや、わしは小学校の意義がまだよく理解されちょらんのだと考える。学校ちゅうものは寺子屋や指南所と根っこから違うちょるが、そうでなければ新しい世を築く礎として役に立たん。京都には、日本の新しい世を切り開いてもらわにゃならん」

勢い込んだ長広舌を奮った槇村だったが、年寄たちは畳に目を落として押し黙っていた。

やっぱりだめか――。

今なら余勢を駆って説得できる気がしていたのだが、向こうの防御はやはり固かった。

仕方なく、調子を落として話を適当に終わらせ、席に戻った。年寄たちがおずおず顔を上げる。

消沈した槇村だが、足を運んだ本来の目的は流人集所の成功を寿《ことほ》ぐことである。怒ってはうまくない。不貞腐れて大人げなく見られるのも癪で、冷めかかった椀に手を出した。

椀に入っていたのは、京都に来て知った「ぐじ」という魚だ。こちらで好まれるようだが、相当に値が張る。さっきの八寸も、車海老に赤貝、鴨と豪勢だった。

新政府の役人は帝の名代という立場だから金子を遣わす形だけは整えた。けれども正直大した額ではない。この席のかかりにさえ足りないだろう。可愛げのない町衆だが、そこは申し訳なく感じる。

集所にいた時から、年寄たちの服装が気になっていたせいもあった。麻裃に違いないが、すりきれかかっていたりどう見ても貸衣装だったりするのが多い。添年寄のそれにも、目立たなく繕われていたがかぎ裂きがあった。

年寄たちがずらりと並ぶ光景を眺めながら、槇村は寄合の様子に想像を巡らせ、格式が絡んでいろいろ大変らしいということ乃の話を思い出していた。

さっきの返礼ということだろう、中年寄が槇村の前にやってきた。

「本日は御役目まことにご苦労に存じまする。遠路お運び頂き、恐懼《きょうく》至極でございます」

槇村の酌を受けた時以上に畏まった口調になっている。面倒を起こさず役人が帰ってくれるのだけがこの男の望みだろう。

「その方らの寄合は、どこでどのようにやっちょるんじゃ」

また予想しない話題を持ち出されて相手は戸惑うふうだった。

「番組全体の寄合は、ここか、もう一つの店でやっとります」

「もう一つちゅうのも、こんな豪勢な店か」

「豪勢というほどではおへんが、このような料理屋でございます」

槇村がふーんと鼻を鳴らしたのにまた不安を覚えたのだろう、中年寄は言い訳する口調で

「奢侈《しゃし》のそしりを受けかねんことやと承知はしとりますが、あんまりみすぼらしい寄合は番組の沽券《こけん》にかかわりますよって」と述べ立て始めた。

「町組と申しておりました時分は、こんなもんやあらしませんどした。よその町組のことも気になりまっけど、寄合を当番で回さはる古町の方々が競い合わはりまして、それはそれは立派な席が設けられとりました。古町同士で作った番組では、今も同じようにしてはるようでございます。我らは元々新町ゆえ、お付き合いが軽くなりましてありがたいようなもんどすが、やっぱりそれなりの体裁いうもんもございますさかい」

まさに、こと乃が言っていた通りである。

「しかしそれで自分の首を絞めちょる向きもあるのではないか」

槇村は言ってみた。

「節目には気張ってみせるにしても、取り決めをするだけの寄合なら、店でやらんでも構わんじゃろう」

「そらまあ、そうでございますが」

微妙な表情を中年寄は見せた。しかし結局は、これまで言ったことを変えたくない気持ちが勝ったようだった。

「そもそも番組には寄合を開くところちゅうて、どっかを借りるしかおまへん。借りるてなったら結局、料理屋になりますやろ。広いとこいうたら、ほかはお寺さんくらいでっしゃろか。しかしお寺さんかてお勤めやらありますし、ええ顔はしてくれはりませんので」

ああ言えばこう言う。まったく面倒な連中である。好きにせいとさえ思ってしまった槇村だった。

一刻ほどで宴は終わった。

駕籠《かご》が用意されていたが、槇村は断って、来た時と同じく馬にまたがった。飲んでもふらつい たりしない自信があったし、借りをつくるようで嫌だった。それを言えば、すでに思い切り相手に出させてしまっているのではあったが。

年寄たちに見送られて出発した一行は、鴨川沿いを少し上がった後に五条大橋を渡った。弁慶に通せんぼされた牛若丸の物語が自然と思い出された。

ひらりひらりと町衆を翻弄し、参ったと言わせて供にまでしてしまう、そんな策がないものか。

もう十一月も半ばにさしかかっていた。夕暮れの川面から吹き上げる風がひどく冷たい。顔の下半分は伸びてきた髭のおかげでまだよかったが、耳などちぎれそうだ。酔いは完全に醒めてしまった。

その時、槇村は何かが頭の中で形をとろうとしているのに気づいた。もやの中に蠢《うごめ》くものがある。よく見定めようと神経を集中させた。耳の痛みも忘れた。

「あ」

突然の大声に驚いて、馬の周りを歩いていた供の者たちから「どないしはりました」「槇村はん」と声がかかった。

「何でもない」

しかし槙村の目はらんらんと輝いていた。

これだ。これしかない。

やはり情報収集は大切だと思った。今日は来てよかった。

「急用を思い出した。わしは先に行く」

供たちに告げるや、槙村は馬の腹を蹴った。

「どちらへ」

「待っとくれやす」

追いすがる供たちを尻目に、橋を渡った槙村は鴨川の西岸に沿って馬を走らせた。

ほどなく槙村が現れたのは、府庁ではなく政府のある御所だった。しかし広沢兵助はすでに退庁していた。会合でなければよいがと思いながら、槙村は馬を広沢の家へ向けた。

それは、木戸の家からも近い二条通の近くだった。城の近くに幕吏の役宅が多く残っており、新政府が引き継いだのだ。槙村が議政官吏員に正式任用されて与えられた家もさほど離れてはいない。もっとも広さや設《しつら》えは、当たり前だが木戸や広沢のそれと大分違う。

有難いことに広沢は家にいた。訪いを入れるとすぐに出てきてくれたが、馬を見ていぶかしげな顔になった。

「六波羅の流人集所に行っちょりまして」

「直接来たのか」

広沢は家令を呼んで馬をつないでおくよう命じたが、槇村の家ならその場所もなかっただろう。通された部屋の机には書物が広げられていた。脇にあった蝋燭《ろうそく》を広沢は槇村とのあいだに運んで、「それほど急いで何を言いに来た」と、からかいの混じった調子で問うた。

しかし話を聞くうち、広沢は次第に真剣な表情になり、身を乗り出してきた。

「悪くないな」

うなずきながら広沢は言った。

「やってみろ。しかし、仕掛けるからにゃ一気に決着をつけにゃあならんぞ」

槇村は夜のうちに触れの文案を書き上げた。翌朝には再び広沢に会ってそれを見せ、長谷知事の裁可を得ると、すぐに上、下京の大年寄たちを通じて各番組に送らせた。

触れは、各番組に組会所の建設を求めるものだった。

番組内の便利のよいところに建物を造り、各種の寄合や、府の触れを住民に読み聞かせる会場にするように。なるべく早く造ってもらいたいが、それまでは寺などを仮の会所に定めよ、というのである。

槇村は会所が必要な理由を挙げる中で、寄合が酒食を提供する施設で行われると余計な経費がかかるし、第一に議事を集中して話し合う妨げになる、と明言した。

この件に関しては、「見栄」で自縄自縛に陥っている町衆に、府の指導という名分が歓迎されるはずと読んだのである。

また会所の機能には、府の吏員が出張する時の拠点とすることや、平安隊の駐屯所になることを含めた。

これまでのように町家を宿として徴発されたり、供応を求められたりしなくなるわけだから、有難い話のはずだ。建物の普請はもちろん町衆の負担になるが、出し甲斐のある金だろう。

槇村の狙いはその先に定められていた。

触れを回すとともに槇村は、小学校の件についても近く重大な決定が示されるようだとの見立てを大年寄に語らせた。

町衆のあいだに動揺が広がった。

反対ばかりで府が業を煮やしたに違いない。いよいよ強硬に出てくるつもりだ。

会所と両方となったら、それこそ番組の財政は破綻する。会所のほうはぜひ造りたいのだが――。

ならばいっそのこと。

狙いはずばり当たった。場合によっては協力的な番組に手を回すことまで槇村は考えていたが、その必要もなく触れが回された翌々日、府庁の目安箱に書状が投げ込まれた。

「会所と小学校は一つにできるのではないかと考えます。別々に造るより費用もはるかに抑えられます」

まさに槇村が望んだ通りの提言だった。

間髪置かず槇村は、洛中すべての年寄、議事者は二十日に府庁に参集すべしという触れを出した。

このような惣《そう》呼び出しはやたらにあるものではない。当日、府庁には戦々恐々といった態の年寄、議事者が千人以上集まった。東町奉行所から引き継いだ白洲には到底入りきらず、一町から一人を超える分は、塀の外で役人の声に耳をそばだてた。

役人は息をのむ聴衆の前で、まず目安箱の投書を読み上げた。そして願いを取り上げ、小学校は三事の稽古場であるとともに、番組の会所として使うものとすると表明した。

さらにこう続ける。

「遠くの小学校まで、馬や車で混み合う道を子供に通わせるのが心配だと言ってきた町があるが、最終的には一つの番組に一校建てるつもりだから問題ない」

会所を兼ねる小学校の性質と整合性をとるべく、先月示した「洛中に十から十二校」の方針を転換する宣言だった。

そして役人は、この日年寄、議事者を集めたもう一つの目的なるものを述べはじめた。先月の触れに出てきた小学校「建営」のための軒金、特に維持運営に充てるとした割り当て分に関して、広まっている誤解を解きたいというのである。

「半年に一分の『軒金』と言ったが、これは今までの軒金とはまったく別のものである。反対している者はそこが分かっていないのではないか。今まで通りだったら、たくさんの貸家を持っている者はなるほど迷惑だろう」

　ざわめきの中、役人は言った。

「しかし府が考えているのは、裏長屋の住人に至るまで全員が等しく負担する『軒金』だ。言い方が悪かったかもしれないから『竈金《かまどきん》』と名を改める。竈を持ち、朝夕煮炊きの煙を立てる者はみな、半年一分を小学校のために出すということである」

　先月の段階で槇村は、こんな考えのひとかけらも抱いてはいなかった。いや、惣呼び出しをかけた時さえ、今誤解と決めつけた通りの意味合いを「軒金」という言葉に持たせていた。

　しかし、会所を誘い水に、抱き合わせで番組ごとに小学校を造らせるという妙案を思いついて一時有頂天だった槇村は、呼び出しをかけた後になって、また激しい重圧を感じ出したのだった。広沢に「一気に決着させねばならぬ」と釘を刺されたのはまことにもっともだった。でなければ町衆は図に乗って、さらに有利な条件を引き出そうとするだろう。府の負担が際限なく膨らみかねない。

　だから槇村は、町衆をその気にさせるだめ押しの一手を別に探した。

　連中が一番気にしている軒金をどうにかできないか。

　建物に課金するのがよくないのだ。しかし、でなければ何に？　売り上げ？　正確に把握できるはずがないし、豊かな者に負担が集中するのは変わらない。

　間口の広さに応じて取るのをやめ、家持からは一律ということにすれば？　しかしそれで必要額まで積み上げようとすると、小店《こだな》には辛い割当てになるだろう。

もっと負担者を増やす。借家人も含めたらどうだ。いっそ裏長屋まで？

それはいくらなんでも――とはじめ槇村は思った。

裏長屋の住民も町人に違いないけれども、誇り高い京の町衆、つまり家持は、自分たちと明確に区別している。触れの伝達はするが寄合に呼ぶことはない。つまり町として、町組、番組としての決め事には関わらせない。代りに家賃以外の負担も、災害など特別な場合を除いてはない。

番組に学校を造らせるというのは、町衆に作らせるのである。裏長屋に金を出させるとなれば、逆に町衆の自尊心を傷つけるだろう。

しかし、とそこでまた槇村は考えた。

市中のすべてではないが、裏長屋の住民までを含む入れ札で議事者や中、添年寄を選んだところがあるらしかった。御誓文の「上下心ヲ一ニシテ」といったくだりが影響したのかもしれない。頑迷固陋《ころう》と見える京都の連中にも、御一新の精神が少しずつ浸透しているのだ。

さらに、何年か前、木戸準一郎から聞いた話が思い出された。

西洋では、すべての民が「公共」という心を強く持っている。それは自分が公の一部であることを自覚する心なのだそうだ。

木戸が言うには、これから日本でも公共の心を広く育てていかねばならない。なんとなれば、国を発展させる一番の原動力だからだ。公共の心は、政に参加することから生まれる。そんな話だった。

御誓文につながってゆく考えだと後で気づいたものの、具体的にどういうことなのかは分からなかったが、今更ながら裏長屋の住民たちに当てはまる話に感じられてきた。

代表者を選ぶ入れ札に加われば、町、番組がどのように運営されてゆくのかへの関心も高まるだろう。自分の損得に直結することだけでなく、例えば京都全体の活力をどう維持するかといった大きな問題も意識し始め、役立つ振舞いを心がけるのではないか。

小学校も同じだ。

番組から集まった声にあたる限り、裏長屋の子供が小学校に通うことはあまり想定されていない。親たちが通わせようとしないと考えているからだ。

とりあえず小学校を造ってしまうのが先だとこれまで目をつぶってきた。けれども本来はもちろん、裏長屋からも小学校には通ってもらわなければならない。

裏長屋の住人は、どうしたら子供を学校へ通わせる気になるだろう。学校の建営に参加させる、が答えだ。すなわち費用の一部を分担させるのである。

もちろんはじめは猛烈な反発に遭うだろう。しかし恐れる必要はない。裏長屋の住人に町衆のような力はない。何とか払えるくらいの額に設定すれば、飢え死にもしないだろう。払った金の恩恵はいずれ返ってくる。感謝されてしかるべき筋合いである。

これだと腹を決めたものの、大胆すぎる策とも思えて、今度はおそるおそる広沢に打診した。

実に昨日のことだ。

広沢は、会所と小学校の抱き合わせを進言した時以上に喜んだ。

「やりよるじゃないか」

このところ抜け毛がいっそう増えたようだった頭を掻きながら、槇村は安堵のため息を漏らした。

「開化の思想が少し分かってきたようじゃやな」

「恐れ入ります」

「この金に、何か気の利いた名前が欲しいな。えーと」

思案顔になった広沢はぽんと膝を叩いた。

「竈金はどうじゃ。家持も借家も、表も裏も平等にかかることを表すのにぴったりじゃろう」

その耳慣れぬ言葉が今、白洲を埋めた者たちの口の中でもごもごと繰り返されている。

役人たちが書類を読み上げる壇上、後ろのほうに座って様子を眺めていた槇村は、にやけてくる口元を懸命に引き締めた。

その夜槇村は、根を詰めていたせいで足を向けられないでいた一力へ上がった。

「お見限りか思いましたえ」

ひと月ほどのことだったのだが、こと乃は大仰に拗ねてみせた。

「すまんな。しかしお前のお蔭で仕事の見通しがぐんと良うなった。礼をせんとな」

大したご機嫌でどしりとした祝儀を握らせた槇村に、こと乃はびっくりもして「あてがどないな御役に立ちましたんどっしゃろ」と訊ねた。

返ってきたのは含み笑いだった。

「知らずともよい」

「いけず言わんと」

「知らせてやりたいがな。政にはすべての民が加わらねばならんのだし。しかし政《まつりごと》は謀《はかりごと》でもあるからのう。何もかもさらけ出すちゅうわけにいかん」

煙に巻いておいて、ぽかんとしていること乃に槇村はだしぬけに質問した。

「竈金のこと、聞いたか」

「何どすの。竈が金で出来てますん？」

ますますわけが分からない面持ちでこと乃が訊ね返す。

「太閤はんでもなかったらそんなもん造らはらしませんやろ」

「違う違う。金《かね》を払うんだ。竈がある家はみんな。花田も払わにゃならんぞ」

花田はこと乃がいる置屋である。

「ま、大した金じゃない。さっきの祝儀で二、三年はいける」

「一体何の話どす」

「だから、教えられることは教えといてやろうと思っちょるんじゃないか」

「ほんまにいけず」

こと乃が本当にむくれて顔を背けてしまったのに、槇村は我慢できず笑い出した。

九

「竈金ちゅうもんができるらしい」

槇村がこと乃をからかうよりふた刻ばかり前、府庁を後にして三文字屋に戻っていた泰七郎も、仕入れに現れた伊佐次にその件を語っていた。

「何でんね、それ」

伊佐次も聞きなれない言葉にきょとんとするしかなかった。伊佐次がとっさに想像したのは、竈を新調したり修理したりするのに、長屋の持ち主が金を出してくれるのだろうかということだった。伊佐次のところの竈にはひびが入っており、それが僅《わず》かずつ開いてくるようで、割れてしまったらどうしようと、妻のよしも鍋釜を載せる時慎重になっていた。

「違うんや」

泰七郎は府庁での役人の話を説明した。伊佐次の顔がどよりと曇った。

「長屋のわしらにも出せいうんでっか」

半季分とされる一分は一貫文、つまり千文。伊佐次の稼ぎで言えば四、五日分である。出せなくはないにしても、相当痛い出費だ。

「そうらしい」

泰七郎も暗い声になった。

「わしら、子お学校なんかようやらんのに？」

「それくらいのことは、お上かて分かるやろ思うてたんやけどなあ」

憤懣《ふんまん》やる方なくなってきて、今度泰七郎は調子を荒げた。

「家持には確かに軒金より軽うなるけど、うちなんかそれほどのことでもないんや」

「貸家持ってはらしませんもんな」

「このへんでぎょうさん貸家抱えてる人なんか滅多にいはらへんやろ。得すんのは由緒ある町の大旦那だけや」

歴史の新しい町の貸家は、町の開発に当たった古い町の住人が持ったままになっていることが多い。伊佐次がいる下御輿町の長屋も、元の禁裏六町組でないため泰七郎は詳しく知らなかったが、大家は西のほうの親町にいると聞いていた。

「そういうお人らが文句言わはったんやろ。府庁もそういうお人の文句は聞きよるもんなあ」

「やからいうて、よりによってわしら泣かすんはきつい了見違いでっせ」

愚痴る伊佐次に、泰七郎も言った。

「やめてもらわんとあかん。小学校自体なしにしてもらうんや。そしたら竈金もへったくれもあらへんさかいいな」

その日府庁には番組内の年寄、議事者の大半が出頭していたから、帰り道、すでに泰七郎を中心に対応策の協議が始まっていた。ただ、宮本儀兵衛が例のごとくというべきか、腰が痛いとかで来ておらず、番組に戻ってから事態を報告して寄合を開く承認を取った。このあいだ仮会所に決まった寺町通の本満《ほんまん》寺には、本堂を使わせてもらうことを伝えた。

伊佐次が振り売りに出てほどなく、泰七郎も本満寺へ向かった。

本満寺にはもう大勢が集まっていた。本堂はかなり広く、天井も高いから寒さを心配していたが、気の利く者が手配したのだろう、たくさんの火鉢が持ち込まれていたためさほどでもなかった。儀兵衛が入ってくるなり「おう、割とあったかいやないか」と言ったくらいだ。

議論の冒頭に、泰七郎は自分の考えを説明した。

「そうや」

あちこちから賛意を表す声が上がった。やはり竈金で大きな恩恵を受ける者はおらず、多少の貸家を持っていても、店子が家賃を払えなくなることのほうが心配なようだった。そもそも竈金は小学校の運営費に充てるとのことだから、建設費の問題には何も寄与しない。

これまでの姿勢から一歩踏み込んで、上京二十九番組として小学校にはっきり反対することを文書で示したらどうか。泰七郎が提案しようとした時である。

「しかし、会所のほうはどないするんどす？」

一人の年寄が言った。

「やらへんわけにいかん気いするんですわ。長い目で見たら十分元取れそうやし」

反応を探るように本堂の中を見渡す。するとほかの場所からも声が上がった。

「寄合するとこが決まってたら楽なんは間違いないわな」

「妙な気い使わんで済むもんなあ」

また別の誰かが言う。

泰七郎は黙っていた。しかしその通りだとよく分かっていた。

飲み食いしながらであれば、ここまで議論を進めるのにはるかに長い時間がかかっただろう。経費もいくらくらいだったかと思わず計算してしまう。近所に高級といえるような料理屋はないが、それでもかかるものはかかり、番組の財政を着実に圧迫する。

分かっていて何も言わないのは、そこに触れると話がややこしくなるからだったが、泰七郎が黙ったままでも議論の方向は大きく変わってしまった。

「小学校を断って会所だけ造ってやで、後からやっぱり小学校もてなったらどないします？」

「そらきつ過ぎるな」

「いざとなったら建て増すんではあかんの」

「造りが全然違うで。なんとか直せたとしても、別に作るんと同じくらいかかるんちゃいますやろか」

「とすると、やっぱりまとめといたほうがええのか」

「聴いとくんなはれ」とたまりかねて泰七郎が口を出した。

「小学校を造るか造らへんかはあくまで番組の勝手ちゅうことになっとります。わしが念押してたんを、府庁に来てはった方はご存じのはず」

府の狙いがあからさまに読めただけに、泰七郎は役人の説明の後で進み出て、その点について以前府がした約束が変わっていないことを確認させたのだった。

「そやけどなあ。府のこっちゃからなあ」

「約束を表だって変えることはのうても、ねちねちしつこう言い続けてきよるんちゃうか。どこまではねつけ続けられるか」

それもまた泰七郎が共有している恐れだった。けれど泰七郎としては打ち消すしかない。

「何言われたかて無理なもんは無理、あかんもんはあかんのや」

口調を強めて、会所の話と小学校の話は別に考えるよう促したが、結論を先送りにするのが精一杯だった。泰七郎自身の胸のうちにも疑念がぬぐい切れずに残っているくらいだ。やむを得ないことだった。

府庁の白洲で、説明役の役人の後ろに座っていた男の顔が浮かんできた。あれが、夏から来ているという新しい長州だろう。風采の上がらない小男だが、余裕綽綽《しゃくしゃく》といった表情で役人と泰七郎のやりとりを見守っていた。

長州の好きなようにはさせない。他所がどうなっても上京二十九番組だけは揺らがない。

改めて泰七郎は決意し、番組を引っ張っていく立場の重さに身を引き締めた。

その間伊佐次は、いつもと同じように豆腐を売り歩いていた。

三文字屋を出る時、卸せる絹豆腐が少ないのを泰七郎が申し訳ながっていた。朝から府庁に出向き、寄合の段取りをしたあとで急いで店の仕事にかかったが、手間のかかる絹は十分に仕込めなかったらしい。

「いよいよ寒うなって、絹がええ時やのに、すまんこっちゃ」

しかし今日はどういうわけか始めから木綿を注文してくる客が多かった。なぜだろうと思って何にするのか訊ねてみたら、味噌屋が白味噌を安売りしていたから田楽を拵《こしら》えるという。なるほど、絹は湯豆腐にぴったりだが、柔らかすぎて串に刺せない。他の客もその口が多かったのかと伊佐次は納得した。

世の中そんなものだ、先々を読み切るなどできない。

翻って伊佐次は、何とか売り物の量を確保しようとくたくたの身体に鞭打っていた様子の泰七郎に、「そうまで頑張らはらんでもええのに」と思ってしまうのだった。

竈金なんてもちろん嫌だし、泰七郎にもそう言ったけれど、本当になったらなったで、どうにかなるつもりで伊佐次はいる。

これまでの飢饉も戦のてんやわんやも乗り切った。苦しい思いは山のようにしたが、ともかく生き延びて暮らしを立ててきた。よほど運が悪ければ死んでしまうだろうけれど、その時は諦めよう。

守るものがあるのは面倒だ。高望みにも用心しなくてはいけない。うまくいかなかった時にやるせなくなる。ありのままを受け入れれば心だけは穏やかだ。泰七郎は立派な旦那だが、酔狂にうつつを抜かせるほどの金や暇があるわけではない。そろそろ気づいたほうがいい。

さて、とずいぶん軽くなった天秤棒を肩に伊佐次は考えた。この調子だと思ったより早く売り切れてしまうかもしれない。北を先に回ろうか。

北というのは要するに相国寺だ。

相国寺はいくつもの塔頭《たっちゅう》を持ち大勢の坊さんを抱えている。当然、毎日たくさんの精進料理がこしらえられる。伊佐次には大得意で、いつも自分から注文を取りに行く。顔出しできなくなってはまずい。

上立売通まで上がった伊佐次は、通りを西に歩き出した。その先が相国寺の西門で、境内を突抜けて走る通り沿いに塔頭が並んでいるのである。


「とーふー、とーふー」

風に乗って耳に届いた伊佐次の声に、さきはびくりと身を固くした。

「どないしたん」

「おとんや」

すみはびっくりした顔をした。

「さきちゃんのおとん、豆腐屋さんなんや」

「売ってるだけやけどな」

「ええな」

「何で」

「いっつもお豆腐《とふ》食べられる」

「そんなことないで。たまーにだけや」

言いながらさきは落ち着かなくあたりを見回した。

「あかん、隠れな」

流人集所に近寄るのをよしに禁じられて、さきは悩みに悩んだのだった。よしの言いつけに背いたことはもちろん、背きたいと思ったことさえそれまで一度もなかった。

けれどもすみと過ごしたひとときはあまりに素晴らしかった。ぱっと見真っ黒な紙に潜むさまざまな文字。その線を探して見極めるのは、隠れん坊みたいにわくわくした。簡単に真似できないと分かったけれども、次こその気持ちが余計強まった。

そしてさきは、また遊びに行くと指切りげんまんをしてしまった。

げんまんを破ったら針千本飲まなくてはいけないのだ。よしには確かに「分かった」と返事をしたけれど、何が分かったのかは言わなかった。薮之下町の新しい建物に行かないという意味ではない——。

早くも次の日、さきは路地の子供たちと遊ぶふりで家を出ると、集所へ一散に駆けた。もちろん金二も一緒だった。

「来てくれてんや」

すみも大げさなくらい喜んだ。来ると思っていなかったのかもしれない。さきはそう感じた。そして約束を守ってよかったと思った。

建物の裏の、人目につかない場所にすみはさきを連れていった。そこで二人はまた黒い紙で遊んだ。すみは、前の日のもの以外に、何枚もの黒い紙を持っていた。

「おかんのもんやってん」とすみは言った。

「そいで、死ぬ時あてにくれてん」

「ええな」と今度はさきがすみに言った。

「ええことないわ。死んでしもてんもん」

「堪忍」

さきは急いで謝った。前の日、すみはその話を詳しくしなかったが、悲しくなってしまうからしないのだと理解した。

小半刻ほども前の日と同じように遊ぶと、さきは「帰る」と言った。

「何で」

「何でも」

すみは不満そうだったが、行ったらあかん、と言われていることは告げなかった。それもすみを悲しませるに決まっていたからだ。

もちろん用心は怠れなかった。さきが路地にいないと気づいたら、どこへ行ったのかよしは不思議に思うだろう。戻ってくるまであまり時間がかかれば行った場所を問い質されるかもしれない。幸神社と答える用意までしたさきだが、危険はなるべく冒さないに越したことはなかった。

一回一回の時間を取れない代り、さきは毎日のようにすみと会った。お昼の前と後に行くこともあった。ただ用事を言いつけられそうな時は控えた。用事を済ませた後が一番安全だ。

今日も油屋へのお使いから帰るとすぐ、さきは集所へ向かった。なのに地面に字を写しはじめるかはじめないかで「とーふー」の声が聞こえてきた。

ここに来ることについて伊佐次からは直接何も言われていないが、よしに話をされたらまずい。

隠れ場所を探すさきに、すみが「何で隠れんの」とのんびり訊いてくる。すみはさきより一つ年上とこのあいだ分かったのだが、身体もさきより小さいくらいで、万事頼りなげなところがあった。字の真似だけはまだかなわないのだが。

「何でも」

苛立ちが声に出た。すみはやっとことの切迫性を悟ったらしい。

「あっこ入っとったら」

すみが指さしたのは、炭団を貯めてある物置だった。

「着物真っ黒なってしまうやん」

そっか、とすみは少し考え、「ほな、あっこ」と、敷地の中に三番目に出来た、ほかの二棟より小ぶりな建物を改めて示した。さきは今度も首を振った。

「ほかのおこもさん、いてはるやろ」

おこもさんの人数は日ごとに増えるようだった。時折建物の中が覗けるが、本当に人でぎっしりになってきている。

時々外に出てくる者がおり、さきたちを眺めていることもある。一度「どこの子や」と声をかけられて、さきは身体を強張らせた。

危ないとは思わないが、すみ以外のおこもさんはやっぱり苦手なのだ。そのまま行ってしまったからよかったけれど、しばらくさきは身動きできずにいた。

しかしすみは「大丈夫や」と言った。

「あっこの人、寝てはるだけやさかい。何もしはらへん」

「ほんま?」

そういえばあの棟の戸が開くのは見たことがない。

「ほんまや。あて入ったことあるし」

来《き》い、とすみは先に立って手招きした。「とーふー」の声がさっきより大分近づいて聞こえ、さきは急いですみについていった。その棟が出来て普請はおしまいになったらしく大工もいない。誰にも見られず移動できた。

すみが手をかけると、粗末な戸はきしみながら開いた。金二を入れて三人一緒に顔を突っ込む。光は小さな窓から入ってくるだけの、暗がりといっていい空間だった。しかし意外なほど暖かい。火がたくさん使われているようだ。

蓆の上に男も女もまぜこぜで寝転がっている。歳のいった人が多いようだ。しかし込み具合はほかの棟よりかなりましに思える。

何人かが開いた戸のほうに顔を向けてきた。思わずさきは視線を落としたが、再びそっと様子を窺うと、おこもさんたちは元の姿勢に戻っていた。声もどこからも上がらない。

「な？」

得意気にすみが言った。

金二が時々ぐずりそうになったが、さきがあやすとすぐ静かになる。

「ええ子やなあ」

すみは金二の頭を撫で、「あてにも笑うてくれた」と喜んだ。

伊佐次の声はさらに迫ってきて、やがて集所の前を過ぎた。そしてだんだん小さくなった。伊佐次が相国寺で商売することはさきも知っていた。引き返して来るとしてもしばらく先だ。

この棟のおこもさんがすっかり平気になったさきは、すみに提案した。

「さっきの続き、ここでやらへん？　あったかいし」

「ええな」

暗いとはいえ、紙の字が判別できないほどではなかった。床も蓆をめくれば土だから、棒切れで外と同じように線が引ける。

さきも、手習いの真似が少し上手くなった。そしてたくさんの字を写しているうちに、同じような形の線がたびたび出てくることに気づいていた。いくつの字がつながっているのかはっきりしないのもあるが、きっと同じ読み方なのだ。

唯一の手掛かりは、すみの首にかかった木札だった。多分、なのだが「塔之段」でないほうの字は名前だと思う。「す」と「み」ということだ。

形の似ている線を探す。手習いの字はとにかく切れ目が少ないが、ひと続きの中に時々、これではないかと思える部分が見つかる。

「これ『み』とちゃうやろか」

「うーん、似てる気いもするけど、上のほうが大き過ぎひん？」

「せやなあ」

「こっちのほうが同じな感じちゃう？」

「どやろ」

「一緒やで、きっと」

紙の中に埋もれた線をすみと探し、似ているいないと言い合うだけで、さきは満ち足りた気持ちになった。

ただ推測が正しいかどうかは結局決めようがなく、仮に正しいとしても一文字二文字分かっただけでは、全体としてどういうことが書いてあるのか見当もつかない。

「あて、ほかの人の札、気いつけて見とくわ」

すみの思いつきにさきは目を輝かせた。

「ええな。名前分かる人ぎょうさんおる？」

「ぎょうさんいうほどでもないけど」

「あても、読み方分かる字、何とかほかで見つけるわ」

楽しい時間はいつもあっという間に過ぎてしまう。

「ぼちぼち帰らんと」

最近はすみも、さきが長くいられないことに慣れたらしく、こくりとうなずくと紙を畳んで油紙に包んだ。母親がそうやって渡してくれたそうで、包みは肌身離さず持っている。身体を洗われる時は、取り上げられないよう蓆の下に隠すのだという。

すみはまず自分で戸を細く開け、外に誰もいないのを確認してくれた。

「またな」

「うん。また明日」

いつもより少し早く伊佐次が下御輿町の路地に帰ってくると、さきは清吉と大根を洗っていた。井戸の水をかけながら、丸めた藁の束でこするのである。

「泥がよう取れるやろ」

さきが清吉にやり方を教えてやっている。金二もさきの背中にいた。

水が足りなくなって、さきは釣瓶《つるべ》の桶を井戸に投げ入れた。綱を握って反対側の桶を引っ張り上げにかかるが、重くてなかなか綱が手繰れない。

「清ちゃん、手伝うて」

清吉は言われた通り綱に手を伸ばしたが、さきより小さい身体を乗り出すので、井戸に落ちてしまいそうだった。伊佐次は思わず駆け寄って清吉の帯をつかんだ。

「あ、おとん。お帰り」

「清吉に水は汲ましたらあかん。危ない」

さきは叱られたと思って身をすくませた。手から離れた綱が逆戻りして、桶が水に落ちる音がした。

「堪忍、おとん」

泣き出しそうなさきを「怒っとんのと違う」となだめた伊佐次は、どうして危ないのか説明してから自分で水を汲んでやった。

「さきはやってもええけど、なるたけおかんに頼み」

「分かった。けど、着物直してはるさかい」

「せやなあ」

苦笑するしかない伊佐次である。

「ほなやる時は気ぃつけて」

「はよ大きなるわ」

伊佐次が家の戸を開けると、さきの言った通りよしは一心不乱に繕い物をしていて、夫の帰りに気づくにも少し時間がかかった。

「早かったな」

「ああ。今日はさっさと売り切れてな」

それから伊佐次は思い出して「今日、白味噌安売りしてたらしいで」と付け加えた。

「へえ。知らんかった。さきに買うてきてもらおか」

「いらん、いらん」

急いで伊佐次は首を振った。

「そこまでせんでもええわな。田楽にするもんもないやろ」

「別に今日でのうてもええやん。味噌なんか腐らへんし」

「ええんや。安売りいうたかて大したことないやろ」

「そうやかてさ」

よしはさらに続けたけれど、伊佐次はわざと音をたてながら盥を土間に置いて聞こえないふりをした。よしの執心もそこまでで、改めて様子を窺うともう繕いに戻っていた。

伊佐次は竃金の話をしなかった。そのうちしないわけにいかないだろうが、今はよしが学校をののしるのを聞きたくなかった。

食事になり、向かいでさきと清吉が並んで膳に向かっているのを眺めていた時、思ってもいなかった言葉が伊佐次の口をついた。

「お前ら、学校て行きたいか」

自分で戸惑っている父親をさきは無邪気に見返して「何なん、学校て」と訊ねた。

「せやな。そっから知らんのやもんな」

幾分ほっとしつつ、伊佐次は説明をしてやった。もっともすべて泰七郎からの受け売りで、しかも人に伝えようとすると、理解できていないでいるところがたくさんあるのに気づかされた。前によしに話した際はそんなふうに思わなかったのだが。

さきもなかなかぴんと来ないふうだったけれど、「要するに、盛栄堂みたいなとこやな。字いとか教えてくれるんや」と言った。

「せや、そういうことや、要するに」

「行かんでええ」

朗らかにさきは言った。

「盛栄堂みたいなとこやったら、行かんでも大丈夫や」

伊佐次の緊張はすっかり解けた。子供と話すのに、何をどぎまぎしていたのだろうと阿呆らしくなった。

「なあ、本人がそう言いよんのになあ。府の偉いさんはおかしなこと考えよって」

しかしこれにはよしが食いついてきた。夫がどうしてさっきみたいな問いを子供たちに投げかけたのか、いぶかしんでいたところでもあった。

伊佐次は竈金のことを話さざるを得なくなった。危惧した通り、いやそれ以上の勢いでよしは憤り、府と学校を呪う言葉を吐き散らした。

「半季一分やてえ？　あてが一分稼ぐのにどんだけ針刺さなあかん思てはんのやろな」

「お上のやるこっちゃしどないもならん」

「どないもならんですむこっちゃないで、あんた」

「ならへんもんはならへん」

伊佐次も懸命だった。

「ごちゃごちゃ言うだけ詮無いて」

「あー腹立つ」

よしは怒りのあまり飯も喉を通らなくなったようで、さっさと食事を切り上げ、金二に乳をやりはじめた。

結局こうなってしもたか。

伊佐次は声に出さずつぶやいた。怒りは周りの者まで疲れさせる。水入りの盥を毎日担いで歩かねばならない身としては、気持ちくらい穏やかでいたかった。

しかしきっかけを作ったのは伊佐次本人だ。子供たちが学校についてどう思っているのか訊かずにいられなかった。

なぜだったのだろう。

考えれば考えるほど分からなかった。だが伊佐次は、無駄にものにこだわらない信条を守ることにした。

「さ、さっさと寝ようや」

豆腐を作らなくていいとはいえ、伊佐次の仕事も朝の早さは界隈指折りなのである。

十

槇村正直は部下たちに、番組を構成する町の一つ一つをきめ細かく回らせて、小学校の意義と見込まれる利得を説いた。

読み書き算術のできる者が増えれば、京都の商売はそれだけ盛んになる。商人はもちろん、職人の仕事の質も上がり、稼ぎも増える。その富が使われる過程で、さらに多くの人々が潤う。みながが食えるようになれば流人はいなくなる。治安もよくなる。読み書き算術にとどまらず、いずれはさらに高度な学問も学校で教えられるようになる。全国の優秀な人材が京都に集まり、さらなる繁栄の礎となってくれる。

槇村がたどり着いた理屈も広めさせた。すべての人が学校に行くことで、公共の心が養われ、効率的に政を進められるというあれである。

小学校建営に元から積極的だった町衆は、役人たちの露払いを買って出てくれた。中心はもちろん、広沢兵助の盟友とも言うべき森寛斎、遠藤茂平、幸野楳嶺、鳩居堂の熊谷直孝、直行親子らである。西谷良圃も、負担が裏長屋にまで広がることにさまざまな思いがあるようだったが、口上書の筆者として前に進むしかないと考えたのだろう、骨惜しみはしなかった。

献金も集まってきた。書林主の遠藤が呼びかけたおかげで、十の書林が合同で千両を提供したのをはじめ、五十両、百両といった額の申し出が相次いだ。書物や筆、紙を現物で寄付する者も多かった。

府庁に議事者たちの惣呼び出しをかけて十日経った十一月末時点で、小学校を設立する意向を明らかにした番組は上京四十五のうち十七、下京は四十一のうち十六になった。

多いと見るか少ないと見るか。微妙な数字だった。惣呼び出しまで、ほとんどが反対と見えたのを思えば飛躍的な進歩と言える。しかし小学校建営は、市中であまねく行われなければ意味が半減する。

番組の意志を無視して強制しないと約束してしまったのを悔やみつつ、槇村は万策を尽くして反対する番組を翻意させると改めて決意した。

有難い流れもあった。

小学校がもたらす利得を説きながら、どうしても触れられないでいることが一つある。なぜ京都のてこ入れを急ぐのか——。

近々京都が都でなくなるからなのだが、それだけはぎりぎりまで伏せておかなければならない。学校どころでなくなるのが目に見えている。

なのに帝は即位の礼の直後から東京へ出かけられ、滞在がふた月以上に及んでいる。京都の者たちのあいだには、いったいいつまでと心配する声が上がりつつあった。一部には、最悪の事態を正しく勘ぐる者もいたのだ。

政府もまずいと思ったのだろう。十一月二十七日、京都にお戻りになる旨が発表された。春にまた東京に向かわれるとも述べているのが余計だったが、府としてはとりあえず嘘つきにならずに済んだわけである。

小学校についても、悪いようにしないから府の方針に従ってくれと言いやすくなった。ことを進めるのは今だ。

槇村はまず、賛成してくれる番組から選んだ町役二人を「小学校取建係」に任命した。ほかの番組も、二人を通じて府と連絡を取りながら事業を進めることになる。建設候補地の地権者と交渉がうまくゆかないような時には仲介に乗り出すなど、府としてきちんと面倒を見る態勢を整えたのだ。

しかしそれだけでは弱い気がした。京都人の手ごわさはすでにいやというほど分かっている。立ち向かうにはこちらもありったけを振り絞らなければならない。

竈金は、暮らし向きに応じて負担額に差をつけたり、払えない者の分を町が立て替えたりすることを認めよう。町として割り当てられた額が集まればよしとする。理念に傷はつくが、大筋が維持されるなら仕方がない。

いや、まだ足りない。流れを決めるにはとっておきの餌が必要だ。

建設資金の下渡《さげわた》ししかない。思い切って一校八百両。半分は十年の割賦で返してもらうが利子は取らず、残りの半分は返済自体を求めない。番組会所を兼ねるとした小学校だが、建設費のうち教育機関としての分は府が持つ体裁ができる。

相手の思うつぼにはまってしまうのかもしれない。しかしここにきて面子などどうでもいいと槇村は思った。

ただ、槇村一人で用意できる餌ではなかった。府の予算が底をついてしまう。

府は、帝を連れていかれる代りに、政府からの手切れ金のようなものが支払われるべきだと考えていた。槇村もそれをあてにした。

もちろん、政府の一員でもある府幹部に、都が東京に遷るのを阻止する考えは毛頭ない。しかし、取れるものは強奪してでも取らなければならない。

ことがはっきりした後、どれくらいの金が京都に入るのか。小学校に回す分はあるか。

広沢は「それくらいは引っ張れるだろう」と言った。広沢には、京都に小学校を造る企てに手をつけた自負と責任感がある。実現のためなら何でもやる姿勢である。

参与がそうならと槇村はほっとしたが、思いがけず木戸のほうは慎重な姿勢を崩さなかった。

この件を話し合うために、槇村は木戸を自宅に訪ねた。

京都に来てから木戸とは月に一、二回の頻度で会っていたが、御所のことと自宅のことと、半々くらいだった。大きな会議などがなければ、人に会うのも物を書くのも読むのも、自宅でするほうが木戸の好みのようだった。頭痛持ちで、時々急に調子が悪くなるせいかもしれない。

二階の書斎で、幸い木戸は元気そうだった。しかし話を聞いたあと「なるほどなあ」とつぶやいたきり黙っていた。

「如何ですか、そのあたりの見通しはつきませんか」

待ちきれず槇村は突っ込んだ。

「見通しはつくさ」

「ではいかほどと思っちょればよいでしょう。もちろん大雑把にで結構です」

「言えないぜ、それは」

木戸は笑いながら言った。

「言えば約束したのと同じになる。京都のほかにも金を使わにゃならんところがごまんとあるからな」

「木戸さんはこの槇村に、京を東京よりも先を行く街にせいとおっしゃいました」

「間違いない。しかしな、だから金はいくらでも出すという話にゃならん」

「出ないんですか」

「そうは言っちょらん。約束できないんだ」

粘ったが、木戸は言質を与えてくれなかった。徒労感に襲われて、槇村は辞去の意を伝えた。

木戸に送られて玄関まで来た時、奥から小走りの足音が聞こえた。

「すんまへん槇村はん、お茶も出さんと。ちょっとばたばたしてしもて」

たすき掛けのままの木戸夫人、松子は本当に申し訳なさそうだった。いつも通りに美しい。

「おう、わしも茶がなかなか出てきいひんなて思とったで」

木戸が怪しげな京都弁を使ったのに、松子はぴしゃりと「やめとくれやす。気色悪い」と言った。

「気色悪いってか。こりゃあご挨拶だな」

しかし怒られるのも嬉しそうな木戸を見て、槇村は気を取り直した。

木戸も、京都には目いっぱいのことをしてくれると思えたのだ。もちろん松子のためだけにではないだろうが、松子と出会い、今も共に過ごす京都を木戸は愛している。

会見の模様を聞いた広沢は、自分がもう一度木戸と話そうと言ってくれたが、槇村は断った。

「こちらも腹を括りましょう。何、手切れ金として貰えなければ借り入れでもいい。京都を復興させて、利子つきで返せばいいことです」

模範とする小学校の間取り図などと一緒に下渡し金のことが通達されると、さっそく複数の番組が小学校賛成に転じた。さらに一つ、二つと増えて、半分を超すのにさほどの時間はかからなかった。

大胆に餌を撒く一方で、残った反対組の説得を続けている役人は、大勢がそちらへ流れつつあることを誇示し、取り残される不安をあおった。手を挙げるのが遅れれば、下渡し金も出なくなるかもしれないと脅すこともあった。

突き進むには燃えるような思いが必要だ。しかし冷静な状況判断や妥協も欠かせない。描いた計画を実現に導いていく面白さに槇村は夢中になった。そして、一歩を進めるごと、自信を深めた。

我ながらなかなか大した働きぶりと思い始めると、わずか二カ月前に与えられ、その時は実に誇らしかった議政官吏員の肩書がみすぼらしく感じられてきた。政府の一員というだけで、直参には違いないが旗本より御家人に近いだろう。

自分は京都を建て直すためにわざわざ呼ばれたのだ。何より長州の出自は、今の世で万金をしのぐ値打ちがある。立身の階段に足がかかったのは前から意識していたが、予想以上に早く実現できるかもしれない。

役職を貰うのは前任者の処遇があるからすぐにともいくまいが――。

表彰ならいつでも受けられる。思いついたら即行動が今の世では有効だという、学びの成果を槇村は実践した。自らを表彰すべしと言上する書面を認めて、恭しく広沢に差し出したのだ。

「何じゃこれは」

「お読みくださりませ」

真剣そのものの顔で言う。一読した広沢はすぐにはどう返事をしていいものか分からなかった。

たわけが、と怒鳴るべきか――。

しかし槇村の、名前通りの真っ正直さなのかもしれぬと思い直した。こういう男だからこそ、脇目も振らずに仕事に全力を注ぐ。

「知事殿に取り次ごう」

「よしなにお願いいたしまする」

礼も言わない槇村は、当然のことをしているつもりなのに違いなかった。

数日後、知事の長谷信篤は、槇村を呼んで「小学校建営に向けての働き、真に顕著である」と褒詞を述べた。

畏まって聞く槇村に与えられたのは、刀に付ける小柄《こづか》、笄《こうがい》、目貫《めぬき》の揃い、「三所物《みところもの》」だった。旗本の拵《こしらえ》に欠かせないとされた最高級品、後藤家の品でなかったのが槇村には少々残念だったが、その思いすらさらに前へと進む力になった。

次はもっと大きな手柄を立てて、立派な褒美を貰うと心に誓ったのである。

十一

「『あ』て、こんな感じやねん」

言いながら、さきは土に線を描いてみせた。

「『ぶ』がこう」

「うん」

「で、これが『ら』や」

黒い紙にどんなことが書かれているのか知るため、読める字を増やそうとしたさきにとって、手っ取り早かったのはやはり店の看板だった。

ただ看板の字は、ごちゃごちゃしたやつが大方で、すみの紙に書かれたようなのは少なかった。少しはあるが、店の名前ではなさそうで読み方の見当がつかない。

そんな中でやっとこれだと思えたのが、伊勢屋の玄関脇にかかっている「あぶら」だった。伊勢屋では、行灯に入れる油を売っている。さきがお使いで買ってくるのは安い鰯油だ。燃やすと魚臭い。菜種油は臭いがないが高い。しかしどちらも油だ。あの字は油のことに違いない。

黒い紙の字に「あ」「ぶ」「ら」を探す。「あ」と「ら」がいくつか見つかったが、「ぶ」はなかった。右上の点さえついていれば、というのならあるのだが。

「惜しいなあ」

二人は残念がった。

しばらくして、「さ」と「け」も読めるようになった。もちろんさきが別のお使い先で憶えてきたのである。

すみも、集所のおこもさんたちの名前からいくつか読み方の分かる字を拾ってきた。もっともすみは、さきに対してはそうでなかったけれど人見知りで、名前が分かり、かつ首の札をよく見せてもらえるくらい馴染みのある相手がほとんどいなかった。辛うじて条件の揃ったのが、「しま」ばあさんと「やすけ」おじさんだった。「け」がかぶってしまったのがすみにはひどく悔しかった。

今のところ分かった字は十とちょっと、どの紙も全体の意味を推し量るには遠かった。大きな池に、ぱらぱら落ち葉が散っているほどにしか分かる字がない。

それでも、短い言葉ならいくつか浮かび上がってきている。ある紙に、さきとすみは特別な興味を持つようになった。その紙には「すみ」という言葉がはっきり読み取れるのだ。

紙を黒く染めている「墨」だろうか。あるいは燃やして暖まったり煮炊きしたりする「炭」だろうか。この集所でもさきの家でも、炭より安い炭団を使うことのほうが多いけれど——。

「今気いついたけど、おすみちゃん、ええ名前やなあ」

「なんで」

「『すみ』て、全部ええもんやん。『さき』はそういうのあらへんもん」

「おおきに」

照れた様子でつぶやいたすみは、「おさきちゃんかてええもんあるんちゃう?」と気遣うように付け加えた。

「あるか? そんなん」

「えーと」

すみの表情が真剣になった。

「割《さ》き干し大根《だいこ》とか」

噴き出しながらさきは「せやな、割き干し大根おいしいな」と答えた。

その紙には、「すみ」のほかに「さら」「やま」「やみ」があった。暗闇の「闇」ならちょっと怖いが、その奥に何があるのか興味をかきたてられもする。

あと「あらす」というのも出てきた。しかも二カ所、どちらも後ろのほうでかなり近いところだ。

「何やろ『あらす』て」

「聞いたことないな」

二人で懸命に考えたが、思い当たる言葉がない。

さきはよしにも訊いてみた。

「おかん、『あらす』って知ってる?」

「あらす？　カラスとちゃうん？」

よしは怪訝な顔をした。

「『荒らす』のことやろか」

「どういうの、それ」

「せやなあ、泥棒が家の中ひっかきまわしていくんとかな。畑をカラスとかヒヨドリとかがつっついてあかんようにするんも『荒らす』やな」

「ふーん」

あまりいい言葉ではないのだろうか。だったら嬉しくない。そんなことを思っていたさきは「何でそんなこと訊くん？」と逆に問われて返事に詰まった。

「何でもない」

逃げるようによしから離れた。集所へ行っているのがばれたら、すみと会えなくなってしまう。何が何でも秘密は守らなければならない。


次々繰り出される府の新手に、泰七郎は感嘆さえしていた。

小学校建設費八百両の下渡し、しかも半額返済免除とは、向こうも思い切った。「会所だけでいい」という主張はつっかい棒を外されたようなものだ。

竈金の負担配分を番組に任せるのも巧みだ。裏長屋の困窮者から取るのかという非難は、府でなく番組に向かうだろう。その面からも、反対を続けるのは難しくなった。

上京二十九番組の中でも「もう府の言う通りでええんとちゃうか」という声があがり、少しずつ数と勢いを増した。泰七郎自身、そう思ったことが一再ではなかった。

にもかかわらず、そのたびいつも考えを引き戻したのは、例の新しい長州、後で槇村という名なのが分かった役人の、なんとも胡散臭い顔を思い起こすからだった。長州の中でも、あの男は格別信用ならない。

府は譲歩と言うのだろうが、中身を仔細に検討すれば到底そんなものではない。

竈金の負担割合がどうなろうが、府にまったく痛みがないのはもちろんだ。

下渡し金のうち四百両は確かに府の支出だ。しかし、府から模範例として示されている設計図を手に入れ、大工に見せたところ千両以上かかるとのことだった。土地代を合わせれば千六、七百両を下回らないだろう。

四百両を差し引いた残りは、結局番組の負担になる。府はわずか四百両の呼び水で、千数百両を町人に吐き出させるつもりなのだ。まるまる番組が出す竈金は、学校を造った後々まで毎年かかり続ける。

その一方で府が、悪者にされないようさまざまな目くらましを施しているのがまた嫌らしい。

例えばつい先日出た触れは、番組が建設費として軒金を課すことを改めて禁じた。寄付ならいいが、強制的に集めてはいけないというわけだ。だが「府は認めていないのだからな」と、前もって言い訳を用意しているに過ぎない。よほどの金満家がいる番組は別にして、下渡し金で足りない分は、寄付の名目をとるにしても、事実上家持に割り当てるしかないだろう。

それにしても、多くの番組をすでに術中にはめてしまった槇村正直の力は侮れない。

このところ京の人々を浮き立たせている「還幸」の知らせにも、泰七郎には裏があると思われてならなかった。

帝は、来春また東京へお出ましになるというではないか。東京府民に出されたという、徳川の江戸城を改修して帝にふさわしいお住まいを造るとの触れも、瓦版に載っていたのを泰七郎は目にしていた。御所とどちらが主たるお住まいになるのか。

ひょっとすると今度京に戻られるのは「還幸」などと呼ぶのはおよそふさわしくない、別れの儀式のようなものではないか。

それが決まったのは先月のことらしいが、以来、府はうるさいほど帝の動静を知らせる触れを寄越してくる。

今月八日に東京をご出発なされたと言ってきてからはほとんど毎日である。今神奈川だ、小田原だ、駿府に入った、次はどうした。京が懐かしいだとか、一刻も早く戻りたいだとかのお言葉も伝えられる。

しかし鳳輦の足取りは、お言葉の割にはゆっくりしているように思われる。大人数ゆえ機敏に動けないのかもしれないし、土地土地での歓迎や行事があるのだろうが、恐れ多いことながらお言葉は本物だろうかと疑ってしまう。

帝が京にお着きになる二十二日の段取りについて、上京二十九番組中年寄の宮本儀兵衛と打ち合わせをしていた時、泰七郎の頭は実のところそんなことでいっぱいだった。

もっとも儀兵衛は大いに張り切っている。各番組から役職者が山科まで迎えに出ることになったのだが、普段は府庁へ足を運ぶのさえ億劫がるくせにその日が待ちきれないふうで、泰七郎を呼びつけて、着るものはどうすればいい、持ち物はと質問攻めなのである。

「わしかてよう知りませんけど、麻裃でええんちゃいますか」

「中年寄に選ばれましたて、府庁行った時も麻裃やったで」

「それ以上格式の張りようあらしませんさかい、しゃあないですやん。お公家さんの格好するわけにいかんし」

「そうか。そうなんかなあ」

納得がゆききらないふうな儀兵衛を適当にあしらって、泰七郎は儀兵衛の家を辞した。

確かに、徳川の時代には新たな京都所司代がやってくる度、年寄たちが山科に出張ったそうだった。五年前の公方上洛にはもちろん盛大な出迎えが計画されたが、それに応える威儀を整えるのがすでに難しくなっていた幕府のほうが断った。

いずれにせよそうした行事に参加できたのは当時の町組の親町、古町だけだったから、関わらせてもらえなかった悔しさを今こそ晴らそうと、儀兵衛が張り切るのは分からないでもなかった。

とはいえ、出迎えに参加する費用は番組持ちである。番組の懐具合は分かっているのに、忘れたように舞い上がる儀兵衛を見ると、府の、つまりは槇村の思うつぼにはまっているようで、泰七郎は面白くなかった。

とにかく帝は予定通り京にお戻り遊ばされ、泰七郎ら何百人の出迎えが平伏する前を通り過ぎた鳳輦が無事、御所に入った。

明治になって初めての正月は寒かった。暮に降った雪が積もったまま残り、その後天気こそよくなったものの冷え込みは余計強まって、手水《ちょうず》の水が毎朝一寸近い厚さに凍った。

泰七郎にはゆっくりする間などなかった。商売はもちろん大晦日まで大車輪だった。奉公人をねぎらって実家に帰し、やっと家の中が落ち着いたと思ったら、元日には町汁《ちょうじ》があった。

もともと年頭の寄合と同義だった町汁だが、寄合は飲食抜きに改まっている。しかし正月くらい何かやらないと寂しいというので、別に宴席を持つことになった。それ自体は泰七郎も反対しなかったが、やるとなれば店の手配から席次の作成、その他細々した仕事は当日の進行も含めて結局添年寄に回ってくる。

町汁が終わってもまだのんびりできない。ひっきりなしに年始客がやってくる。そんなことが二日、三日と続いた。

「すまんのお」

ようやく人の切れ間ができた三日の昼過ぎ、泰七郎は台所に出てきて、洗い物をしていたたかに声をかけた。

「しゃあないですやん。添年寄なんちゅう、偉いもんならはったんやし」

笑みを浮かべて応じたたかに、「偉いことなんかあるかいな。ほんま体のええ下男みたいなもんや」と泰七郎は本気とも冗談ともつかない調子で言った。

「お前を手伝わすもんくらい雇うたほうがええんかもしれんなあ。それこそ添年寄なんやさかい」

「要りませんて、そんなん。普段は長助、音八もいろいろやってくれるし。今だけや」

「無理せんといてや」

「そらあんたのほうですて。ちょっとふらふらしてはらへん？」

確かに泰七郎は、もともとそう酒が飲めるたちでないのに、連日朝から晩まで猪口を持たされ、口をつけないわけにもいかなくて、頭のぽうとした感じが治らないままだった。

「横んなれる時にちょっとでも横なっとこかな」

「そうおしやす」

たかに言われて奥へ引っ込みかけた時、表に人の気配がした。うんざりした泰七郎だったが「御免やっしゃ」という声が誰のものか分かってほっとした。

雪下駄を鳴らしながら伊佐次が入ってきた。女房のよしに、三人の子供たちが後に続く。

「おめでとうさんでございます。今年もよろしゅうおたの申しますよって」

伊佐次は深く身体を折り曲げた。およしも隣で倣いながら、清吉の頭を押さえた。さきはその必要もなく、自分できちんとお辞儀をしている。

「ご丁寧なことや。おおきにおおきに」

泰七郎は相好を崩し、たかも「こちらこそよろしゅうおたの申します」と言った。

「上がりよして言いたいとこやけど」

「とんでもあらしません。お忙しいやろと思うとりましたし、挨拶させてもろたらそれで」

「すまんな。酔いの抜ける暇がのうてな。お付き合いはきついんやけど――」

言い終わる前に、たかが口までいっぱいにした酒瓶を伊佐次に差し出した。

「こんなんしてもろたら」

一応は遠慮する格好を見せた伊佐次だが、「正月やがな。遠慮のう持ってき」とたかに言われるとすぐに瓶を受け取った。元からこれが目当ての半分だったに違いない。

たかは縁起物の扇子をよしに渡し、さきと清吉には、正月らしく鯛をかたどったお干菓子をやった。

「うわ、これお砂糖やん」

すぐさま口に入れた清吉がうっとりした声をあげるのを、たかは目を細めて見守った。

「金ちゃんにはちょっと早いかいなあ」

「粥は食べるようなりましたけどな。お干菓子、どうやろ」

よしは金二を、というよりさきを目で探した。年が改まっても金二の定位置が姉の背中なのは変わらない。

さきは豆腐を入れる大桶のわきで、真剣な顔をして壁を見上げていた。

さきの声がずっと聞こえなかったのに泰七郎は気がついた。さっきたかに干菓子を貰った時も、何度か呼ばれるまで気づかず、今と同じ格好で壁に向かっていた。その後また戻ったようだ。菓子は手に持ったままだ。普段なら何にでも大喜びしてくれるさきなのだが。

泰七郎は土間に降りて「どないした、おさきちゃん」と声をかけた。

「おじちゃん、これ、何て書いたあんの？」

振り向いたさきに問われて泰七郎は面食らった。さきの小さな指が差していたのは、売り物のありなしを示すために掛けておく札だ。売り切れになれば裏返す。今日はもちろんどれも造っていないが、札は表向きのままだった。

「これはな、お父ちゃんが売ってはるもんや」

「おとふ？」

「そうやけど、とうふとは書いてないな。とうふにも種類があるさかい」

「知ってる。絹と木綿やろ」

「さすがやな」

泰七郎は微笑んで、札を一枚ずつ示しながら「きぬ、もめん、あげ、ひろうす」と読んでやった。

「あ、それやっぱり、あげなんや」

嬉しそうにさきが言う。

「へえ、それも分かるんか」

絹でも木綿でもなく、豆腐屋で売っているものということで推測したのだろうが、大したものだと泰七郎は改めて感心した。

「これがきぬで、これがもめん？」

「せや」

「あと、ひ、ろ、う、す」

さきは確認を求め、なお食い入るように札を見つめた。

「お干菓子、そないぎゅうと握ってたら、手えん中でべたべたになってまうで」

「まあ、何やろなこの子は」

二人のやりとりを聞きつけたよしが呆れたように割り込んできた。

「すんまへん、しょうもないことお訊ねして」

「ちいとも構へん。ええこっちゃないか、お父ちゃんの商売のこと、ちゃんと気にかけたはる。立派なもんや」

「そんな言うてもろて恐れ入ります」

よしはさきに「ぼちぼち帰るで。あんまりお邪魔しても何やさかいな」と言った。

「分かった」

すぐに返事したさきだけれども、名残惜しそうに札を見つめ、戸口から出る時も振り返っていた。

「何がそんなに気に入ったんやろな」

おかしそうに泰七郎はたかに言った。

「ほんまどすな。おさきちゃんのこっちゃさかい、何か賢いこと考えてはったんちゃうやろか」

たかはどこまでもさき贔屓である。

こういう年始ならば歓迎だった。自分たちの巡り合わせを今さら嘆く気はないが、子供には人の心を明るくする力があると、泰七郎は思った。


六日、泰七郎は御所へ向かった。儀兵衛はもちろん、今回は上京二十九番組の年寄、議事者たちほぼ全員、五、六十人が一緒である。みな麻裃だ。

御所を囲む公家屋敷街に設けられた石薬師門ですら、泰七郎は滅多にくぐらない。手続きが煩わしいからだ。振り売りは通してもらえない。三条殿など門の外にある公家屋敷も少なくはないけれど、内側にお住まいの方々は、豆腐を買おうと思ったら自分から店に出向くしかないわけだ。やってくるのはもちろん下男下女だが。

ただ、運んでほしいと言われて屋敷まで付いて行くことはある。どの建物も立派だがひどく古びて、時の流れから取り残されているように思える。

その日、一行は石薬師御門を抜けてずんずん奥へ入った。ほどなく、帝のいます禁裏を囲む高い塀が見えてきた。平安隊のほか、府庁の役人たちがあちこちに立っている。指示されるまま、塀へ沿って南に向かう。

よその番組からも年寄たちが集まっており、御所の南側は大変な混雑ぶりだった。とうとう前へ進めなくなり、前が動くのを待っては間を詰める。四半刻ほどかかってやっと正面にたどりついた。

帝しか通れないと聞く建礼門《けんれいもん》が開かれていた。その先にもう一つ塀が巡らせてあるのだが、真ん中に設けられた門も開け放たれて、朱塗りの柱の間から、巨大な檜皮葺の屋根を戴いた建物が見えた。

「あれが紫宸殿《ししいでん》かいな」

「即位の礼、あっこでしはってんな」

「その前の門が、ええと、承明門《じょうめいもん》いうんやったな」

年寄たちが小声で囁き合う。

府は「還幸祝賀」のためとして、市中の年寄に紫宸殿遥拝《ようはい》を許した。町人がそれを目にできるのは、極めて異例だった。

泰七郎も自然に頭を垂れた。ありがたさに涙がこみあげた。こんなものを見られるとは夢にも思っていなかった。見ていいのだろうかとさえ思った。

「遥拝を終えた者は、順次後に場所を譲るように」

府の役人が声を枯らしていた。泰七郎は身体を起こして歩き出した。建礼門から離れると人の密度が一気に薄くなった。

すべての府民について、十、十一日は帝の御代を祝うために仕事を休んでよいとする触れが出ていた。正月休みからいくらも経たないのに、仕事の調子が狂ってしまうと泰七郎は思った。奉公人たちも何だか浮ついているようだ。

十日には府から酒まで配られた。伊佐次にはまさに福続きである。各町の代表が今度は府庁へ、荷車を用意して来るよう指示され、一町あたり十升ほどの酒とスルメを受け取った。町内すべての家に配るようとのことだったから一人一人の口に入るのは雀の涙だが、府の出費は相当だろう。行事が盛大に続けば続くだけ、このあと槇村が何を狙っているのか、泰七郎は不安になった。

奉祝の休日が明けていくらも経たないうちに、上京大年寄の一人、河崎善兵衛《かわさきぜんべえ》が上京二十九番組にやってきた。

河崎は、額の広く禿げあがった痩躯の男と一緒だった。てっきり河崎だけのつもりだった泰七郎が何者なのか訊ねたら、下京六番組の中年寄ながら、九月から大年寄役儀に加わっている熊谷直孝だという。鳩居堂、さらには種痘の有信堂をやっているとも言われて、泰七郎もああと思い当たった。

なるほど、地味だがよく見れば凝った織の羽織からしてただものではない。同じ中年寄といっても、儀兵衛などと並べて考えるわけにいかないだろう。長洲との近さも聞こえていた。

「府の御用をいろいろしたはるんどしたな」

泰七郎が言うと、熊谷は大きくうなずいたばかりか「こないだは東京へ行っとりました。御東幸の道中探索など仰せつかりましてな」とこともなげにつぶやいて、こちらの度肝を抜いた。

熊谷は五十を越していそうだったが、精力に溢れた感じだった。会見の場所は向こうから会所でと指定してきて、本満寺の小部屋で儀兵衛、泰七郎が河崎、熊谷に向き合ったのだが、熊谷は茶にすら手を付けず、河崎を差し置いてぺらぺらまくしたてた。

述べるところは、これまで何度も聞かされてきた小学校建営の利点を並べ立てるだけだったが、淀みがないため、つい引き込まれてうなずいてしまいそうになる。

「せやのに上京二十九番組はんはまだ建営に乗り出すお心が定まらはらへんようどすな」

熊谷も、番組を実際に仕切っているのが泰七郎だと分かったのだろう、泰七郎に真っすぐ視線をぶつけてきた。その鋭さにぞくりとしたが、負けるわけにいかない。肚に力を込めて泰七郎は相手を見返した。

「このへんがどういうとこか、来てもろてよう分からはった思います。鳩居堂さんみたいな大きな店はおまへん。お下渡し金で多少はましになるかもしらんけど、もし造るとなったら家持から裏長屋までみな、えらい苦労をしょい込むことになるんどす。そこまでしたかて、どんだけの人間が学校なんちゅうとこに行ける思わはります？　ありのままを見とくれやす。少のうてもこのへんでは算盤の合う話やおまへん。いや、得になるとこなんかどれほどあるんでっしゃろか」

述べ終わって、泰七郎が大きく息をつくと、熊谷は表情を緩めた。

「なるほど。前からずうとそう言うてきはったんどすな」

「考え抜いたんどす。何言われたかて変わりまへん」

「建てるのんもその後んことも、全部府が面倒見るてなったらどうどす」

まさか。そこまでするのか？　しかし、だったら——。

「反対する理由はおへん」

はっはっは、と熊谷が高らかに笑った。

「そらそうどすわな。けど、残念ながら府にもそこまでの金はおへん。今言うてるので正味、精一杯みたいどすわ」

この狸爺が、と泰七郎は怒りを覚えた。

「熊谷はん」

「おっと」

熊谷はおどけた仕草で応じた。

「堪忍《かに》しとくれやす。悪気はおまへんのや。府もできる限りのことはしとる、本気なんやちゅうことだけ分かってもらいたいんどす」

だからどうだというのだ。喉まで出かかったのを呑み込んで泰七郎は言った。

「これ以上お話ししてもしゃあない思います。お引き取り願えませんか」

「そうしまひょ、今日のとこは」

落胆の気色もなく熊谷は言った。おしまいにしてよいのか、河崎に伺いさえ立てない。

こちらもほとんどしゃべらなかった儀兵衛とともに玄関まで送った泰七郎に、熊谷はいきなり右手を差し出した。

「な、何どす」

今度はどうなぶりにくるのかと、泰七郎は身体を固くした。

「西洋の挨拶ですわ。シェイクハンドとか言うそうで。ほんまは最初にするもんらしけど、忘れとりました、はは」

手を握り合うというので、気味悪く思いながら泰七郎は熊谷の骨ばった手に触れた。儀兵衛もおどおど真似をした。

「お気張りやす、横谷はん」

名字などほとんど忘れかかっていた。自分のことという気がしない。まして熊谷などに口にされても胸くそが悪いだけだ。何がお気張りや――。

泰七郎の内心など分かりきっているだろうに、熊谷は白々しく言葉を続ける。

「横谷はんが番組を深う思うたはること、よう分かりました。ご立派なこっちゃ。頼もしいですわ」

「えらいおおきに」

精一杯皮肉を滲ませて返す。

「ただな、目先にばっかり捉われてたらあきまへんで」

「当然です。いつも心掛けとります」

聞こえなかったように熊谷は言った。

「今は大きな時代の変わり目や。これまで当たり前やったことが当たり前やなくなる。よお目え開いてへんと、遠くのもんが見えまへんよって、気いつけとくれやす。ま、いよいよ危のうなってきた思うたら、わしらのほうで按配させてもらいますけどな」

つくづく無礼な爺さんだ。怒りを通り越して泰七郎は呆れた。熊谷は「ほな」とつぶやいて、やっと出ていった。

「塩撒きたいくらいでんな」

泰七郎は吐き捨てた。


「ここは『あき』やな」

「『あめ』とも書いたある」

さきが懸命に憶えてきた「きぬ」「もめん」「あげ」「ひろうす」は、「あ」「す」こそすでに知っている字だったものの、黒い紙の解読を大きく前進させた。

何より二人が喜んだのは、「すみ」があった例の紙に、「さき」の字の並びも見つかったことだった。その紙は二人にますます大切なものになった。さきにとっては、ようやく自分の名前の字がすべて分かったのでもあった。

「『あき』は秋のことやろか」

「ちゃうかなあ」

「『ひも』やて」

「紐をどないするんやろ」

「さあなあ」

もっと長い字の続きも読めた。「やうやうしろ」は、六つも続いているけれど、残念ながら意味はまるで謎だ。

「後ろ、やろか」

「その前の『やうや』て何やな」

やはり六文字の「もあらすしも」。「あらす」の前後に字がくっついて、見えてくるものがあるかと思ったら余計ちんぷんかんぷんになってしまった。

「分からん」

「分からんなあ」

人に訊くのは危ない。ほかの大人に訊いても、回り回ってよしの耳に入るかもしれないとさきは恐れた。このあいだ三文字屋で札を見ていた時も、「あ」は初めから分かっていたからつい口にしそうになったのだけれど、よしがいるのを思い出して我慢した。どうして読めるようになったと問い質されたら、集所に通っているのを話さなければならなくなる。

「おすみちゃんも頑張って分かる字い増やしてや」

「うん」

そう言うとすみはいつも申し訳なさそうな顔になる。「しま」ばあさんと「やすけ」おじさんのあとなかなか声をかけられる相手が見つからないのだ。

さきもすみの性質は分かってきたので強く言わず、その分自分が、もっと字を探してこようと考えていた。

おこもさんたちが寝ている、暗いが暖かい建物の中で地面に手習いを写しているさきには、背中の金二とともに、年上のすみも自分が守らなくてはいけない存在のように感じられるのだった。

十二

「やらざるを得んじゃろう」

「やったほうがいいのは分かります。しかし何といっても番組を作りましてからまだ半年経っちょりません」

「先に学校ができてしまえば余計面倒なことになる。学校のほうを延ばすか？」

「いや――」

言葉に詰まった槇村正直を、広沢兵助は面白そうに見た。

「三所物を拝領しておいて、そういうわけにゃあいかんじゃろう」

「表彰していただいたこととは関係ありませぬ」

「そうか？　名前の通り正直なのがお主の取柄だと思うちょったが」

ますます困り顔になりながら槇村は、それでも「今度ばかりは町人どもを納得させきれないかと」と抵抗をした。

「納得などさせられなくても構わん」

「なんと」

槇村は目を丸くした。

「形だけでも、奴らが政《まつりごと》に参加することが肝心なのではございませんでしたか」

「その通りじゃ。しかし場合によっちゃ気にしちょれんこともある。政は臨機応変の業でもあるんじゃからな」

広沢は「都合が良すぎる、と思っちょるのか？」と続けた。

「いえ、そんなことはございませぬ」

二人は府庁の広沢の部屋にいた。太政官参与との兼任で京都府御用掛を務める広沢は、槇村が府に入ってからこちらに顔を出す機会が減ったが、それでも幕府が使っていた宗門人別に代えるべく「戸籍」というものを案出し、実際に作成を始めていた。知事の長谷信篤が典型的な「よきに計らえ」式の人物であり、ほかに実務に秀でた上司もいなかったので、府政は事実上、広沢の監督下に槇村が取り仕切っているような状況だ。

番組をもう一度編成し直さなくてはならないかも、という認識は去年八月末の番組発足時、すでに広沢の頭にあった。

親・古町と枝・新町の別をなくしてその間の支配関係を断った番組の発足は、京の町衆のありようを根っこから揺さぶる大改革だった。実現するまでの苦労も並大抵でなかったのを昨日のことのように思い出す。

ではあるけれども、それまでの町組を元にして切り分ける、あるいはまとめる形になったため、番組間の境界は依然入り組んでおり、飛び地もたくさん残っていた。番組の規模も、町の数で十倍以上というような極端な違いこそなくなったが、まだまだばらついていた。

広沢としては番組に府の政策の実行を担わせるのが目標だった。新時代の手本となる政の仕組みを試すつもりなのだ。しかし、今の番組ではまだそこまでは難しい。

槇村の発案で番組ごとに小学校を建営させようとなって、問題がいっそう見過ごせなくなった。費用負担をなるべく等しくする意味合いからもだし、通う子供の利便上、飛び地などあってはまずい。碁盤の目に通りが走る京の街そのまま、整然とした区切りで大きさの揃った番組に作り直す必要があった。番組ごとの小学校造りが始まる前のほうがいいのはもちろんだ。

ただ、前回あれだけもめたのを思うと、町組の名残りすら一掃してしまうだろう第二の改組はもっと厄介になりそうだ。槙村の懸念も当然だ。

「今度はこちらで全部決めてしまえ」

広沢は言った。

「町衆に任せてすっきり区切れるわけもないしな」

「そんなことをしたら奴ら、何を言いだすか」

「虚を突くんじゃ。向こうもまさかまたとは思っちょるまい。矢継ぎ早にいろんなことがあって、疲れてもおるじゃろう。どさくさ紛れに押し切ってしまえ」

小学校への同意取り付けに奔走している槙村は、そちらへの悪影響も気になるのだろう。すぐには返事をしなかった。

「大丈夫じゃ」

励ますように広沢は言った。

「熊谷たちが何とかしてくれる」

十三

やっぱりやってきよったか。

府からの重要な伝達があるという知らせを耳にして、泰七郎は思った。今度は何事だろうと身構えて府庁へ向かったが、役人の口から出た言葉をにわかには呑み込めなかった。

「もう一回やて？」

できたばかりの番組をまた組み直せという話らしいのを理解しても、なおからかわれている気分だった。

しかも今回は、番組の編成がすでに出来上がっている。巻紙に長々と認《したた》められた一覧表を茫然と眺めて、泰七郎はその中ほどにやっと真如堂突抜町を見つけた。

上京二十八番組ということだから、数字は一つ若くなっただけだ。だが一緒にまとめられている町々の名を確認してまたぎょっとした。

下御輿町が入っている。伊佐次のいる長屋がある町ですぐそばには違いないが、もともと上立売八町組だったので、番組としても今は三十三番組の所属なのだ。同じく三十一番組の上神輿《しんよ》町も一緒にされるようだ
が、三十一、三十三番組の町すべてがそうかといえば、新しい二十九番組に行くところもある。現在の二十九番組はほぼ半分ずつ、新しい二十八番組と二十九番組に分かれるらしい。宮本儀兵衛の元浄華院町も新二十九番組だ。どうやら寺町通を境に、西は新二十八番、東が新二十九番ということらしい。

ようやくものを考えられるだけの落ち着きを取り戻した泰七郎は、これまでで一番の怒りに震えた。こんな雑なまとめ方があっていいわけがない。すぐに寄合を開いて反対の意見をまとめ、

府庁に抗議に出向こうと思った。

だが別な一枚紙の触れにはさらに驚くべきことが書かれていた。番組ごとに、かくかくの日時に寄合を持つべしと指定してある。そこへ役人が来て説明をするというのだ。説明だけである。意見を聴く気はないのだ。要するに、言われた通りにしろということだ。

体験したことがない状況だった。

出町に戻って報告をした儀兵衛はまず「三文字屋はんと、別々になってまうんかいな」と不安げに言った。任せておけば楽な泰七郎を手放したくないのだろう。

「言われるままにしてたら、そうなりますわな」

突然儀兵衛が「あ」と叫んだ。

「組み替えちゅうことは、中年寄とか添年寄とかどないなるんや」

泰七郎もはっとした。お役御免になれるかもしれない。

心が浮き立った泰七郎だったが、府、すなわち槇村正直の横暴を許すか許さないかとは別の話だと自分を諌めた。

一方儀兵衛は中年寄でなくなることを恐れている。「何もやってへんやん」と思うが、せっかく手に入れた名字帯刀を手放すのは身を切られるようにつらいのだろう。阿呆らしくとも、組み替えに反対する方向に儀兵衛を導くには好都合だ。

府が指定してきた寄合の日時は翌日だった。あまりに慌ただしい。それでも事前に府抜きの寄合を開かねばならない。

残念ながら連絡がつかなかった年寄、議事者が多く、その夜、本満寺に集まったのは半分ほどに過ぎなかった。そして、出てきた声も泰七郎が思ったものと違っていた。

儀兵衛が「禁裏六町組の仲間が別れ別れになるんは忍びがたい」と口火を切ってみせたものの、誰も続かない。

「それはそなんやけど」

ようやく一人が言った。

「このあいだも別れ別れなったけど、特段困ることのうやってきたやん」

「元々場所も離れてたさかいやろ」

「ほな、逆言うたら、わしらがこれから別の組になったかて、近所なんは変わらんのやから付き合いが絶えるわけやないんちゃうか」

儀兵衛は反論を試みた。

「わけ分からんとことひっつけられるんやで」

出町の一画だが現在の二十九番組には入っておらず、行儀が悪いとかく悪評のあった町の名を儀兵衛は挙げた。「確かに」と言う者がいたが、組み替え後に一緒にならない町には当然どうでもよかった。一緒になる町でも態度にはばらつきがある。

「今かて、行儀悪い町がないわけやないし」

最近縄付きを出してしまった町が、あてこすられたと感じたか気色ばんで喧嘩になりかかる一幕もあった。

ある年寄りは泰七郎に訊ねてきた。

「府の案を引っ込めさせるちゅうことは、今のままがええちゅうわけどすか」

「そういうわけやないけど」

「のうても、そうなりまっしゃろ」

言葉に詰まった泰七郎に年寄は続ける。

「もうどうでもよろしやん。同じことですわ」

「半年経たへんのに二回ちゅうのは、あんまりなんやないですか」

「やとしても、文句つけるさかい余計大変なるんちゃいます？　言う通りにしてやり過ごすのが賢いかしれませんで」

泰七郎も、心のどこかでそう思いはじめているのに気づかされた。

「小学校の話も――」

誰かが言いかけた。目を向けた泰七郎の表情が険しかったからかもしれない、その者は先を呑み込んだ。しかしみんな分かったはずだ。

新しい番組になったほうが、多少なり、ひと番組あたり、町あたりの負担は軽くなる。今の番組より構成する町の数が多くなるからだ。寺町より西も東もそうだ。

翌日、府の説明を「とりあえず」聴くことだけ決めて寄合は終わった。翌日の寄合は、もっと淡々と進んだ。

やって来た役人は、番組の区画がすっきりすることや規模が一定になることの利点を力説した。小学校の建営費用についても触れるのを忘れなかった。

泰七郎は、変化が速すぎて対応するだけで非常な負担になっていると指摘したが、組み替えの内容そのものは問題ない、あるいは意義あるものと認めたようなもの言いにもなってしまった。

泰七郎のほかに番組側から発言したのは儀兵衛だけだった。

「番組が新しなったら、中年寄とかはどないすんのどす」

「もちろん、改めて入れ札をしてもらう」

役人はこともなげに言った。

「よって、新しい番組になる町ごとにも今のうちに寄合を持ってもらわねばならん」

新二十八番組はいついつ、新二十九番組はいついつ。またしてもその日時、場所が一方的に告げられた。役人は、用は済んだとばかりにそそくさと帰っていった。完敗を、泰七郎も認めないわけにいかなかった。

何もかもろくでもない方へ転がってゆく。次の寄合で泰七郎はまたしても添年寄に選ばれてしまった。

旧二十九、三十一、三十三番組は分裂させられた片割れが新二十八番組に入る格好だが、北にあった旧三十二番組は丸々取り込まれた。だから役職者も旧三十二番組が出してくれるだろうと期待していた。

中年寄はそうなったが、添年寄については驚いたことに、旧番組の枠を超えてほとんどの札が泰七郎に入った。自分がそこまで知られているとはまったく思っていなかった。豆腐の振り売りは確かに全域を回っているけれども——。

「真面目で立派なお方やて、評判聞いてましたさかいに」

初めて会った相手に言われて泰七郎は愕然とした。

自分は、面倒臭いことを体よく押し付けるのにぴったりな、とことん便利な男らしい。儀兵衛がそう思っているのは気付いていたけれど、よその組にまで話が広まっていたとは。

しかし選ばれれば結局、手抜きなしに働くだろうことも自分で分かっていた。やるせなさを泰七郎は前向きの力に変えようと努めた。新しい番組はできてしまったが、何もかも府の思い通りにさせるわけにいかない。

一緒に仕事をすることになる中年寄は、旧三十二番組でも中年寄を務めていた歓喜寺前町《かんきじまえ》の吉村佳作《よしむらかさく》だった。吉村は寺子屋「双柏舎《そうはくしゃ》」の師匠だ。寺子屋の存在を否定する小学校に反対しており、手を携えたいと以前から思っていた泰七郎には願ってもない仲間と言えた。

さっそく挨拶をかねた打ち合わせをした。吉村は、ずいぶん前のことらしいけれども元々桑名《くわな》藩の二本差しだった。その古巣は戊辰戦争で朝敵とされ、藩主はなお函館で官軍と戦っている。

泰七郎は「どうも長州ちゅうのが信用でけへんのですわ」と水を向けた。

「同感ですな」

苦々しい表情でつぶやく吉村に、泰七郎は改めて心強い味方を得たと思った。

ただ新二十八番組には、さしあたって小学校に優先させなければならない仕事があった。流人集所である。これまで旧三十二番組が面倒を見ていたわけだが、新しく加わった町を含めて係の割振りなどを見直す必要があった。集所が成功する一方で業務は増えており、態勢を強化することも求められていた。

小学校のほうで府にものを言える立場を確保するためにも、集所の運営に瑕疵《かし》があってはならない。泰七郎は、たかを係に入れようと思った。三文字屋が今以上に手薄になってしまうけれども、たかなら間違いなくやるべきことをこなすし、暗くなりがちと想像される集所の雰囲気をからりとさせてくれるだろう。

話をされたたかも、「役に立てるんやったらうれしおすわ」と喜んだ。

「好っきゃなあ、お前はそういうの。まあ、そやからやってもらお思うたんやけどな」

「分かってくれたはるんも嬉しい」

たかは笑顔で夫に言った。

「泰七はんも、お気張りやす」

「だいぶぬくうなってきたな、金ちゃん」

二月の声を聞き、春めいてきた陽射しの中を流人集所へ向かいながら、さきは背中の金二に語りかけた。

金二はもちろんまだしゃべれないけれど、「な」ともう一回言ったら、きゃっきゃと嬉しそうな声を出した。こちらの言うことは分かっているんじゃないかと思う。

清吉もこんなふうにおんぶしてやりたかったが、そのころのさきには無理だった。今はさきがいつも金二と一緒なので、清吉はほかの男の子たちとばかり遊んでいる。でも金二がもっと大きくなったら、鬼ごっこでも隠れん坊でも三人でできるだろう。

いや、すでに金二は相当成長した。このごろは家で板の間に置くと、かなりの速さではいはいをする。集所の建物で、手習いの字に取り組む合間に金二をはいはいさせることもあった。

薦の外に出たら泥だらけになってしまうし、寝ているおこもさんにぶつからないよう気をつけなければならないが、金二は捕まえようとさきたちが追いかけるのを面白がってはしゃぐ。すみもそういう遊びを喜んだ。金二を構いたがるすみは、時々さきに頼んでおんぶや抱っこを代わってもらったりもしていた。

今日は寒くないから、久しぶりに建物の外でもいいな、とさきは考えていた。それで毬も持ってきたのだ。金二も、座って毬を受け止めたり投げたりならできる。

すみは建物の壁の節穴から集所の出入り口の様子をこまめにうかがっており、さきの姿が見えるとすぐ飛び出してくる。

ところがその日は、さきが出入り口をしばらくぶらついたのに出てこなかった。外にもいない。すみが普段いる建物は分かるが、探しに行くわけにいかない。

しょうがないので、いつもの建物に直接向かった。

「あ、いた」

すみは、横たわるおこもさんたちの奥に座り込んでいた。「おすみちゃん」と小さく呼びかけたが、気づかないようなのでさらに近づく。

頭を壁にあずけるような姿勢のすみは、目を閉じ、口を半開きにして荒い息をついていた。そのたび着物の胸元が持ち上がったり沈んだりする。

「おすみちゃん。おすみちゃん」

やっと目を開けたすみの顔が、鮮やかといえるくらい赤くなっているのにさきは気づいた。

「おさきちゃん」

微笑んだすみだが、その声はかすれていた。

「どないしたん」

「ちょっと身体熱うてだるいだけ」

さきは、自分が熱を出した時よしがするようにおでことおでこを合わせてみた。

「な、熱いやろ」

「ほんまや。火鉢触ってるみたいや」

さきは驚き「お医者さん、診てもろたん？」と訊ねた。

「うん。ここ、お医者ただやさかい」

「そっか。言うてたな」

お医者は高いとよしから聞いていたので、凄いことにさきには思えた。

「薬くれはった。苦い苦いさかいかなんにゃけどな。そいでここに連れてこられた」

初めは隠れ場所として、それから遊び場所として使ってきたこの建物が、病気のおこもさんのための場所で、だから火もふんだんに使われているのだということはさきにももう分っていた。すみは集所の係の大人に、病気が伝染《うつ》るから入るなと注意されたそうだった。寝ているおこもさん自身からも何回か言われたけれど、これだけ来ていて平気なのだから、すみもさきも気にしなかった。

字を写していたら、おこもさんの世話をしている大人たちが入ってきたことがあった。お医者もいたかもしれない。その時は蓆を元に戻して隅で縮こまり、大人たちがおこもさんの世話を始めたすきにさっと戸を開けて逃げ出した。

顔は見られなかったものの、誰かが入りこんでいたのは分かってしまった。多分子供だとなったのだろう、建物に行かないようすみが改めて念を押された。でも温かさの魅力に抗えなくて、二人はその後も通い続けた。

「病気伝染ってしもたんや」

さきは衝撃を受けていた。

「やっぱりあかんかったんや、ここいたら」

「大丈夫やて。あて、前も何回か熱出たけど、治ったもん」

けど、とさきは思った。

この建物のおこもさんは時々入れ替わる。元気になって出てゆく人がいる一方、身動きできず声も出ないほど弱っていた人が、次の日、姿を消していることもちょくちょくあった。訊いてはいけない気がしたし、すみも何も言わない。でもあれは、死んでしまったのではないだろうか。

今ももちろん口にはできない。

「おすみちゃん、苦うてもちゃんと薬飲みや。あとお医者さんの言う通りせなあかんで」

「してるて」

「寝てたほうがええんちゃうん」

「そろそろおさきちゃんと金ちゃん来るんちゃうかな思うて」

「あかん。休んでな病気治らへんで」

「遊ぼうな」

「あかん」

思いがけないさきの強い口調に、すみは身体を強張らせ、涙声になって「そんなん、面白ないやん」とつぶやいた。

「治ったらまた遊べるし。字いも続きやるし」

それでも口を歪めたままのすみにさきは言った。

「遊ばへんけど、あて毎日来るさかい」

「ほんま？」

「来る。来るさかい泣かんとおき。金ちゃんかてこのごろはそんな泣かへんで」

すみはへへ、と笑った。

「はよ治りや」

すみを横にさせながらさきが言った。

「うん」とすみもうなずいた。


約束通り、さきはこれまでと同じように、いやもっと足繁く集所に通った。すみを病気にしてしまったことを悔やんでいるのに、自分や金二にも伝染るかもしれないとはまったく思いがいかなかった。

すみはあの翌日からさらに熱が上がって、起き上がろうとしなくなった。それでもさきが声をかけると、目を輝かせて「ああ来た」とつぶやいた。

「さきちゃんと、遊んでる時は、よかったけど」

消え入りそうな声で、ゆっくり、ゆっくりすみが話す。

「一人でここにずっといんならんの、面白ないわ」

そう聞いて、さきは花を摘んで持ってきた。二月の初めでまだ数は少ないものの、集所のちょっと先まで足を伸ばせば、畑や藪の際に黄色いタンポポや白いぺんぺん草がちらほら咲き始めていた。いけないと分かっていたけれど、よその庭から梅の枝を貰ったこともあった。

「ええ匂いやなあ」

梅の花をすみはうっとり鼻に近づけた。おすみちゃんは自分で歩いていけへんのやし、とさきは胸のうちで言い訳をした。

またさきは、自分や清吉が病気になった時よしが何をしてくれたか考えて、家から持ちだした手拭を濡らして絞り、汗をかいているすみの身体を拭いた。

前回会ってからの出来事を、二人は詳しく教え合った。

「清吉がな、路地の昌造《しょうぞう》ていう大きな子おと喧嘩しよってな、泣かされよってん。ほいであて、昌造にご免言い、言うたん」

「うん」

「昌造、ご免言いよった」

「おさきちゃん、強いねんなあ」

すみは感心したふうに言う。

「けどな、おかんのほうがむちゃくちゃ強いねん。あ、やさしい時はやさしいねんけど、おかん、おとんより強いし」

さきは、父親の伊佐次が振り売りの最中に躓《つまづ》いて豆腐の盥をひっくり返してしまった時のことを話した。

「初めはおとん、黙ったはってんけどな、お金が少ないさかい、おかんがおかしいて言わはって、あと、着物が濡れてたん。お豆腐こぼしたておとんが話したら、おかん、すごい怒らはった」

「勿体ないなあ」

「せやなあ。これから気いつけるて、おとんすごい一所懸命謝ったはった」

でも、地面に落ちて売り物にならなくなったひろうすが晩御飯のおかずに出たので、さきは嬉しかった。

「ひろうすて、おさきちゃんが、字い、憶えてきた、やつやな」

「せや」

「どんな、もんなん？　おいしいん？」

「食べたことあらへんにゃ」

「ない、思う。小さい時、やったら、よう、憶えてへん、けど」

「おいしいで。外は揚げみたいに茶色うて、けど中は白うて、ふわっとしててよう味がしみてんね」

「食べて、みたいなあ」

「今度うちで食べる時あったら、残して持ってきたげるわ」

今度がいつになるのか、それ以上によしの目を盗んで実行できるか自信がなかったけれど、そうさきは言った。

すみの話はほとんどが食事の話だった。

「昨日は、お豆が、入った、おかゆやった」

「食べられた？」

「あんまし」

「あかんやん」

怒ってみせたさきに、すみは申し訳なさそうな顔をした。

「けど、ちょっとだけは、頑張って、食べたで。昨日、初めての、係の人、来はって、やさしかってん。おさじ、口に持ってきて、頑張りや、言うてくれ、はってん」

「そらよかったな」

「飴も、くれ、はってん」

「へえ」

確かにむちゃくちゃ優しい人や。そんな人は一人しか知らん、とさきは思った。

もっといてやりたいが、長くしゃべり過ぎるとすみを疲れさせるかもしれないのが心配だった。

自分が見つかる危険も大きくなる。

「ほなぼちぼちな。また明日な」

すみをなだめて目を閉じさせ、息遣いが規則正しくなったのを確かめると、さきはそっと建物を後にした。

敷地から離れようという時、後ろで何人かの話し声が聞こえた。別な建物から出てきたのだろう。おこもさんはあんなふうにがやがや喋ったりしないから「係の人」ではないか。

すみが言っていた優しい人もいるのか。興味が湧いたが、向こうもこちらを見ていたらまずいので我慢した。

遠ざかってから振り返ると、もう人影はなかった。すみのいる建物へ行ったのかもしれない。

いい折に帰ることにしてよかったとさきは思った。


あれ、おさきちゃんと違うかったやろか。

たかは、赤ん坊を負ぶった子供の姿が小さくなるのを見送りながら思った。まだ朝方といっていい四つ前で、東へ向かう子供の顔や着物の柄までは、陽の光が逆から差しているせいでよく分からないが、さきと金二のように思えたのだ。

もっとも、その子が集所の敷地から出ていったのかただ前を通りかかったのかも、はっきりしなかった。

さきには、よしが集所に近づかないよう注意しているだろうし、さきが言いつけを破ることもないだろう。

そう思ってそれ以上の詮索をやめたたかだったが、集所で働く人たちに、子供を含め、関係ない者をみだりに立ち入らせないよう、特に流行り病の患者を寝かせている棟には近づけないよう、改めて注意を促した。

集所で流人の世話をすることに、たかは思った以上のやり甲斐を感じていた。

泰七郎にああ言ったものの、来る前は不安がないわけでもなかった。おこもさんは汚い、怖い。大人でも普通の感じ方である。

しかし、集められた流人たちと言葉を交わすうち、誰も好き好んで流人になるわけでないという、考えてみれば当たり前のことをたかは改めて教えられた。

みな途中まで、場合によってはほんの何カ月か前まで、暮らし向きのよしあしは多少あっても普通に生きていたのだ。

一番多いのはやはり、凶作で年貢や小作料が払えなくなり、田畑を捨てて逃げだした農民だった。代官や地主が苛烈で、取り立てに配慮を加えてもらえなかったりすると、集落がまるごと流民になってしまうことさえあるそうだ。もちろん市中にいても、ものが値上がりして、家賃を滞らせれば家を失うのは同じである。

もっと直接に、戦で家を焼かれた人もいる。

「同じ戦をするにしたかて、もうちょっと川下でやってくれたらよかったんやけどなあ」

伏見に住んでいたという老婆はそう言って力なく笑った。ある夫婦は、どんどん焼けの巻き添えを食ってから四年以上、住む場所のないまま流れているそうだった。

境遇を分けるのは僅かな運、不運だ。とすれば、恵まれた自分には、不運を背負ってくれた人たちを少しでも楽にしてやる務めがあるとたかは感じた。

特にたかは、塔之段の集所ではただ一人の、子供の流人に心を痛めていた。

さきと同じくらいの歳に見える。詳しい事情はまだ聞いていないが、長く母親と流れ暮らした末、その母親が病で亡くなって一人きりになったらしい。本人も今、寝込んでいる。高い熱の出る流行り病で、特に子供は命を落とすことがままある。

昨日、粥もあまり喉を通らないようなその子に初めて会ったたかは、精をつけさせたくて飴玉を口に入れてやった。効き目があったかどうかまだ分からない。熱は依然高そうだが、とにかく眠っている。首にかかった札で、すみという名だと分かった。

枕元に、竹筒に水を入れたものが突き立てられ、たんぽぽが生けてある。昨日は別の花だった。病気でない者にはなるべくここに近づいてもらいたくない。けれど、おこもさんの中に病気の子供を思いやる、普通の心がある証をたかはまた見つけた気がした。

病気、絶対治すんやで。

たかは、すみにそう呼びかけた。

数日後のことだった。

三文字屋の土間では夜明け前から作業が始まった。休み続きに起因した気の緩みもさすがになくなり、奉公人たちはみなきびきびした動きを見せている。

豆が挽かれ、呉汁を煮る香りが漂う。絞ってにがりを打って、蒸しにかける。土間に湯気が満ちる中で、見事な豆腐が次々大桶に放たれた。

が、伊佐次がなかなか現れない。

酒に恵まれ過ぎていたころは、匂いをまとわりつかせたままやって来ることもあった伊佐次だが、豆腐が出来上がる時分には遅れなかった。家々の朝飯に間に合うよう売りに行くのが勘所なのだから当然だ。しかし今日は、庄吾、長助が出かけて半刻が過ぎてもまだ来ない。

どうしたんだろう、おかしいですねえと、泰七郎、音八ともに首を捻り合った。心当たりを訊かれたたかも、理由の見当がつかなかった。

たまりかねた泰七郎が、路地まで音八に様子を見に行かせようと考え始めた時だった。

小さな足音がぱたぱた近づいてきて店の前で止まった。この季節は店の戸を閉めているけれど、足音だけで誰だかみな分かった。音八が戸を引き開けると、顔を上気させたさきが飛び込んできた。

「おとん、今日、お豆腐売りに行けへん」

言えと命じられたことを口の中で繰り返しながら走って来たのだろう、泰七郎の顔を見るなり、さきはひと息に吐き出した。

「分かった。けど何でや。どないした」

「あんな、おとん、えーと」

懸命に説明しようとしているが言葉が出てこない。たいていのことは自分の言葉でうまく言えるさきだが、ひどく気が立っているようだ。

「お医者行かなあかんねん」

「伊佐次はんが？」

「ちゃう、ちゃう」

さきは激しく頭を振った。泣き出しそうな表情だった。

「金ちゃんが熱出さはってん。熱い熱いて。むちゃむちゃ泣いてはってんけど、さっきからは叩いても声出さはらへんようなって、お医者連れてかなあかんて」

再び奥から出てきていたたかは、聞くなり裸足で土間に飛び降りてさきに駆け寄った。

「おさきちゃん」

見たことのない厳しいたかの表情に、さきは怯えたように後ずさった。

「あんた、流人集所行ったんちゃうか」

さきの頬がぴくりと震えた。

「ううん」

「おばちゃんの顔、真っすぐ見い」

さきがうなだれるまでさほどの時間はかからなかった。

「うん」

「昨日が初めてやないな」

「うん」

「おすみていう子か」

さきのまなざしが必死に何かを訴えていた。

「あの子を怒ったりせえへん。せやから正直に言いよし」

「うん」

質問を続けたたかは、それが始まったのが集所の開設からまもないころだったこと、流行り病の病人がいる小屋が子供たちの遊び場になっていたことを知って絶句した。

さらに恐ろしい可能性に気づいてたかは目の前が暗くなった。改めてさきを観察する。ここに来てもうしばらくになるのに、肩で息をし続けている。顔の赤みも消えない。目が潤んだように見えるのは、詰問されたせいだけだろうか。

さきの額は、はっきりと普通でない熱を発していた。

十四

京都への「手切れ金」について談判に押しかけてからおよそふた月、槇村正直はまた木戸準一郎の屋敷を訪れていた。

今回は木戸からの呼び出しだった。広沢兵助も呼ばれたと聞いて、槇村は胸を躍らせた。いい話ではないだろうか。期待できるように思えた。

通されたのは一階奥の、庭に面した座敷である。京都に来てまもなく、萩から一緒だった連中と酒を飲んだ部屋だ。あの時も広沢がいた。考えてみると、三人で会うのはあの時、宴の終わりに槇村が残された一回きりだ。木戸、広沢は要するに「しっかり働け」という話をしたのだろうが、励まされているのか脅されているのか分からない気分だったのを槇村は思い出した。

もちろんその後、広沢とはしょっちゅう打ち合わせをしているし、木戸も直接会う機会こそ少ないものの、手紙のやりとりが密にある。新政府に不満を持つ者たちが洛中に潜んでいるようだから調べてほしいなどと、木戸が頼んでくることも多い。

いつまでも密用聞次じゃだめだと説教したのは他ならない木戸である。文句を言いたくなる一方で、木戸の役に立てるのはやはり嬉しくて、その度平安隊の中から選んだ腕こきを動かし、報告を上げていた。そのお返しがあってもいいころだ。

木戸は、相変わらず万全の体調とは言えないようで、酒にもあまり口をつけないものの、上機嫌に見えた。先月二十日には、木戸が注力していた版籍奉還が、薩長土肥が先鞭をつける形で始まった。そんなことも影響しているのだろう。

「お前たちにも伝えるほうがよさそうな話があってな」

来たか、と槇村は思った。果たしてそれは、京都が都でなくなることの最後通告だった。

「岩倉さんと話がついた」

まず持ち出されたのは、新政府の最高実力者と言っていい岩倉具視の名である。

「太政官を東京に移す。細かい調整が残っちょるが、大筋は動かん。半月もすれば正式の決定になる」

「三条さんは？」

槇村が問うと、広沢が知らんのかという顔で口を出した。

「あの人はハナから反対などしちょらんさ」

三条実美は十二月の「還幸」にさえ消極的だったと聞かされて槇村は驚いた。京都に骨がらみの愛着を持っていそうな公卿がそうなのか。

いずれにせよ、政府の意思を決定し政策を遂行する最高機関、太政官が東京へ移されるのは、都が東京へ遷ることそのものだ。

「とすると、帝はこの春お立ちになるともう――」

「未来永劫とは言わんが」

木戸が答えた。

「西へ東へうろうろなさるわけにはいかんだろう。費用もかかり過ぎる」

覚悟はあったが、京都府民をどう宥《なだ》めるか、槇村としてはやはり気が重い。

「お前の心配は分かっている。遷都という言葉は使わん」

従来の都に別の都を付け加えるという意味の「奠都《てんと》」さえ禁句にするという。しかしそんな小手先で、京都の連中をごまかせるわけがない。

京都を救うには金しかないと、槇村は改めて訴えようとした。が、先に木戸が続けた。

「広沢さんは参与だからな。東京へ行ってもらう」

は、と広沢は軽く頭を下げた。

「そのあとはますます槇村、お前に頑張ってもらわにゃならんよ」

そうか。すっかり忘れていたが自然そういうことになる。すでに実務の大半を仕切っていた槇村だけれど、広沢の了承を得て進めるから安心という部分は大きかった。

そして木戸は？

「わしは行きたくもないがな」

笑っているが、遅かれ早かれそうなるに決まっている。岩倉と肩を並べられる長州の首領が、都でなくなる京都に居続けていいわけがない。

さっき座敷に顔を出した夫人の松子は何を思っているのだろう。京都は故郷のはずだが――。

いや、こと日本の将来のためなら、どれほど好いた女の制止だろうと木戸には関係あるまい。

またそういう木戸だからこそ、松子も惚れたのだ。

「槇村は長くなるぞ」

「は？」

「京都だよ」

木戸は含み笑いをした。

「細君をそろそろ呼んだらどうだ。細君がいては祇園へ通えんちゅうわけでもないだろう」

まさか、松子への木戸の思いを想像したのが分かったのだろうか。うろたえながら槇村は「いや、そういうことでは」と答えるのが精一杯だった。

毎度のことながら木戸の手のひらで踊らされ、結局、京都への「手切れ金」については切り出せないまま会合は終わった。いざとなったら松子に泣きつく企みさえ胸に抱いていた槇村だが、そんな雰囲気でもまったくなくなった。

広沢と今後の段取りを話し合う段になると、木戸は、じゃあまかせたからと言い残して奥へ消えてしまった。最初の時と同じだった。この先、長州の大物たちの力を借りられなくなるだろう重圧を除いては。

十五

さきも熱を出しかけているのに気づいたたかは、さきを留めたまま音八を下御輿町の路地に走らせた。幸い医者にはまだ行っていなかったようで、すぐによしがぐったりした金二と一緒にやってきた。たかが、伊佐次ではなくよしを指名したのである。

「とにかくはよ来いて、何でどすの？」

怪訝そうなよしに、たかは「お医者はこっちに呼ぶ」と告げた。音八には、下御輿町から医者へ回るよう言ってあった。

「あんたんとこに病人置いといたら、清吉ちゃんに伝染ってまう。もう伝染ってるかもしらんし、大人かて危ないけど、とにかく熱出てるもんは別にせなあかん。金ちゃんとおさきちゃんはしばらくうちに置いとき」

「さきも？」

「せや」

促されてさきと額を合わせたよしは、はっとした顔になって「熱がある」とうめいた。

「それにしたかて、いきなり三文字屋さんに預けるやなんて」

「流行り病や。間違いあらへん」

たかがさきから聞いたことを説明すると、よしは子供たち以上に真っ赤な顔になった。

「さき、あんた――」

「怒ったかてしゃあない」

怯えるさきを庇《かば》うようによしとさきの間に入ってたかは続けた。

「ひと部屋空けるさかい金ちゃんとおさきちゃん寝かせよし。およしはんもいて世話したげて。そのためにあんたに来てもろたんや。ただ伝染らんようにだけは気いつけや。病人の身体とか服とか、いろうた後は手え洗うて。もちろんあてもできることはする」

「ありがたいけど、そこまでは――」

「水臭いこと言わんとおき。あてがしたいからすんね」

ぼうっと立ったままだった泰七郎に手伝わせて、たかは奉公人たちが使っている屋根裏の板の間に布団を延べた。布団以外の荷物は出して下へ持って来た。

しばらくして、音八が医者を案内してきた。医者は寝かせられた金二とさきを見るなり「風病や」と断言した。さきの病状も、三文字屋に現れた時と比べてはっきり悪化し、しゃべるのも辛そうになってきていた。

医者によれば、寒さが緩んで風病も下火になってきたものの、最近になってかかった患者は重くなる率が高いらしい。熱が長く続くほか、胃の腑もやられるので食物が入りにくく、衰弱が進んでしまう。

「けど一番怖いんは、頭に毒が回るこっちゃ。なる時はほんまあっちゅう間やで」

「どないしたらええんです」

泣きそうなよしに医者は「熱さましは出すけど、飲ませられるやろかなあ。あとはとにかく精つけて寝てるしかないわ」とぶっきらぼうに言った。

医者の懸念通り、金二は薬を受け付けなかった。大人でも顔をしかめる苦い煎じ汁である。よしの乳さえ吸えなくなっている金二には無理だった。

しかしさきは歯を食いしばって飲み干した。

「褒めたげなあかんで」

たかに言われて、よしは「分かってまっけど」と憔悴の強まった様子でつぶやいた。

「ほんま、何で集所なんか行きよったんやろ」

「あて、見てたのにな。あの時ちゃんと確かめといたら――」

「何言わはりますの、お内儀《かみ》さん。さきが勝手にやったことですわ。親が、あかん言うてんのに」

問い詰めないようたかは諭したけれど、よしが我慢できるとは思えなかった。

たか自身も、集所の係という立場を別にして知りたい。よしが来る前には、すみとの接触がいつ始まり、どのようなものだったか訊き出すのが精一杯だった。医者に伝えるためにそちらを優先させたが、なぜ二人が近づいたか、詳しいことは分からない。ただ何かわけがあったに違いないと、たかは確信していた。

薬が効いたのだろう、上がるばかりだったさきの熱が一服し、しんどさも和らいだようだと、子供たちにつききりだったよしが少しほっとした様子で教えに来てくれた。たかはよしと一緒に屋根裏へ向かった。

「おさきちゃん」

声をかけるなりさきは「おばちゃん、おかん、ほんま御免」と自分から謝った。目に涙が浮かんだ。

「あてのせいで金ちゃんが――」

よしがさきを抱きしめた。よしも泣いていた。

「そういうことは考えんとおき。治ってからなんぼでも謝れるさかい」

怒りだしたら止めなければと思っていたたかは、よしが何よりも母親であることに今さら気づかされた。だから余計、さきの事情を訊き出して、よしにきちんと伝えてやらなければと思った。それはすみを多少なり知っている自分の役目だ。

「しゃべんのゆっくりでええさかいな」

前置きしてたかは質問を始めた。

「おさきちゃんとおすみちゃんと、どっちが先声かけたんえ」

「あてや」

さきはすぐに答えた。

「ほんまか。おすみちゃんが怒られへんように言うてんのちゃうか？」

「ちゃう。あてがおすみちゃん見つけて、寄ってってってん」

「何で？」

「おすみちゃんもあて見て、にこーて笑わはってん。遊んで遊んで、て言うたはる気いしてん」

他に子供がいない集所で、すみが寂しさに耐えていたのは間違いない。その思いが歳の近い女の子を見てあふれ出たとして不思議はなかった。

「最初はすぐ帰るつもりやった。繕いもん届けに行く途中やったし」

どの時だろうとよしが記憶をたどっている。

「おすみちゃん、字い書いてはってん」

「字い？　あの子読み書きはでけへんやろ」

「おすみちゃん、字い書いたある紙持ってはんね。真っ黒のやつ。それ真似してな、地面に書くねん」

さきの伝えようとするところを理解するのは簡単でなかったが、質問を重ねるうち、ともかくすみが、おそらくは誰かが手習いに使った紙を何枚か持っており、その字を写すことにさきとともに熱中したようだと分かってきた。

それだけではない、二人は紙に書いてあることを読もうともしていた。

「どないやってや？　教えてくれる人でもおらな、無理に決まってるやろ」

呆れたようによしが言ったが、さきは「できる」と断言した。

さきたちのやり方は気の遠くなるようなものだった。大人だったら、思いついても実行しようとしなかったろう。しかし理にはしっかりかなっていた。読み方の推測できる字をあちこちから探したというのである。

「正月にうち来た時、品物の札をうちの人に読んでもろてたな」

はっとしてたかが大きな声になったのに、さきはうなずいた。

「まだちょびっとだけやけど、月とか山とか秋とか、書いてあんの分かった」

「そうか――」

思わずたかはさきの頭を撫でた。たかは泰七郎同様表通りの家に生まれ、親が女にも読み書きを身に付けさせる考えだったため、仮名文字ならひと通りが分かる以上にまで寺子屋に通わせてもらった。逆にいえば、字を憶える大変さも体験していた。

「おばちゃん、『あらす』って知ってる」

「あ、それかいな」

今度はよしが訊かれた時のことを思い出した。

「『やうやうしろ』は?」

だが、たかにもそのあたりはまるで見当がつかない。

「こうしよ」

たかは言った。

「おすみちゃんの持ってる紙、おばちゃんが読んでみる」

「ほんま?」

さきは喜びに顔を輝かせた。

「そんなことできるん？」

「ちょっとは字い読めるさかいな。それに言うたやろ、あて、集所の係やもん」

「あ、そうか」

「おすみちゃんと話してその紙貸してもらうわ。読めるかどうか分からんけど、読めたら何て書いたあるか教えたげる」

「ついでにお願いあんね」

真剣なまなざしをさきはたかに向けた。

「おすみちゃんに、あてしばらく行けへんようなったって言うてほしね。おすみちゃん、あてが嘘ついた思わはるし。そしたらすごい、がっかりしはるし」

「もちろんや。引き受けたで」

たかは集所へ走った。

ありがたいことに、すみの熱も少しひいていた。ただ元気になった分、さきの名を出すと強く反応し、起きて逃げ出そうとさえしたので、慌てて捕まえた。

「おさきちゃんから頼まれたんや」

たかが言うと、すみの骨ばった肩からすっと力が抜けた。

「今日からしばらく、おさきちゃん来られへん。あんたと同じ病気や。金ちゃんもなってしまわはった。二人とも、おばちゃんとこで養生してもろてる」

怯えと戸惑いがすみの目に浮かんだ。

この子は流行り病がどんなものかまだしっかり分かってないらしい。

責められるべきはそれを十分教えなかった集所だと、たかは心苦しかった。とにかく、すみにも余計な重荷を負わせてはいけない。

「心配せんとおき」

そしてたかは、その紙を見せてくれるよう頼んだ。すみはすぐに「蓆の下」と言った。さきから聞いた通りだった。

油紙に丁寧に包まれたそれを一枚ずつ広げて光にかざす。

手習いの紙が真っ黒になるのは普通のことだ。字を書くのに適した滲みの少ない紙は値がはる。これ以上書けないところまで使わなければ勿体ない。

しかしその字は瓦版や絵草紙で目にするものと一風違っていた。崩しが強く、続け書きに重きを置いているようで、読めないとは言わないがすらすらともいかない。

また、読めても内容がよく分からない。

とまをあらみ？

同じ紙から「つゆにぬれつつ」のひと続きを見つけて、ようやくそれが和歌だと気づいた。

百人一首だ。天智天皇、だったか。

おぼろげな記憶をたよりに、残りの句を探してみる。

「あきのたの　かりほのいおの　とまをあらみ　わかころもては　つゆにぬれつつ」

紙の中からはほかに「なにしをはば」だの「からくれなゐに」だの「おきまどはせる」だのが
読み取れた。

「おすみちゃん、これ、歌や」

「歌て？」

読み上げてもすみは「そんな歌、聞いたことない」と言った。当然である。ずうっと昔の帝や
お公家さんが作った、節のない歌だと説明し、すみにも分かりそうな言葉に直してやったが、そ
もそも詠まれた状況や心情が大人のものだから、すみはきょとんとしたままだった。

「おとぎ話とかがよかったな」

おかしくなってたかが言うと、すみは紙の束に手を伸ばした。中から一枚を選び出す。

「こっち読んで」

「何《なん》え？」

紙の一点を示しながらすみはそれを声にした。

「すみ」

たしかにその二文字があるのをたかは認めた。すみが別の個所に指を置いて、また読んでみせる。

「さき」

「うん、そやな」

「せやから、これが一番大事やねん」

「なるほどな」

たかは紙の字を追い始めた。

どうやら「すみ」は炭らしい。その前に「ひなどいそきおこして」とあるのが、火を急いでおこす話のようだからだ。「き」は「ぎ」だろう。和歌も濁点抜きで書かれていた。お公家さん風の字では普通のことだ。

「さき」のほうはもう少し難しかった。

「さきたちたるくもの」

先立つ？　雲が？　蜘蛛？

しかし「むらさき」の一部だと気づいて道が開けた。「むらさきだちたる」は「紫がかった」の意味になる。続きも読めた。「ほそくたなびきたる」と合わせて「紫がかった雲が細くたなびいている」だ。

何だか聞いたことがある。

さらにすみが、読める場所として挙げた「あき」は「あきはゆふくれ」の一節を成していた。秋は夕暮れ。枕草子ではないか。そうと分かるとすぐ「春はあけぼの」も探し出せた。

「やうやうしろ」は「やうやう白くなりゆく山際」の一部だ。「あらす」は「言うべきにあらず」

のような形で二カ所に出てきた。

「読めた、読めたで」

清少納言の文章は、和歌よりはすみにも理解しやすかったようだ。「ふうん。そんなこと書いてあってんや」と、一応感心してみせた。本心を言えば、もう少し面白いものを期待していたのだろうけれど。

それにしても、すみがこんな手習いを持っているのはどういうわけなのだろう。

普通の寺子屋で手習いに使われるのは、まず手紙の形式で書かれた「往来物《おうらいもの》」だろう。そのまま手紙の練習にもなり実用性が高いからだ。次いで処世訓などを説く訓話の類、その先となると漢文に進むのが一般的ではないか。

百人一首にしろ枕草子にしろ、やらないこともないが、そこまで仮名文字中心の稽古をする子供は稀だ。たかも読んだだけで書きはしなかった。和歌にしろ、風物を情趣豊かに綴る日記風の文章にしろ、まず書く機会などない。

が、それは町人だからだ、とたかは考え至った。同時に、手習いの字の、独特な風合いにも思い当たるものがあった。

まさかこの子、お公家さんの？

しかしさすがに考えにくかった。お公家さんにはひどい貧乏暮らしも珍しくないけれど、みな家だけは持っている。戦でやられたところはほとんどなかったし、もしそうだったとしても、親戚の家なりに転がり込めばいい。

一時期の三条公のように、罪に問われて住まいを追われたり、逃げ出さざるを得なくなったりするかもしれないが、お武家と違って腹は切るまい。いきなりすべてを失うことは稀なのだ。

「これ、お母さんから渡されたんやてな」

さきから聞いたことを確かめると、すみはこくりとうなずいた。しかし、母親がどうして手習いの紙を持っていたのかは分からないようだった。

「わし、知っとるで」

小屋の中で寝ていた別のおこもさんが不意に口を開いた。

「ほんまですか」

たかはびっくりしてその老人の枕元に近づいた。

「集所に来る前、ちょっとの間やけど一緒やったことあってん。この子のお母はん、お公家さんとこで働いとったんやがな。そこ出る時、家の人が手習いしはったあとの紙、貰てきた言うてはった。自分は到底読みも書きもでけへんけど、ええ家に奉公してた証やて、自慢したはったわな」

「そうやったんですか」

たかは大きくうなずいた。

「おこもになってしもたん、知り合いに見られとうない気持ちがあって、御所のへんには近寄らんようしてはったらしいんや。けど病気なって、もう長うないの自分で分かるさかい、住んでたとこもっかい歩いてみとうなった、子供にも縁のあるとこのはずやから、あてが死んだあと助けてくれる人も見つかるかしらんて、戻ってきはってんや。ほんまにじき死んでしまわはったらしけど、ここでこの子お見つけて、お母はんの願わはった通りなったてわしも思うてた。けど、風病なってまうとはなあ。ここ来たらあかんて、わしも何回か言うてんけど――」

「大丈夫どす。この子はきっと治ります」

すみの身元が分かるのではとたかは思った。分かれば援助してくれる知り合いだって探せるかもしれない。

「お母はん、どこのお公家で働いてたか分からはります？」

老人はあっさりうなずいた。

「三条さんや、言うてたで」

まさか、とたかは思った。

「お母はんの名前は？」

「ふさ、やったな。確か」

「おおきに」

たかはすみのそばに戻った。じっとその顔を見つめる。

「どないしたん」

「あて、あんたと前にも会うてた」

「え？」

「お母はんも知ってる」

忘れかかっていたふさの顔だちが、だんだんはっきりした形をとってきた。

ふさの背中にいた子供のほうは、最後に見たのがまだ赤ん坊のころだったろう、さすがに同じ子かどうか分らない。けれど目の前のすみの目鼻立ちには、確かにふさの面影があった。


「およしさん、ちょっと」

三文字屋に戻ったたかは、さき、金二と一緒にいたよしを隣の部屋に引っ張った。

「あての思うようにさしてもらえへんやろか」

「何ですの」

集所の子を、さき、金二と一緒に三文字屋で養生させたいと言われてよしは顔色を変えた。

「それは堪忍しとくれやす。どうしてもて言わはるんやったら、うちの子お連れて帰りまっさかい」

自分の子供たちに風病を伝染した大元でもあるわけだから、仕方のない反応だった。しかしたかは、集所では流人たちの清潔を保つよう気をつけていること、第一に、さき、金二ともすでに伝染ってしまったのだから、すみと一緒にしてもこれ以上どうにもなりようがないことを説明した。

深く心を通わせているさきとすみは、近くにいられるほうが落ち着け、養生にもよい効果があるはずと力を込めた上で、たかはすみの出自を明かした。

よしは直接ふさを知っていたわけではなかった。けれど、近所の裏長屋に暮らしていた女と聞くと、よしの表情から険しいものが消えた。

「すれ違うてたかもしらんちゅうことですかいな」

「せやで」

「その子おとも」

よしはしばらく考えていた。

「承知しましたわ」

よしの手を握って、たかは「おおきに」と頭を下げた。

泰七郎もたかの計画に異を唱えなかった。ばかりでなく、すみを一時的に集所から出す手続きを、自分がやったほうが通りやすいだろうと買って出た。

ふさが死んでいたと聞かされると、泰七郎はやるせなさそうに「気の毒に」とつぶやいた。

「弱いもんが、いっつも一番ひどい目に遭いよる」

屋根裏で慌ただしい物音がしたのは、泰七郎が必要な文書を認め終わったちょうどその時だった。続いてよしが転がるように階段を降りてきた。

「お内儀はん」

「どないした」

震える声でよしは言った。

「さきが――ものすごい熱ですねん」

「何やて？」

勘違いだろうとはじめたかは思った。ついしばらく前、さきはたかの問いかけにしっかり答えていたのだ。このまま治ってしまうかもと思ったくらいだ。

「そやけど今、熱う熱うなってますねん。朝よりひどおす」

女二人が階段を今度は駆け上がった。泰七郎も続いた。

よしの言った通りだった。さきは全身茹でた海老のような色になって、ぜいぜい喘いでいた。額を合わせるまでもない。吐き出される息の熱さだけで、部屋の中の季節が進んだかのようだった。

「さき！」

「おさきちゃん！」

よしとたかは同時に叫んだが、さきに聞こえているのかすら分からなかった。

薬を飲ませても、さきの熱は下がらなかった。額に置いた濡れ手拭は替えるそばからぬるくなった。身体を拭くのも、汗が噴き出す速さに追いつかない。水気を補わなければならないのだが、薬にしても水にしても、まず飲ませるのが大変だった。

自分で飲む力がないから、鼻をつまんで口を開けたところに流し込む。けれどさきはむせてほとんど吐き出してしまう。そのたびよしは「堪忍な」と涙を流して謝った。もちろん食べ物も受け付けない。すみを連れてくるどころでなくなった。

改めて呼ばれた医者は、難しい顔で「『怖い』言うてたことになってしまいよった」とつぶやいた。毒が頭に回ったのだ。

「疲れがたまってると毒につけこまれやすいんですわ」

医者の話によしは「あてがお遣いやら、させ過ぎたんやろか」とまた泣いた。

「熱下がった時に、あてが長うしゃべらせたんが悪かったんかもしれん」

「いや、金二もこの子に任せっぱなしで。可愛いがりよるさかい、平気なんやろ思うて」

「しゃあない。そらしゃあないことや」

たかが必死になぐさめても、よしは自分を責め続けた。

一つだけ幸いと言えたのは、金二の病状が、さきと引き換えるように落ち着いたことだった。熱は下がり、乳を飲めるようになった。一日経つと、粥さえ口にしはじめた。

「さき、あんたも頑張らんと」

「あんたが一所懸命読もうとしてた手習いな、何書いたあるか分かったえ。教えたげるさかい。なあ」

代る代る話しかけても、返事は返ってこない。

伊佐次は気持ちを奮い立たせて仕事を続けた。それしか自分にはできないし、自分まで風病にかかるわけにいかないと分かっていたからだ。ただ品物を仕入れに来る度、またこれまでは長屋に真っすぐ帰っていた仕事の後も三文字屋に顔を出し、子供たちの寝ている部屋の襖をそっと開けた。

「どないや」

「今んとこ同じや」

夫婦は短いやりとりを交わしてまたそれぞれの持ち場へ戻るのだった。伊佐次の持ち場には、長屋に帰る前に願をかける幸神社も含まれていた。

父親がいないあいだ、清吉もちょくちょく三文字屋にやってきて食事をさせてもらったりしたが、姉、弟のいる屋根裏に上がろうとするだけで叱られる理由は理解できなかった。遊び相手がいないので、またすぐ消えてしまう。よしもたかも、助かるような、いたたまれないような思いをした。

さきの容体が再び変化したのは、二度目の発熱から丸二日が経った夕方だった。

熱が引いた。汗もかかなくなった。峠を越したかと喜んだのもつかの間、顔色が今度は青白くなってきた。額に触れるとひんやり感じられるくらいだ。それでいて呼吸だけが相変わらず荒い。

音八がまた医者へ走った。

「いつからこんなふうにならはりました」

脈をとりながら問うた医者に、よしはすがるように訊ね返した。

「治ってきてるんどっしゃろ?」

返ってきた言葉は残酷だった。

「覚悟しはったほうがよろしと思います。朝までもたはるかどうか」

医者がそそくさと立ち上がり、「赤ん坊のほうは、もう大丈夫ですわ」と思い出したように付け加えて出ていった。

知らせを聞いてすでに駆けつけ、襖の外で耳をそばだてていた伊佐次は、医者と入れ違いに部屋へ駆け込んだ。

ふた親が子の名を呼び続けるのを聞きながら、たかは自分を保とうと努めた。

「諦めたらあかん。精一杯部屋暖めるんや。火い持ってきて。炭入るだけ入れて」

そや、おすみちゃんに会わせてやらんと。

もう泰七郎以下、店の者はみな事態を把握していた。泰七郎は、前に用意したままになっていた書面を手に自ら集所へ出向き、事情を説明した。

初めてすみと会った泰七郎も、ふさに似ていると思った。

「さきちゃんのおとん？」

「そうやないんやけど――」

説明するのがもどかしく、とにかくさきのところへ行くと言うと、すみは不審も忘れたようにはしゃいだ。泰七郎が背中を差し出したが、十分歩けるくらいに回復もしていた。

三文字屋に入ったすみは、そこが豆腐屋だとすぐ分かったらしかった。

「きぬ、もめん、あげ、ひろうす、やな」

壁の品書きを得意そうに読み上げる。しかしさきは屋根裏と告げられるや、草履を脱ぎ散らかして勝手に茶の間に上がった。さきたちが来たあと奉公人用に借りた布団が廊下に積んである先に階段を見つけ、すたすた上っていく。泰七郎は慌ててすみの後を追いかけた。

「奥の部屋や」

返事もせずに、すみは襖を引き開けた。大量の火でむっとするほど温められた空気が流れ出した。

「おさきちゃん！」

そばに駆けよって、すみはさきの普通ではない状態に気づいた。

集所でこんなふうになった者はみな死んだ。すみはそのことを知っていた。早桶《はやおけ》に入れられてどこかへ運ばれるのだ。すみもさきに何も言わなかったが、それはさきが気味悪がって集所に来なくなったら困ると思ったからだった。

なのにさき自身が――。

あの建物に入るなと誰かれに言われた意味が初めて実感を伴って理解された。

「おさきちゃん、死んでまう」

思わずつぶやくと、「そんなこと、言うたらあかん！」と怖い声がした。そちらに顔を向けて、すみは集所の係の優しいおばちゃんを見つけた。でも今の声は、おばちゃんから出たのが信じられないくらい怖かった。

「堪忍」

すみの声は消え入りそうだった。しかし続いて赤ん坊が笑った。金二がいることにもすみは気づいていなかった。

「見てみ、およしさん。金ちゃんこの子になついとるで」

おばちゃんに話しかけられ、しかし泣いたまま顔を上げようとしないもう一人のおばちゃん。その隣で、三つ、四つくらいの男の子を抱いているおじちゃん。男の子を含めて三人、すみの知らない人がいる。

男の子の顔はさきに似ていた。さきから聞いていた、清吉というもう一人の弟だろうか。おじちゃんとおばちゃんが、さきの両親か。

みんな、さきとのお別れのために集まっているのだ。自分が呼ばれたのも、だからなのだ。

すみは、母親のふさとの別れを思い出した。ねぐらにしていた荒れ果てた空き家で、ある朝ふさは冷たくなっていた。一緒におもらいをしていたおこもさんに話すと、その家を離れるよう言われた。

「何で？」

「そうせえへんと、辛いことなるで」

言われた通りにすみは、そのおこもさんがいた橋の下に移った。おこもさんはすみに空き家に行かないよう注意し、あまつさえ何日もしないうちにすみを連れて離れた町へ向かった。

「最後もっかい、おかん見てきてええ？」

「あかん」

優しいおこもさんだったが、その調子はきっぱりしていて、それ以上すみは何も言えなかった。

ふさとの別れはそんなふうだった。埋められたり焼かれたりするのを見なかったからかもしれない、そのうちどこかからひょいとふさが現れる気がしばらくしていた。けれどもいつまで経っても、ふさはいないままだった。

死ぬというのはどこにもいなくなるということであり、だから死んだ人とは二度と会えないのだ。そう考えが至った時、母と引き裂かれた痛みが初めて襲い掛かってきた。

今度はさきが死んでしまう？

「おさきちゃん、嫌や！　おらんようなってしもたら嫌や！」

思いがけず落ち着いているふうだったすみが突然泣き喚き始めて、大人たちは狼狽した。

「神さんと仏さんにお祈りするんや。連れていったげんといてくださいて」

ようやくたかが伸ばした手も、すみは激しく払いのけた。

「嫌や、嫌や。おさきちゃんと遊べへんようになんの、また一人で遊んでなあかんの――」

さきが目を開けたのはその時だった。

「およしさん」

気づいたたかが叫び、すみも泣き止んだ。部屋にいた全員がさきににじり寄った。

さきの唇がゆっくり開いた。

「すみちゃん、ようなったん、やな」

すみが答えるより早く、よしが息せき切って言った。

「金ちゃんも治ったで」

「そうかいな。そらよかった」

さきはいかにも安堵したふうに微笑んだ。

「せやさかい、さき、あんたも早う治りよし」

また唇が動きだした。しかし声は急に小さく、不明瞭になった。

「何やて？　何て言うてんの」

荒かった息がいつの間にか静かになっていた。そしてまぶたが合わさった。よしは頭をそっと、そしてだんだん激しく、最後は狂ったように揺さぶった。しかし唇もまぶたも、ぴくりとも動かなかった。

部屋はさまざまにさきを呼ぶ嗚咽でいっぱいになった。その中でたかが、さきの鼻に手をかざして息のないことを確認し、布団をかけ直してやった。

その身体はずいぶん小さく感じられた。よしに抱かれた金二を見ても、よく背負って軽々動けたものだと今更感心させられるくらいだった。

「最後、おさきちゃんが言うてたこと、あて分かったわ」

誰にともなくたかはつぶやいた。

「字い、もっと読めるようなりたかったなあて、言うてはったわ」

十六

二月二十四日、太政官の東京移転が正式に明らかにされた。

政府そして府が何より恐れたのは、都でなくなってしまうことに不満な京都人の反抗だった。北方での戦いはなお終わっていない。表向き恭順の姿勢を示していても、面白くなく思っている連中だってあちこちにいるはずだ。新政府の支配はまだまだ危なっかしいのである。どこか一カ所で反抗が起これば、呼応する動きが相次ぐかもしれない。そうなったら元の木阿弥だ。

去年の東幸に引き続いて「告諭大意」第二編なるものが出された。府民に言うことは前と同じである。帝の恩に感謝せよ。帝のなさることを信頼せよ。

一月に酒、スルメを配ったのと順番が逆の感もあったが、三月二日、各番組に帝からの下賜ということで杯を配った。帝は京の人々をそれほど大切に思っている、見捨てるはずがないから安心せよ、という意味合いだ。

だが今回槇村正直は、言い聞かせたり機嫌を取ったりでことの収まる気がしなかった。はじめのうちこそ、太政官移転の意味をきちんと理解する者などいくらもいまい、そもそも太政官が何かさえほとんどの府民は分かっていないと考えていたのだが、甘い期待はすぐ吹き飛んだ。洛中各地からの報告を受け取るたび、肝が縮む思いだった。

槇村が報告を上げさせているのは、主に平安隊の中堅幹部である。事件、事故への対応を任としながら、はじめ狼藉が多くて町人から忌み嫌われていた平安隊だが、このころようやく引き締めの効果が出て、それなりに頼りにされるようになってきた。普段五人一組で地域を巡回しているから、情報収集の手足としてうってつけだ。

隊員たちはそこここで、府民の疑心暗鬼の声を耳にしていた。

要するに、お偉い方々がみんな東京行ってしまうちゅうことなんやろ？

せやのに、帝さんだけ京に残ったりできるんか？

春に行かはることはもう決まってるちゅうで。戻ってきはるんやろか？

知識はなくても、状況を捉える直観は大したもので、やはりこいつらは馬鹿じゃないと思わされるのだった。

しかし感心してはいられない。帝を何としてもお引き留めしよう、力ずくでも東京へのご出発は止めていただこうと考える者たちの存在が分かってきたのだ。そうした町人と旧幕系の侍が組んで、新政府の要人を狙っているなどの物騒な噂まであった。

京都の人間からすると、都でなくなるのは気持ちの上で面白くないだけでない。帝とともに帝にお仕えしていた人々、政府とともに政府で働いていた人たちが京都を去ることになる。どちらも極めて大事な客である。特に、公家向けに特化した仕事をしている家、例えば儀式用の装束とか調度、化粧品、文房具等々を扱う店には致命的な打撃だろう。思い詰めてもおかしくない。

平安隊だけで対応できると思えず、筋から言ってもそうすべき問題ではなかった。槇村は集めた情報を木戸準一郎を通じて政府に上げた。政府は兵を組織し、平安隊とは別に、不穏な動きが目立つ地域に駐屯、巡回させて威嚇した。要人暗殺がついこのあいだまで薩長土肥の十八番《おはこ》だったのを思えば皮肉な話だが、それだけ新政府には先手を打つ大切さが身に染みていた。

密かに定められた再東幸の出発日は三月七日だった。杯の下賜の五日後というあたり、見え透いているが、それ以上遅くできない事情があるのだろう。

準備に追われる御所の様子が府にも伝わってくる中で、槇村はどんな情報も取りこぼすまいと、平安隊に檄を飛ばした。

暴動かと思ったら酔っ払いの喧嘩だった、などということも少なくなかったが、数日前になって、東幸の行列を襲撃すると話した者がいる旨の報告が来て、槇村は緊張した。

一時出発を延期することまで検討されたようだったが、結局政府は通報された人物の家に兵を送り、査察と称して押し入った。何も出なかったが、家の周りに兵が残され、人の行き来に目を光らせた。

また戦になったかのようなものものしさの中、兵に守られた鳳輦は予定通り御所を出発した。

槇村は知事の長谷信篤らとともに、東海道の起点である三条大橋の少し先、粟田口まで行列を見送った。その先には九条山があり、越えれば山科となって大津、草津へ続く。病のため広沢兵助は今日の行列に加われなかったが、しばらくすれば後を追うだろう。帝も広沢もまた京を訪れることはあるのだろうか。あるとしても、次回からのそれは東京に本拠を置く者の、かりそめの滞在に過ぎない。

遠ざかってゆく鳳輦に頭を垂れながら、槙村は胸をなでおろしていた。無事にこの日を迎えられたのが何よりありがたかった。

そして、京都府の役人として闘志を新たにした。

見返りは必ず分捕ってやる。

東京からいかにして金を引っ張るか。そのための方策が槙村の頭を駆け巡っていた。

十七

怒る気力さえ湧いてこないほどの虚しさの中に泰七郎はいた。

分かっていた話だった。去年の夏、江戸の名前が変わった時から、こうなることはみんな心の底で予想していたのだ。

しかしどうにもできなかった。泰七郎にしてからが、おためごかしと思いながら、紫宸殿を見せられれば有難く頭を下げた。配られたスルメを齧《かじ》って酒を飲み、すぐまたいなくなってしまう帝の「還幸」を祝い奉って役人たちが偉そうに述べる話に耳を傾け、時には自ら人前に立ち――。

抵抗すればよかったか。それでも結果は変わらなかったろうという確信が、虚しさを深めた。泰七郎一人が、あるいは誰か仲間を語らえたとしても合わせたその数人が排除されておしまいだ。泰七郎を知る人たちは、声をひそめて「気の毒なこっちゃ」と言い合うだろう。それだけだ。新二十八番組の新たな添年寄もすぐに決まるだろう。そして何事もなかったようにまた日々が流れだすだろう。

要するにみんな怖いのだ。泰七郎も、怖かったから抵抗しなかったし、その怖れは残念ながら間違っていなかった。ご発輦直前の異様な兵の多さと、聞こえてきた取締りの厳しさが証している。

この先どうなるのか。

次に来るのは言うまでもなく小学校だ。一部の番組ではすでに建設が始まっているらしい。一番組一小学校の案を府が出してきた十一月には、受け入れた番組は上下京六十五のうち三分の一に過ぎなかった。今は逆になったのではないか。これも押し切られてしまうのか。

頭の半分は正直なところ、その見込みのほうを大きく感じる。しかしあと半分はまだ諦めていなかった。帝さんと同じようにはいかへんぞと思っている。

吉村佳作が新上京二十八番組の中年寄でいてくれることが心強い。もちろん吉村の小学校反対には自ら寺子屋を営んでいる特殊な事情もあるだろうが、隣の新二十九番組も受け入れに転じないままなのを考え合わせると、やはりこの地域に小学校は必要ないと言い切れる。

その日、吉村の自宅、つまり寺子屋の「双柏舎」には、泰七郎のほか番組内のもう一つの寺子屋「盛栄堂」の師匠である石崎宗林《いしざきそうりん》が訪れていた。

吉村は儒学、石崎のほうは京都で力のある石田梅岩《いしだばいがん》の心学を修めており、系統が違うため近所ながらあまり交流がないようだったが、府と渡り合うために何をすればいいか、一緒に考えようという話になったのである。

盛栄堂には昔泰七郎も通っていた。石崎は泰七郎より若いのでもちろん当時の師匠は違ったが、長助、音八が今、石崎の教えを受けている。だから泰七郎のほうが石崎とは近しい。

「うちの丁稚ら、性根入れて稽古しとりますやろか」

あいさつ代りのいつもの質問をすると、石崎は愛想のふうでもなく「長助はうちの中でも指折りですて」と答えた。

「音八のほうは呑み込みが一歩遅れますが、私の言うたことはよう守って、決して怠けたりしよりません。まあ、奉公先から通わせてもろうとる子はたいがい真面目ですけどな」

「先生のお蔭どっしゃろ。ありがたいことどす。これからもよろしゅうお願いしたいんどすけど――」

「小学校ですなあ」

白いものの混じった総髪という、儒者らしいたたずまいの吉村が割って入った。

「石崎はん、お宅は小学校ができたら、どないなる思うてはります」

「府がどうするつもりなんかによりますけど」

石崎は声を落とした。

「今おる弟子らも、小学校とうちと両方通う余裕はあらしません」

「そらそやわな。うちかて同じや。竈金はどうせ取られるんやから、ほな小学校にしとこ、てなる。なあ、三文字屋はん」

吉村も最初「横谷はん」と呼んできたが、泰七郎は、名前でなければ屋号にしてほしいと変えてもらった。

「まあ、たいがいはそういうことになりまっしゃろな」

吉村は石崎に、「盛栄堂はんは、いつの御創立でしたかいな」と訊ねた。

「文化十二年と聞いとります」

「五十年、超えてはるわけですな」

「先生のとこは」

「うちは私が始めましたよって、そんなに古いことはあらしません。嘉永元年。それでも二十年にはなります」

「そうでしたか」

「ここに来た時は、木いも小さかったですわ」

吉村は庭に植わった二本の柏の木を指した。寺子屋の名の由来らしい。今はどっしりした幹が屋根より高く伸び、新緑を輝かせている。

「多くの弟子を育て、人のお役にも立ってきたつもりや。営々と続けてきたことを、何で府の都合で止めさせられなあかん？」

「その通りや思います」

「石崎はん、さっき言うてはったわな。奉公先から通うとる子は真面目やて。通わせてもらえる有難味を分かってるさかいや。三文字屋はんの丁稚がようできるのは、旦那も通うた寺子屋や、ここで稽古ができて幸せや、思うてるからやろう。学びたい気持ちを持って、つきたい師匠につくちゅうとこが肝心なわけや。番組中の子供が同じ小学校に行くようなことがもしほんまになるとして、それでは稽古に身の入らんもんがようけ出てくるやろう」

「言わはる通りです」

うなずいた石崎に、吉村は「指南所の師匠が小学校建営の口上を出したやなんて、まったく信じられへん。同じ儒者ちゅうからますますいたたまれませんわ」と吐き捨てた。

「西谷とか言う人ですな」

「どんな人なんです」

それまで二人のやりとりを聞いていた泰七郎が吉村に訊ねた。

「何回か一緒になったことはある。書物はそこそこ読んどるみたいやけど、世間知らずやわな」

「西谷さんの篤志軒いうたら、結構な数の弟子がいるて聞きますな」

石崎もつぶやく。

「どないしはるつもりなんやろ」

「そら小学校行かせるんと違うか。で、自分も小学校の師匠になるとか」

「やっぱしそういうことですやろなあ」

独り言のように石崎は続けた。

「悪い手えやないですわな。私なんか雇うてもらえるんか心許ないけど、西谷さんは小学校の言いだしっぺなんやさかい、気い遣うてもらえますわ。いや、世間知らずどころやあらしませんやん」

「石崎はんも小学校の師匠になろとか思てはるんどすか」

驚いた泰七郎に、石崎は慌てたように「いや、そういう人もいはるやろちゅうだけです」と手を振った。しかし吉村はすでに顔色を変えていた。

「何にしたかて、二十八番組では小学校なんか造るつもりあらしませんさかい」

座敷の空気はぎくしゃくし、いくらも経たないうちお開きにするしかなかった。

石崎に続いて泰七郎が玄関に立つと、吉村は意見書を書いてみると言った。文章を作ることにかけては玄人だから、まかせられるのは有難いけれど、新しい材料がないままでは大した期待ができない気がした。

歩き始めた泰七郎が思い出したのは、正月に押しかけるようにやってきて好き勝手しゃべり散らしていった熊谷直孝のことだった。

今は大きな時代の変わり目や。これまで当たり前やったことが当たり前やなくなる。熊谷はそう言った。

双柏舎のある歓喜寺前町は二十八番組の中でもかなり上《かみ》のほうだ。寺町通沿いだから東側は町名の由来である大歓喜寺《だいかんき》ほかの寺院が軒を並べ、向かい側も建物で埋まっているけれど、上立売通よりずっと北で、上御霊神社にも近い。

去年の祭りから一年にもまるで足りない。しかしずいぶんな時が流れたように思える。目に見える街の姿は同じだが、世の中の仕組みが次々変わった。

ただ、仕組みが変わったからといって人の心まで簡単に変わるわけではない。泰七郎はそう考えてきた。だが今日は自信が揺らいだ。石崎がまさか、小学校を受け入れる気になっているとは。仕組みの変化に、みながすぐついてゆけないのは間違いない。しかし少しずつでも引っ張られる部分はあるのではないか。はじめは戸惑ったり、無視したりしているが、ある限度を超えたら一気に心も動かされるのではないか。それは、本当に新しい世が来るということだ。ならば今のうちから新しい世を迎える準備をすべきなのではないか。

馬鹿な、惑わされるなと泰七郎は自分を叱った。

仮に小学校を建てる費用を千七百両と見積もった場合、返さなくていい府からの四百両を差し引いた金を家持の数で単純に割れば六両近くになる。添年寄の役料よりずっと高い。

加えて竈金を毎年払い続ける必要がある。借金が返せなくなったら目も当てられない。番組内の人々の暮らしを預かる立場ではあり得ない選択だ。

新しい世を推し進めているのは長州だ。奴らが考えているのは自分のことだけだ。京の人々のためになるなどとどうして思えるのだ。

考えながら歩いたため、何度も人にぶつかりそうになった。動揺をどうにか押さえつけられたのは、三文字屋に着こうかというころだった。

もう戸を開け放す季節である。暖簾をかきわけて土間に入ると、庄吾が「お帰りなさいまし」と頭を下げた。そろそろ音八も振り売りに出すかということになって、今日は丁稚二人が外を回り、庄吾は店番をしているのである。

「変わったことあらへんか」

「へえ、特には」

「桶屋は来よったかいな」

「あ、来はりました。確かにちょっと漏れとるけど、締め直したらまだいけるちゅう話でした」

「それ、先に言うておくれや」

小言に続けて泰七郎は「まあそれで済むんやったらよかったけど。いつやってもらうことにした？」と重ねて訊ねた。

「旦那はん戻らはったら相談して返事する言うときました」

「どうせ休みの日いしかでけへんのやから、二十日て言うといたらええね。それくらいはもう自分で決めてええし、決められなあかんで」

「へえ」

小さくなった庄吾だったが、このごろはほとんどの豆腐ににがりを打つ。店や振り売りの分担も、差配してみろと泰七郎から言われていた。

泰七郎は、見極めがついたら庄吾を正式に番頭にするつもりだった。住み込みもおしまいにして嫁を世話しようと思っている。前から頭にあったことだけれど、泰七郎が忙しくなり過ぎたのも加わって本格的に進め始めた。

「お帰りやす」

たかが土間に顔をのぞかせた。

「お帰り」

さらに声がする。少しおどおどした、まだ歳のいかない女の子のそれだ。

去年、上御霊神社の神輿を拝んで帰った日、さきが出迎えてくれたことを泰七郎は思い出した。もちろんさきではない。さきはひと握りの灰になって壺に納められている。

たかの後ろに半分隠れながらこちらを窺っている女の子は、顔立ちはもちろん、まだ泰七郎にもなじみ切らない人見知りの強さなど、さきとは似ていないところのほうが多いだろう。それでもその姿を見ると、さきの面影がよみがえる。

さきが三文字屋の屋根裏で息を引き取り、亡骸《なきがら》が病の癒えた金二と一緒に路地に帰った後も、たかはすみを流人集所に戻そうとしなかった。

やがてささやかな葬式が長屋で営まれ、泰七郎もたか、そしてすみと一緒に足を運んだ。たかが話を切り出したのはその夜だった。

「あの子、うちで引きとったらあかんやろか」

緊張した面持ちのたかに、泰七郎は苦笑いして「いずれそう言うてくるやろうと思とった」と返事をした。

「構へんちゅうこと?」

「あかん言うたら、お前が出ていきかねへんやろ。それは困るさかいな」

たかは「おおきに」と何度も言った。

「別に礼言うことはあらへん」

泰七郎としても、すみは集所でしばらく過ごした後どうせ奉公に出されるのだろうから、その時は三文字屋で受け入れようかと元から考えていた。たかの手伝いがいずれ必要になる。すみはまだ小さすぎるが、たかが望むなら問題ない。むしろたかは、世話をする相手を求めている気がした。

ほどなく屋根裏の奥を奉公人たちに返したすみは、泰七郎たちが使っている部屋で一緒に寝るようになった。そこまで予想していなかったが、今さらたかに文句も言えない。

すみはたかが三文字屋にいるあいだはたかと過ごしている。音八あたりには少しずつ打ち解けてきたふうでもある。あとは時々、金二や清吉に会いに下御輿町へ行く。伊佐次やよしには複雑な気持ちもあるはずだが、すみが悪いわけではないと理解して受け入れているようだ。ただよしは、すみがせがんでも金二のおんぶだけはさせないらしい。

「お互い危ないことなりかねへんさかい。赤ん坊預けるあてにも、預かるおすみちゃんにも」

店に来たよしがたかに話しているのを、泰七郎も聞いたことがあった。

それも人の心の変化なのか――。

悩みがぶり返しそうになった泰七郎は、苛立ちを覚えつつ「すまん、ちょっと一人になりたいんや」と言った。その顔をたかが心配そうにのぞき込む。

「具合でも?」

「いや。ただもやもやすることがあってな」

それ以上語らず、泰七郎は夜三人で寝ている部屋へ入って襖を閉めた。

日焼けした畳に横になって天井を見つめながら、新しい世は来るのかとまた考える。来ないと結論づけたくて、疲れ切った頭に鞭を打つのだけれど、蝶番の錆びた戸のように、きしむばかりではかばかしく動かない。いくらもしないうちに芯のほうが痺《しび》れてきた。

うとうととして、はっと目を覚ました。夕食ができたと長助が呼びに来たが、襖越しにいらんと断った。ぼんやりまた天井を見つめる。浮かんだしみが雲のようにも化け物のようにも、花のようにも見えた。

「ご免やっしゃ」

たかだった。

「飯やったら――」

いらん言うたでと言い終わる前に、襖が開いた。

「聞きましたけど、すんまへん」

膝をついていたたかが部屋へ入ってくる。仕方なく泰七郎も身体を起こした。

「何やな」

「ご飯終わったら、すみちゃんここで寝かさなあきまへんさかい」

すみを大事に思うのは分かる。しかし亭主の都合はどうでもいいのかと泰七郎は悪態をつきそうになった。呑み込んで「分かった。布団敷く時は退《の》くさかい」と告げる。しかしたかは去ろうとせず、なおすみのことを言い立てた。

「すみちゃん、石崎先生とこにやらはりますか」

石崎の名を聞いて泰七郎はかっとなった。たかはすみを養女にすることまで考えているふうだったから、いずれそんな話もあると思っていたが、今は間が悪すぎる。

「あのお人は、小学校の師匠なりたいみたいやわ。盛栄堂がどうなるやらわからんで」

尖った口調で告げると、驚いたことにたかは「ほんまどすか。小学校で石崎はんに教えてもらえるんやったら一番や」と嬉しそうな顔をした。

「どういうこっちゃ」

「盛栄堂やのうて、小学校ではあきまへんかてあんたに頼むつもりやったんですわ」

「何やと？」

泰七郎は声を震わせた。

「わしが、どないやって小学校を断ろうか苦心惨憺しとんの分かって言うとるんか」

「分かってます」

たかも視線を逸らさなかった。

「お金がかかるんでっしゃろ」

「その通りや。並大抵で工面できる金やない。金かけただけ役に立つんやったらともかく、今寺子屋に行ってへんような子はどうせ行かへん」

怒鳴った泰七郎に、たかはにじり寄った。

「どうせ行かへんちゅうてほっとくんどすか。おすみちゃんだけ寺子屋やって、あとはみんなそのままどすか。裏長屋にもおさきちゃんみたいな子お、おったんやないですか。字い読めるようなりとうて、頑張って頑張って」

「分かっとるわ、そんなもん」

泰七郎は吐き捨てる。

「ただな、情だけではどないもならんことがあるんや」

「情にひっかかってはるんはあんたのほうちゃいますか」

なおたかはひるまない。

「あんたは今、石崎はんが自分の身い案じて小学校に色気出してはるんに怒ってはる」

「だからなんや」

「あと長州や。あんたが長州嫌いなんは構いまへん。長州贔屓ばっかりな中で、媚びはらへんのは立派や思てます。そやけど、長州が言うてきたことには従いとうないて、意地になってはるとこあらしませんか」

泰七郎は動揺した。

「それはそうかもしらんけど――」

口ごもった夫にたかが畳みかけた。

「構しませんやん、うまいことやらはる人いはったかて」

「構へんことあるか」

「大事なんはそれがあてらにとってええか悪いかや。人はどうでもよろし」

「とにかく」

自分は間違っていない。泰七郎は胸に念じる。

「簡単にはいかへんのや。分かってくれ」

「じっとしてたら何も変わらしません」

たかが涙を浮かべたのはその時だった。

「偉そうなこと言わせてもらいましたけど、あては何より、おさきちゃんみたいな目に遭う子がおらんようになってもらいたいんどす。誰でも学校行くてなったら、隠れて字い写したりせんでもよろしやん。小さい時から赤ん坊の守りしたり、家の手伝いに明け暮れたりもなくなるかしれませんやん。人の暮らしがようなったら、おこもさんかて減りまっしゃろ。おすみちゃんのお母はん、死なんでよかったんですわ。戦もなくなってもらいたいですやん――」

震えるたかの背中を前に、泰七郎は不意に湧き上がった心の中の何かに戸惑っていた。これは情なのか？　いや、そうではないと思った。今まで考えもしなかった方角から光が差したのだ。そして見えていなかったものを一瞬照らし出した。

「分かった、そこまでにしといてくれ」

泰七郎は静かに言った。

「どないしはりますの」

たかが目を赤くしたまま訊く。

「飯、まだあるか」

「え？」

「また一から考え直さんならん。まずは腹ごしらえや」

十八

帝が東京へ向かわれたその日から槇村正直は知事の長谷信篤をせっついて、金を政府に出させるべく要望させた。もちろん広沢兵助には東京で口添えをしてくれるよう頼んでいたし、木戸準一郎が何かしてくれるのではないかと期待もした。

ほどなく政府の会計官から書類が届いて、槇村は心躍らせながらそれを披《ひら》いた。しかし文面を追う槇村の目はすぐ曇った。

「何だこれは」

槇村は腹立たしげに書類を机に投げ出した。

伝えられたのは、府がすでに政府から貸し付けを受けていた貧民救済資金の返済を免除するという内容である。

元利合わせて一万三千九百四十七両一分二朱百四十八文と書かれた数字の細かさが恩着せがましい。小学校建設用として番組に渡す金に換算しても十七校分にしかならないし、そもそも新たな資金供給でないので、これからの事業には使えない。ないよりましという程度だった。

槇村は、ますます薄くなってきた頭から湯気をたてて知事室に飛び込んだ。

「政府は京都を何だと思っちょるのですか。京都がさびれるようなことがあれば、王政復古の看板からして色あせるのが分かっちょらんのでしょうか」

木戸が前に言っていたことをほとんど引き写しで訴えたのだが、長谷も「まったくや。田舎もんに虚仮《こけ》にされとれん」と、日ごろの温厚さに似ず激しい言葉で同調した。

「この際です。三十万両貸せと言ってやりましょう」

ちょっと吹っかけすぎかなと思った槇村だったが、長谷が「五十万にせえ」と言うので驚きながら、その通りの額を政府に伝えた。

伝えるだけでは芸がない。京都に冷たくすると、再東幸に不満な連中が騒ぎを起こす可能性を匂わせて脅しをかけた。このあいだは何とか食い止めましたがね、と、本当は政府の兵に頼るところが多かったのは脇に置いて、手柄もちゃっかり誇った。

政府の反応は早かった。反乱だけは防がねばと思ったのかもしれないし、やはり京都は大事だったのかもしれないし、あるいは木戸や広沢が動いたのかもしれない。ともかく五日後には会計官が返事を書いて寄越してきた。

「何くれ出費がかさんで困っているので、あまり大きな金を都合できる目処《めど》も立たないのですが」と泣き言を並べながらも、「まず十万両だけお渡しします」という文面である。

「言ってみるものですなあ」

新政府の台所が苦しいのも十分理解できる槇村はひとまずよしとするつもりだったが、長谷はまだ鉾を収めない。

「五十ちゅうて十では格好がつかん」

お公家も思いのほか欲が深いものだ。それとも、これが町人、公家共通の、京都人のがめつさなのか。

何にせよ、長谷がそういうなら槇村も遠慮なくがめつくなれる。

「どうしても五十万両必要だ」

府の吏員を取りに行かせるからよろしくとまで強く出たが、これはさすがに無視された。しかし嬉しい誤算はさらに続いた。実際の貸し付けの段になって、政府のほうから十万両に五万両を加算してくれたのである。

槇村は勇気百倍の思いだった。

小学校事業の本格化に向けて金がまるで足りなかったのは掛け値のない話だが、一方では三月のうちに、いくつかの番組が寄付によってすべての建設資金を調達し終わり、府からの下渡し金を辞退する旨表明した。

筆頭は上京二十七番組だ。番組の再編で旧下京六番組の地域を引きついだこの組は、府の最大の協力者といっていい熊谷直孝がそのまま中年寄として率いている。熊谷は自分の私塾を閉めて土地建物すべて売り払い、代金をそっくり寄付した。もちろん私塾の弟子には小学校へ籍を移すよう指導し、師匠も小学校の教師に就かせるべく差配を進めている。

上京十一番組、上京二十六番も熊谷に触発され、対抗意識を燃やして下渡し金の辞退に至ったと思われた。槇村はこれら三つの番組を表彰して、同様の機運が広まることを狙った。そうそう思った通りにはいかなかったが、各番組が寄付を集めやすくなったのは間違いない。

そして槇村は役人としての階段を着実に上りつつあった。

三月の東幸に関連して、隣の大阪府で管吏の欠員が出たため、槇村が兼任の形で一部の仕事を見なくてはならなくなった。時折出張もあってひどく忙しい思いをさせられたが、ひと月ちょっとで兼任が解かれ、褒美の意味合いもあってだろう、権弁事《ごんの》という肩書を得た。名実ともに、押しも押されもしない京都府の幹部になったのだ。

木戸に言われたことを実行に移す時だった。槇村は萩にいる妻、千賀に手紙を出した。

「万事順調に進んでいる」

そう書いたあと「京都は何かと難しいところではあるけれども、槇村の妻と知って無礼を働く者などいるはずがない。安心してやってこい」と続け、自信満々に上京を促したのである。

役宅の書斎で巻紙に筆を走らせながら、槇村は二人の子供たちの顔を思い浮かべた。上の梅子《うめこ》は十二歳、離れてできた下の正介《しょうすけ》は五つになっている。

梅子にはもちろんすでにあれこれ稽古をさせてきたが、小学校が対象とする年齢にも当たっている。正介はまだ少し早いが、その分、父が造った新しい稽古の場を、一から十まで味わわせてやれるだろう。

子供たちが小学校に通う凛々しい姿を想像して、槇村の頬は緩んだ。

十九

「何て言わはりました？　三文字屋はん」

吉村佳作の口調は、その時は穏やかだった。自分の耳を信用しなかったのかもしれない。相手を正面から見据えて、泰七郎はゆっくり「小学校、造ったらどうでっしゃろ」と繰り返した。冗談でないと分かってもらうにはさらにもう一度言わなければならなかった。

「このあいだまで、いや昨日言うてはったことと、えらい違いまんな」

吉村は目に怒りをたぎらせている。

「はい」

「ぬけぬけと認めはるもんやな」

「お怒りはごもっともや思います」

二日続きでやってきた吉村宅の座敷で、泰七郎は畳に額をこすりつけた。

「よろし。謝ってもろたかてしゃあない。とにかくどういうことなんか説明してもらいまひょ」

何を語ろうと論破しつくす気迫が吉村からにじみ出ている。小さな寺子屋の師匠とはいえ、若くから学問を修め、今も生業としている吉村には、その自信があるのに違いなかった。

泰七郎にも勝負所である。

「はじめにお断りしときますけど、情にほだされてるんやないかちゅうことは、何回も自分に問い直しました。違うと確信できましたさかい、こちらへ参りました」

さきとすみの話をすると、吉村は「裏長屋にも本気で学びたい子はおると」と言った。

「しかしそれでわしらの事情が変わるわけやありませんな」

「はい。わしもそう思います」

認めながら泰七郎は、石崎宗林や長州に対する気持ちに関して、たかから指摘されたことも伝えた。

「どきっとしました。意地になってるちゅうの大当たりですわ。あと、人がうまいことやってたかて構へんていうとこ。考えてみたら、自分の得を考えるんは誰かて当たり前ですわな。責められる筋おへん。それに長州は、出世しよ思うたら京を早うきちんと立て直さなあかんわけや。その意味ではわしらと同じように必死なってそのための方策を考えとるはずどす。ハナからろくでもないて決めつけたらこっちの損や」

「それはおっしゃる通りやろけど」

吉村は余裕たっぷりに反論してきた。

「わしかて長州嫌いと町役の仕事は線引きしてるつもりですわ。それこそ流民集所や。わしが集所を軽んじてると思わはるか」

「思いまへん」

即答した泰七郎は「吉村はんがしょうもないことにこだわるお人やないのはよう分ってます」とも付け加えた。

「そしたら昨日までと変わる理由ないやないですか」

吉村は拍子抜けした口調になった。

「根本の問題は、費《ついえ》に見合うだけの効用が小学校に望めへんことなんや。少のうともこのへんでは。ハナから決めつけてんの違うて、よう考えた結果、損したらかなんさかいやらへん、ちゅうてんのや」

「そこですね」

泰七郎は吉村の言葉を待っていたかのように言った。

「損すると分かりきってる。やから止めとこてわしら考えてましたんや」

「どこがあきませんの」

「それでは変えられへんのです。やっぱし女房に言われたんやけど、最初は大事さに気いつきませんでした。しかし分かったんですわ。時には算盤抜きにしてやらなあかんことがある」

「理屈になってまへんで」

「いや、算盤抜き言うても、はじいてへんわけやおまへん。ただ長い目で見て、損得勘定をしとるんです」

そうだ、損得を忘れるべきではない。それは人が身の処し方を決める唯一の基準だ。懼れ多いが、例えば「帝の御《おん》ため」というような浮ついたきれいごとは大抵信用できない。しかし損得には嘘がない。あるのは近いか遠いか、一時のものか長続きするかの違いだけだ。

泰七郎は、熊谷直孝を知っているかと吉村に訊ねた。唐突な問いに思えたらしく、吉村は怪訝そうに、名前はもちろん知っているが会ったことはないと答えた。

「いけ好かん爺さんですわ」

正月に、熊谷が旧二十九番組にやってきた折のことを泰七郎は話した。

「けど、ただもんやないのは認めへんわけにいかん。あの爺さん、『今は大きな時代の変わり目や。目先にばっかり捉われてたらあかん』言いよりました。確かに熊谷はんは、目先の損得捨てとります」

「自分の塾売って、金寄付しはったんやてな」

「そうどす。こらさすがに、小学校の師匠になったくらいでは元取れしません」

「はじめから金があるさかいできるんや」

「やとしても、京がこのまま沈んでしまうことのないように、痛み覚悟で今までのやり方を変えようとしたはる。けど損しっぱなしでええと思てはるわけでもないんどす。今は見えてへんほんまの得を取りに行くちゅうことや。そういうことができるさかい、鳩居堂は儲かってんのかもしれませんで」

泰七郎は朝、熊谷の上京二十七番組小学校が建てられている現場を見てきたのだった。校舎は棟上げが済んだのも昨日今日ではなさそうで、来月にも開校という噂は本当と思えた。御池だから地理的には離れているが、番組の数字だと一つ違いなのが複雑な気分を深めた。

「熊谷はんだけやのうて、名だたる旦那衆はみな、いやもう京の大方が走り出しとります」

以前の禁裏六町組が多い関係で、話が聞こえてきた新上京三十番組を泰七郎は引き合いに出した。御所の南東にあり、出町近辺ほどではないにしても、禁裏六町組の中で下に見られてきた地域だ。

新三十番組は早い段階で小学校の建設を決めただけでなく、小学校の予定地が番組の中心に来るよう、番組の編成を変えることまで府に要望したという。府の計画をただ押し付けられるのでなく、自ら積極的に関わって、より役立つものにする姿勢が現れている。

「やっぱり新しい世は来とるんです。うちらだけ、金ないさかいどないもならんとか言うてててえんでっしゃろか。最初っから全部の子おが学校に通えるわけはないけど、いつかはそうならなあかんのです。そやから今、器を造っとくんです。先々きっと役に立つて信じるんですわ。信じて前進まへんかったら、上京二十八番組は取り残されてしまいます。それこそ町役として申し訳の立たへんことどす」

吉村は腕を組み、畳に目を落としていた。開け放たれた襖の向こうには、中庭を挟んで、稽古場として使われている続きの間が見える。泰七郎は、稽古の終わる時間を見計らってやってきたのだけれど、さっきまで弟子たちが使っていたのだろう机が隅に積み重ねてある。

「で、双柏舎も閉めえと」

ぽつりと吉村がつぶやいた。

「済んまへん」

再び平たくなった泰七郎に、吉村は「しばらく考えさせてもらえまっか」と言った。

翌日、泰七郎は落ち着かない気持ちで吉村からの返事を待った。何もないままその日は過ぎた。次の日も同じだった。

そのまた次の日、居ても立ってもいられない心を何とか抑えて、泰七郎は手代の庄吾と大豆の仕入れに行った。これも今までは泰七郎だけの仕事だったが、引き継ぐために庄吾を連れていったのである。

店に戻ると、吉村が来ていることをたかから告げられた。

「どうしても待つ言わはって」

経緯を聞かされていたたかも緊張しきっていた。泰七郎は奥へ駆けあがった。

座敷といっても三文字屋のそれは、夫婦と今はすみの寝室を兼ねる質素なものだ。掛物もいつも同じで、すっかり色褪せてしまった。その前に吉村が座っている。

「すんまへん、こんなむさくるしいとこで」

「こちらこそ無理言うてしもて。しかしちょっとでも早うお伝えせなあかん思うたもんですさかい」

吉村は続けた。

「わしは小学校の師匠になる気はあらしません」

駄目だったか。目を閉じた泰七郎の耳に、さらなる声が届いた。

「しかし小学校は造らなあかんと考えを変えました」

「おおきに」

跳び下がって手をつこうとした泰七郎だったが、「それはもうやめにして下さいや」と吉村に制された。

「これからは生きるも死ぬも一緒や。面倒臭いことは抜きでいきまひょ」

厳しい表情を崩さないまま吉村は言った。


泰七郎は吉村と手分けして番組内の説得を始めた。家持はもちろん、裏長屋の一軒一軒まで足を運び、寄合も繰り返し開いた。

突然の方針転換に戸惑う声は当然あった。しかし旧二十九番組の時と同じく会所についてはもともと賛成する町衆が多く、かつ小学校と別に造らされるのだけは避けたいと考えているわけだから、強硬な反対論は出てこなかった。

裏長屋の住民たちも、いざとなったら竈金を番組が立て替えてくれることになって、ことさら反対を言い立てる理由がなくなっていた。だが反対しないだけで、要するにどうでもいいと思っているのである。子供を本当に通わせるつもりもない。

承知の上なのだけれど、二十八番組の将来のためにも学校の趣旨は理解してもらいたい。しかしこれが想像以上に難しかった。伊佐次にしてからが、さきに学校で稽古させたかったと声を詰まらせながら、弟たちを通わせる約束はしてくれないのである。

よしがそのことを聞きつけ「あんたの甲斐性がないさかいや」と夫婦喧嘩になった話が伝わっ

てきて、泰七郎は二人に謝りに行った。

「わしがもっと伊佐次はんに稼がせてあげられたらええんやけどな。いずれにしても甲斐性がどうこうやない」

二人がどうやったら折合いをつけられるか、一緒にあれこれ考えた。

「家が忙しゅうない時に、ちょこっと行かせるちゅうのはどうや。それも難しいようやったら、いつか行かせたいと思うてくれてるだけでええ」

伊佐次、よしとも納得してくれた。以後泰七郎は裏長屋でそう話すようになった。二人が一緒に来て口添えすることもあった。

金の問題はどこまでもついて回る。困窮者とひと口に言うが、どの程度から竈金を免除するかの線引きがやっかいだった。厳しく設定しても緩くしてもどこかから文句が出る。最後はどんな文句も自分が引き受けると、泰七郎は肚を括った。

最も厄介なのは、やはり寄付がどうしようもなく足りなさそうなことだった。

府が模範例として図面を示している二階建ての建物には、ざっと千両以上必要と前に調べて分かっている。もちろん府の言う通りにする必要はないしできないだろうけれども、会所や平安隊の屯所としても使うとなると、やたらに部屋を削るわけにもいくまい。

そしてそれを建てるための土地だ。泰七郎には目をつけているところがあった。寺町今出川を少し上がった立本寺前町《りゅうほんじまえ》の「天水屋《てんすい》」だ。

天水屋というのは、傘と、やはり雨雪に縁のある下駄を商っているところから来ている名前だ。もともとは傘屋の作治《さくじ》が建物を借りようとしたが、使いきれないので下駄屋の与兵衛《よへえ》に声をかけ、一緒に店を出した。それくらい大きいのである。土地は八十坪。間口も十分だ。

客はついているが、建物が古くてそろそろ建て替えなければいけないらしい。作治と与兵衛は、商売の切れ目を作らないために他所へ移りたいはずだ。番組の真ん中とは言えないが、どこからでも子供の足で四半刻はかかるまい。一番賑やかな寺町通沿いに学校ができるのは自然な感じがする。広さを考えると、簡単には出てこない土地といっていい。

いくらで買えるだろう。地主は例に漏れず、旧禁裏六町組で重きをなしていた町の旦那である。同じ番組なら、寄付の意味を含めてまけてもらうような交渉もできそうだが望みは薄い。昔同じ組だったよしみを期待したいところだけれども、逆にかさにかかってふっかけてくる気さえする。

とりあえず相場通りとして七百両。建物のほうを切り詰めに詰めても、やはり合計で千七百両必要だ。下渡し金を差し引いて九百両集めなければならない。

泰七郎に出せるのは二十両が文字通りの精一杯だ。三文字屋の年間の売り上げが百二、三十両というところだろうか。儲けとなれば半分以下である。

寺子屋がぼろ儲けできるとは思えないから、吉村にも多くは期待できない。ほかの商売屋で、もう少し羽振りのよさそうなところはある。町役が二十両出せば同じだけ出してくれるかもしれない。とりあえず、町役を含めて五軒と見よう。十両は十軒。ここまで全部足して二百両。小口がどこまで集まるかだが、心許ない限りである。

町ごとに目標額を決める手もある。しかし反発が大きいだろう。だいたいひと町五十両という
だけで無理な感じがしてしまう。裏長屋の住人なら、一家五両で一年暮らす者はざらなのだ。
ともかく頼んで回るしかなかった。小学校に賛成しても、金を出すとなると話は別だ。暮らし
にかつかつだと逆に泣き言を連ねられる。そこを何とかと拝み倒す。

泰七郎は朝から晩まで番組中を駆けずり回り、時折三文字屋に帰ってくればぐったりしている
ことが多くなった。

「あてのせいであんたを大変な目えに合わせてるんやろか」

心配そうに言ったたかに、泰七郎は苦笑した。

「お前もしんどいことなるでえ。下手したら店売らんならんかもしれん」

「あてはどないなったかて構へんけど」

「それはちゃうやろ」と泰七郎は言った。

「お前はもうおすみのおかんやないか。またおすみを流れさす気いか」

たかは虚を突かれたようだった。

「そやな。あて、あかんこと言うた」

「心配すな。どないにかする」

茶の間の壁にもたれるように座り込んでいた泰七郎だが、顔を叩いて立ち上がると、たかの肩

に手を置いた。

「もうちょい頑張ってくるわ」

自分には、熊谷のような財力も、いち早く時代の流れを読む才もない。しかし頭ならいくらでも下げられる。それで番組をまとめあげ、本当の得を逃がさないようにすることが添年寄としての役割だと、泰七郎は思い定めていた。

二十

ついにその日がやってきた。前の夜から槇村正直は気が高ぶって、何度も目を覚ました。

「落ち着いて下さいませ。小学校は逃げませんでしょうに」

隣の布団の千賀が呆れたように言う。千賀は十日ほど前に子供たちを連れて京都にやってきた。萩より大きな街を知らない目には、やはり京都はとてつもなく繁華でごちゃごちゃした、少々恐ろしいところと思えるらしかった。槇村の手紙で、かえって怯えてしまったかもしれない。見物などにもまだほとんど出かけず、先に届いていた荷物の整理ばかりしていた。下男下女を存分に使える身になったのだから任せるよう言っても、千賀は「私でなければ分からぬことが多うございますから」と聞かない。

歳がゆかない長男の正介も母親の傍から離れず、梅子だけがあそこへ行きたい、ここへ行きたいと、聞きかじっていた名所を挙げてせがんだ。

そんな梅子に槇村は目を細め、府庁の部下を供につけてやった。たまに時間ができると自ら連れ歩きもした。清水で度肝を抜かれている梅子に、一年前の自分もそうだったことはおくびにも出さず、「まあ、なかなかの眺めだわな」などと言ってみせた。

それほど府の幹部ぶりが板についてきた槇村にして、やはり上京二十七番組小学校の開校は万感迫るものだった。今や槇村はその番組の住人でもある。梅子を、京都で、日本で初めての小学校に通わせるため、家族を呼び寄せる前に役宅を番組内にあるものに変えさせたのだ。

「西洋事情に出てくるのと同じ仕組みじゃ。わしが造ったんじゃぞ。小うるさい町人たちを説き伏せ、建営の仕方もあれこれ考え出してな。大変な苦労じゃった」

しゃべっているうちに槇村はますます興奮し、声が大きくなる。

「権弁事になってひと月じゃちゅうのに、またまたお取り立ていただいたのは、知事もわしの働きを認めちょる何よりの証拠じゃ」

八日前、槇村は権大参事に昇進した。知事、大参事に次ぐ役職である。家族を呼び寄せてすぐ晴れがましい辞令が出たのは、一家の主としての面目に配慮してもらったのかもしれない。

ただ「ようお励みなされた」と言った千賀の口調はどこかおざなりである。

「すみませぬが、私はもう少し休ませていただきたいので、なるべくお静かに願いまする」

「分かった」

改めて目を閉じたものの、槇村の頭は冴えたままである。話の腰を折られたのも面白くない。どれほどの大事業なのか、千賀はまるで分かっていない。

それでも槇村は、分からないなら分からないでいいと鷹揚に考えた。いずれ小学校は日本中に、そう萩にだって出来るに違いない。千賀も千賀の実家も、槇村の先見の明に目を見張るだろう。

結局、少しうとうとしただけで起きる時間になった。その日は格別早く起きなければならなかったのもある。学校には朝五つに行けばいいのだが、その前に府庁で衣装を整える必要があった。府からは長谷信篤知事も直々に列席する。長谷と槇村は直垂《ひたたれ》を着ることにしていた。

直垂など槇村は京都に来るまでまるで縁がなかった。御一新までは、武士の中でもごく高位の、藩主級にしか許されない装束だったからだ。しかしその後、役人が御所に参上する時の礼服とされた。御所に行く用は少ない槇村だが、帝が東京からお戻りになったり、再び東幸されたりした時の迎え、送りには直垂を着た。

これまでは借り物で間に合わせていた。もう帝もいらっしゃらないのだからいらないとも思ったのだが、開校式の晴れ舞台はやはり直垂だと考え直した。長谷も同意してくれたので、以後開校式が続くだろうことも睨んで、槇村は群青のそれを新調した。

すぐ近所でもあり本当は役宅から直垂を着て行くつもりだったが、目立ちすぎるから止めてほしいと千賀に言われた。またその千賀以下、直垂の着付けを手伝える者が誰もいないため、いったん府庁を経由するしかなくなったのである。

直垂一式と烏帽子《えぼし》を風呂敷に包んで朝の都大路を歩く。もちろん眠気など感じない。梅雨の最中で小雨が降っていたがそれも気にならなかった。府庁で着替えることにして直垂を濡らさずに済んだと、槇村はすべてを前向きにとらえた。府庁からは駕籠に乗り込み、吏員を従えて出発した。駕籠の中に立ち込める真新しい絹の匂いにうっとりした。

上京二十七番組小学校はぱっと見、旅籠《はたご》か何かのようだった。しかし中は府が配布した模範図面そのままだ。実質的な設立者の熊谷直孝が模範図面を考えたのだから当たり前である。

槇村に少し遅れて長谷が到着すると、府関係者の一行は熊谷の案内で部屋を回った。

正面中央の玄関を入って右手の一番大きな部屋が、男児が習字の稽古をする筆道場《ひつどう》だ。左側には三分の一ほどの大きさで、女児の筆道場がしつらえられ、挟まれるように筆道師の控室が配置されている。

一階にはほかに、今月平安隊から名前が変わった警固方《けいごかた》が駐在する町役溜の部屋と風呂があった。

玄関脇の階段を上がるともう一つの広間に出る。講堂、つまり番組の会所だ。子供の稽古場が大人の頭の上にあってはよろしくないので、こちらを二階に持ってきている。もちろん開校式は講堂で執り行われる。町役が詰める出勤場が付設されており、年寄たちはそこで番組にかかわる仕事をする。出生、死亡の届けなども受け付ける。

もっとも寄合や触れの布達が毎日あるわけではないから、講堂は儒学や心学の書物を読んだり講釈したりする句読《くとう》の部屋としても使われる。隣には算術の稽古場と、それぞれの教師たちの控室がある。

視察に続いて式典が始まった。紅白幕がめぐらされた講堂の正面に長谷と槇村が並び、対面する形で熊谷以下の町役らが居流れる。こちらはみな麻裃だ。

「本日ここに上京二十七番組小学校の創立を見たること、開闢《かいびゃく》以来の快事と存じ候」

開学を宣言し、祝詞を述べる長谷も感極まっているようだった。やはり京都が日本中のどこよりも先がけたのが誇らしいのだ。

だが、成し遂げたのはわしじゃ。

長谷の横で槇村は昂然と胸を反らした。

小学校に大口の寄付をした者たちが表彰された。圧倒的に大きな部分を熊谷に負っているのは間違いないが、ほかに十両、二十両の金を出した者も少なくない。番組が学校を支える形を演出するために重要なことだった。さらには番組内の長寿者、評判の孝行息子、主人への忠義が知られた奉公人など、番組から推薦を受けた人々に槇村が杯を贈った。

式典はまだまだ終わらない。

小学校の長たる首座教員に内定しているのは、熊谷の私塾で教えていたこともある塩津貫一郎《しおづかんいちろう》だが、その塩津を含めた教員に対する試験が行われた。もちろん形式的なもので、塩津以外の教員についても適性は予め吟味してある。長谷が用意してきた問題を読み上げ、先に問題を教えられている教員たちはすらすら返答する。それでめでたく皆合格である。

実を言えば、算術については槇村は答えがすぐ出てこなかった。長谷も澄ました顔で「正答なり。見事」などと言っているが、どこまで分かっているのか怪しい。

武家崩れ、公家まがいを探せば筆道師や句読師はいくらでも見つかるのに対して、算術師となると大店の番頭経験者くらいしか候補がおらず、小学校設立に向けて動いている番組でも確保に苦労しているらしかった。さすがに熊谷は優秀な教員を探してきたが、そうはいかない小学校も多いだろう。

いないならいないで最初は構わない。そのうち小学校の卒業生から選んで教員に養成すればいい。槇村はあくまで楽観的だった。

最後は塩津が、論語の「子曰く、学びて時に之を習ふ。亦説《またよろこ》ばしからずや」を引いて講釈をした。ふた刻にわたった開校式はようやく終わった。

その間、講堂には一人の子供の姿も見られなかった。槇村梅子さえいない。子供たちがやってくるのは、稽古が始まる来月ということになる。

実は下京十四番組でもすでに校舎が完成しており、この日から開校式に先立って稽古が行われていた。番組の中年寄は、府への貢献度で熊谷に匹敵するといっていい北条太兵衛《ほうじょうたへえ》で、小学校の地所も北条が寄付した。

そちらの開校式を先にしてもよかったが、槇村は西谷良圃による口上書の前の段階から小学校事業に関っている熊谷を立てた。熊谷が近く正式に大年寄に任命される事情もあった。

もっといえば、建物の完成を待たずに、仮会所で子供たちの稽古を始めた下京二十四番組のようなところもある。

運営に統一性を持たせるため、槇村は細かな規則を作って公布した。

小学校で学ぶのは八歳から十五歳まで。その年齢の子供は全員通うべしと謳いたかったがさすがに現実的でないと断念した。いくつで入ってもいいし、入学の時期が決まっていないのも寺子屋と同じである。しかしいずれ改めるつもりだ。

朝五つから夕方の七つまで稽古がある。ただこれまで寄せられた意見に配慮して、明文化こそ避けたものの、理由のある遅刻や早引けにはある程度柔軟に対応することとした。休みは月の一日と十五日、正月、盆、各種の節句、七夕、祇園祭である。

三事稽古、すなわち筆道、句読、算術をそれぞれ初等、中等、上等の三段階に分ける。子供は年齢に関係なく、学力に見合った稽古をする。

筆道なら初等は三行書、中等で手紙、上等は課題を与えられての作文になる。句読は孝経《こうきょう》から始まって次に四書《ししょ》、上等で五経《ごきょう》に進む。算術の初等、中等で算盤の基礎、応用を学ぶ。上等になれば、算木を使った複雑な計算も扱う。春と秋には試験をして、上の級に進めるか判定する。場合によって降級させることもある。

しかしながら下京二十四番組で稽古を始めている子供たちのほとんどは、どの科目でも初等の力に達していなかった。だからそういう子供たちは「等外」ということにして、基礎の基礎みたいな稽古を積ませている。要するに手習いだ。これも初めはしょうがないだろう。ゆくゆくは高度な学問を修める子供が増えて、京都の発展に資してくれるはずと槇村は思っている。

つまるところ、不十分な点があるにしても小学校事業は着々と実現していた。すべての番組に小学校が揃う日も遠くないだろう。

最も難航しているのは上京の二十八番組、そして隣り合う二十九番組だった。御所の南側に街が広がった京都ではかなり後になって開けた場所で、中心部の動向に無頓着な気風がある。府にも従順とはいいがたい。もちろん金回りの事情も大きいだろうが。

しかし二十八番組の中、添年寄は建設受け入れに転じたとの情報がこのあいだ伝わってきた。何がきっかけか分からないが、小学校が現実にでき始めて焦ったのだろうか。

頑迷な京都人をついに屈服させたと思うと、槇村の満足はいっそう大きくなった。

こういう日、槇村は決まって一力に足を向けた。木戸準一郎にからかわれた時はたじろいだが、妻に遠慮して遊所通いを止めるような男ではない。千賀も、京言葉で言う「辛気くさい女」だが、ありがたいことに悋気《りんき》とは縁がない。

楽しい時は徹底的に楽しむのが槇村の流儀だ。逆に苦しい時、悩んでいる時に気晴らししようとは思わない。弱っている自分を人に見せたくないのである。

「今日はまあ、いつにも増してご機嫌さんどすなあ」

こと乃はそういう槇村の性格をすっかり呑み込んだ。調子のよくない状態が続くとほったらかされるが、繰り言を聞かせられることもない。威張ったり人をからかうのが好きだったりは御愛嬌、楽で気持ちのいい客である。

「さては、例の小学校どすな」

「ご名答だ」

注がれた酒を槇村は一気に干した。

「明日は瓦版が出るんじゃないか」

「何がありましたんどす」

「知らんのか！　そういうところはお前も妻《さい》と変わらんなあ。このあいだ教えてやったじゃろう」

「何どしたかいな。学校の話やったんは憶えてますけど」

「世の中の動きに関心を持っちょらんのだな。だから女はいかん」

「あら、そんなんひどおすわ。あてらかて知ってることは知ってますえ」

「次にかかる芝居とか、このあいだの相撲巡業でひいきが何勝何敗じゃったとか、そんなことばかりではないのか」

図星だろうと槇村は大声をあげて笑った。

「女子の教育のためにも、小学校建営をますます推し進めねばならんのう」

「小学校て、小さい子おが通うんどっしゃろ。あては行けませんやん」

「なら、芸妓衆の学校も造ろうか。祇園で客が取れなくなってもすぐ商売替えできるぞ」

「よろしなあ。待ち遠しおすわ」

愛想を返したこと乃に、「花の命は短いからのう。よっぽど急がにゃならんな」とささやく。

「ほんまにもう、槇村はんは！」

また槇村の笑い声が響いた。


この日からほとんど時をおかず、函館の五稜郭《ごりょうかく》に立て籠もって官軍に抵抗を続けていた榎本武揚《えのもとたけあき》が降伏したとの知らせが京都に届いた。旧幕府方との一年半にわたった戦がついに終わり、新政府が日本を治めてゆくことが確定したのである。

二十一

泰七郎の奔走にもかかわらず、金はなかなか集まらない。そればかりか状況の厄介さがいっそう明らかになってきていた。

竈金については、もともと府のほうで額を指定したのだから、それだけで小学校が十分運営できるものと思っていた。しかし精査すると、半期につき一戸一分では到底足りないのである。

教員の給料にすべてつぎ込んでも、大した支払いができない。石崎宗林もそれっぽっちとは思っていないだろう。稽古に使う筆墨、紙はどうするのか。冬場は炭や薪を買わなければならない。

清掃その他の雑用をやってもらう用人も必要だ。足りない分は軒金で割り振るしかない。寄付を頼む一方で、何とも心苦しい話だった。

金のことを除けば、番組内の意見は小学校建営やむなしでまとまったといってよかった。しかし一番大事な問題を乗り越えられなければ、府に番組の方針を伝えることもできない。

新たに聞こえてきた下京十一番組の話が、泰七郎をやるせない気分にさせた。十一番組では、いったん八百両の下渡し金を受け取ったものの、寄付が思った以上に集まって金が余ったというのだ。

それだけでうらやましいが、余った金をただ府に返すのは勿体ないと考えた知恵者がいて、貸家を建てることにした。家賃は番組の安定した収入になる。下渡し金のうち四百両は返さなければならないけれど、無利子だから運用すれば儲けが大きい。

元手さえあればうちだってと泰七郎は歯がみした。しかしどうにもならない。

いたずらに時が過ぎた。上京二十七番組小学校は開校してしまった。このあとも洛中各地で開校の予定が目白押しだという。焦ってはいけないと分かっているが、焦らずにいられなかった。

添年寄の仕事は小学校だけではない。すみを引き取ったあとの流人集所は、一本調子に収容者が増え続けることこそなくなったものの、縮小できる状況からも遠かった。

日常の事務仕事だけでいい加減忙しい。喧嘩の仲裁だのも次々持ち込まれる。滅入りそうになる中で、本祭まで三カ月を切った上御霊神社の祭りに関わる用事だけは明るい気分で取り組めた。

上御霊神社の氏子になる地域は、神社がある上京七番組のほか、相国寺の西側に当たる六番組、十三番組、東側の二十八番組、二十九番組にほぼ重なっている。その日は、五つの番組の代表者が集まることになっていた。番組ができて初めての祭りで、神社への奉納物や、儀式に必要な人手をどう割り振るか、神輿のめぐる道順をどうするかなどを決めるためだった。

少し早めに泰七郎が神社に着くと、蔵の戸が開いて、何人かの男たちが中に入ってゆくところだった。宮司が神輿を見せてくれていたのだ。

泰七郎も後に続く。二つの神輿は、薄暗い中なので煌《きら》びやかさこそ減じられているが、やっぱり立派だった。

これらの神輿の一つは、ついこのあいだまで、伊佐次の一家が住む下御輿町が管理していた。もう一つの担当は、ほぼ隣り合う上神輿町だった。しかし担ぎ手への礼金、神輿の修繕費などを単独の町では払いきれなくなり、上神輿町の神輿は小山郷《ごう》へ、下御輿町のほうは今出川口橋西側の地域へ引き継がれた。

いずれも当時は、同じ町組の中での引き継ぎだったが、その後番組が発足して上神輿町、下御輿町は二十八番組に、小山郷は七番組に、今出川口のあたりは二十九番組に組み入れられている。

だから泰七郎はそこにいた七番組の添年寄に「お世話になっとります」と礼を述べた。相手も「こちらこそ大事なもん預からせてもらいまして」とにこやかに応じた。引き継ぎが番組をまたいだことが、結果的に番組を超えた連帯を強めていた。

「二十九番組さんはいはりますかいな」

「えーと、ああ、来はった、来はった」

言われて蔵の外に目を移すと、恰幅のいい男が汗を手拭で押さえながら小走りに近づいてくるところだった。

「中年寄の方でんな。前田はん言わはりましたか」

泰七郎は七番組の添年寄に確かめた。新二十九番組では儀兵衛が中年寄はおろか添年寄にも選ばれず、せっかくつけた「宮本」の名字も使えなくなったのを気の毒に思ったりおかしがったりしていたのだが、実際に中年寄になった前田喜左衛門《まえだきざえもん》なる人物と会うのは実は今日が初めてだった。

しかし飛び込んできた男は、泰七郎を見るなり「おお、横谷はん」と言った。

「わしのこと、御存じですか」

驚いて訊ねる。

「へえ」

「豆腐でも買いに来てもろたことありましたやろか。わしのほうは済んまへん、よう憶えとりませんで」

「いやいや」

笑って前田は手を振った。身体と同じように顔も大きく丸い。親しみの持てる風貌だ。歳は泰七郎と同じくらいだろうか。

「三文字屋さんの豆腐はよう頂いてまっけど、わしが買いにいったことはあらしません。お顔が分かったんは、府庁でですわ。十一月の小学校の話の時。造る造らへんは番組の勝手なんどすなて、しつこう念押ししたはりましたやろ」

泰七郎は冷や汗をかいた。

「おかしな目立ち方してお恥ずかしいこってす」

「恥ずかしいて何でですの。きちんと仕事してはるんやないですか。わしみたいにおるだけで何してるんやら分からへんようではあきませんわ」

最年長である六番組の中年寄が「ぼちぼち向こう行きまひょか」と促したので、前田とのやりとりはそこでおしまいになった。

打ち合わせはすんなり進んだ。むちゃを言いだす番組もなく、ものごとは落ち着くべきところへ落ち着いた。何でもこういうふうだとありがたいのだがと泰七郎は思わずにいられなかった。

「ほなそういうことで、よろしゅう」

すべての議題に結論が出て閉会が宣されると、泰七郎は改めて前田に近づいた。さっき、神輿の話ができないままだったのを思い出したのである。

「わざわざご丁寧に」

前田は恐縮してみせたが、聞けば以前は三十三番組の添年寄とのことで、地元は南賀茂口町、まさに神輿を引き継いだ今出川口の一画だった。

もっとも引き継ぎのあと、以前のように神輿を預かる地域が費用の一切を負担することはなくなった。今出川口や小山郷は、広く氏子から寄付を集める音頭取りの役回りである。今出川口の神輿には、ささやかながら泰七郎も金を出している。

「調子どないですか」

「お蔭さんで、ぼちぼち集まってます。こっちの神輿が、御所からいただいて今年でちょうど二百五十年ちゅうのもありまっけど、でのうても祭りにはみなさん、何やかや言いながら出してくれはりまっさかい」

「よろしいな」

思わず泰七郎は苦笑いした。

「どないしはりました」

「いや、寄付には苦労しとりまして」

「小学校ですか」

前田の口調はさりげなかったが、目がじっと泰七郎の表情を観察している。

「建てるちゅうことはもう決めはったんですか、二十八番組はんは」

「どないなふうに聞こえてますんやら。決めたとは言えませんやろな。先立つもんがのうては決めようにも決められへん」

「しかし建てたいと思てはいはるわけや。失礼ながら、ちょっと前までそやなかったみたいでしたが」

泰七郎は訊ね返した。

「前田はんのとこはどうなんです」

「悩んでるとこですわ。いやほんま悩ましい」

頭を抱える仕草をして、前田は不意に「よかったらもっと話しまへんか」と言った。泰七郎も同じことを願っていたのに気がついた。

ほかの番組の二人も宮司も、もう姿を消していた。しかし神社の建物にいつまでも居座っているわけにいかないだろう。

「横谷はん、ちょっとご足労願うてよろしか」

前田が泰七郎をいざなったのは、自分がやっている茶店だった。

「お帰りなさいまし」

茶汲み女が三人、饅頭などを作っている男衆が二人というこじんまりした店だが、通りに面した入れ込みの座敷はほとんど埋まっていた。泰七郎も前を時々通るものの、足を踏み入れるのは初めてだった。そもそも茶店などに立ち寄る習慣を持たなかったのだ。

通された奥の八畳は、表側の賑わいも届かない静かな部屋だった。前田が私的な客を迎えるために使っているらしい。妻だという女が出てきたのに「酒を持ってきてくれ」と前田は言った。

「わしは結構ですさかい」

茶と饅頭くらいを想像していた泰七郎は慌てた。

「まあよろしがな。祭りの前祝いや。神輿のご縁もありますし」

そうこられると断りきれず、差された酒にほんの少し口をつけた。

「あんまり召し上がらはらへんのですか」

前田が面白そうに訊く。

「そういうわけやありまへんけど、飲んでしもうたら話でけへんようなる思いましてな」

「はは、横谷はんはほんまに真面目や」

笑った前田に泰七郎は「横谷はんちゅう呼び方はなしにしてもらいたいんですわ」と、さっきから言いたかったことを口にした。

「何でですの。わしのことは前田、言わはるのに」

「人から呼ばれるとどうも気色悪うてかなわん。偉そうなんも嫌で」

「町人にはもともとないもんやさかい、偉そうちゅうことですか」

予想していなかった問いかけに戸惑う泰七郎に前田は続けた。

「みんなが名字持ちになったら、偉そうでも何でもないんちゃいますか」

「そらまあ」

「やったら、そうなるようにしましょうや。わしらは率先させてもらういうことでどないです」

こんなことを考える奴がいたのか。泰七郎は衝撃を受けていた。自分にはできない発想だ。

「分かりました。ほな横谷で――」

しかしその途端、前田は「いや、そんなしゃっちょこばるのもかなんな」と頭を掻いたのである。

「いっそ泰《や》っさんにさせてもらいましょか」

「は？」

「わしのことは喜《き》いさんとでも」

今度は泰七郎が噴き出した。前田が好きでたまらなくなった。

「ほな、喜いさん。本題に入りまひょ」

泰七郎は、自分が小学校の建営を決意するに至った道筋を説明した。かなり長いその話のあいだ、前田は猪口にも、新たに運ばれてきたアテの皿にも手を伸ばさず聞き入っていた。

「そんなことがありましたんかいな」

しみじみつぶやいた前田だったが、泰七郎は前田ほど聡明な男なら、すでに小学校が必要なことは分かっているはずと思った。そう訊ねると、前田ははたしてこくりとうなずいた。

「それでいて悩んではるんは」

「泰っさんと同じですて。金や」

やはりそうか。二人は顔を見合わせてため息をついた。二十九番組が小学校を造らないなら金を融通してもらえるかもと、かすかな望みを抱いていた泰七郎には落胆もあった。

「しかし二十九番組はんは、うちより羽振りよさそうに見えまっけどな」

未練がそんなことを言わせた。しかし実際にも、大原、さらには若狭、近江方面からの客を相手にする商売は、二十八番組より橋に直結するこのあたりが有利だろう。前田の店も、京へ用足しにきた行き帰りに立ち寄る人々で賑わっているのだと思われる。

「そこそこ忙しゅうしとる店はあります。ただ所詮は小商いでっさかいな。やっぱり寄付なんちゅうもんは、どんと大口でくれる人がおらへんとしんどい」

身も蓋もないが、それはその通りと泰七郎も納得せざるを得なかった。一方で、前田ほどの才覚があれば、商売を大きくするくらい簡単な気もした。

「あくせくせんですむさかい、これくらいのほうがええんですわ。しかし小学校の金、工面せなあかんと分かってたら、頑張って金稼いどくんやったな」

こともなげに前田は言う。

「しくじりました。今からでは間に合わん。それで悩んどる」

おかしいが、打開策の見えない状況は変わらなかった。

「今、なんぼくらいあります」

泰七郎は単刀直入に訊いてみた。二十八番組が、目標の九百両に対してまだ三百両少々の目処しかついていないことは先に打ち明ける。

「うちは目標八百五十でだいたい半分ですわ」

「ましですやん」

「いや。八百五十ちゅうのがそれでええんかよう分からんのです。土地の見当がついてへんもんやさかい」

少し意外に泰七郎は感じた。寺町通の東側は寺だらけだ。少し分けてくれと言えばいいのではないか。

「お寺さん、嫌がらはりますわ」

「喜んでは分けてくれへんやろけど、府が仲介するみたいな話もありましたやろ」

「それはかなん。府から金は借りるにしても、力まで借りてかさにかかったらお寺さんと気まずうなってしまう。墓のあるもんもおるわけやし。何より小学校が、出だしから誰かの恨みを買うのはまずいですわ」

「それもそうか」

泰七郎がうなずく。

「難しいもんでんな。うちは狙いだけついとって、買う金が算段でけん」

「どこです？」

説明すると前田はすぐ「ああ」と言った。二十九番組からも寺町通を隔てただけだからそのはずである。だいたい日常生活では、番組の境界など気にしないことのほうが多いのだ。

「泰っさんとこのやなかったらうちがほしいくらいや」

「お宅が使わはっても問題あらしませんわな、実際上は」

泰七郎は笑った。しかし前田ははっとした表情になった。

「それ、いけまへんやろかな。うちもその土地使う」

意味が分からない泰七郎に前田は続けた。

「一緒に造ったらどうでっしゃろ、小学校」

「二つの番組で一つの小学校ということでっか?」

例はあった。下京では二十二番組と三十二番組が共立校の建営を決め、すでに普請にかかっていた。だがそれは、三十二番組が旧十四番組の飛び地で、かつ回りが人家のない場所だったため、六町だけで一番組にならざるを得なかったためだ。

しかし二十八番組と二十九番組はいずれも二十町を超える町を抱えている。金回りはともかく、形の上では堂々たるものだ。

「あそこ、広すぎるくらいではあるんやけど——府がそんなん認めますやろか」

「そんなこと心配しはるんは、泰っさんらしゅうおまへん」

前田は咎《とが》めるように言った。

「わしらがこんだけ知恵絞っても、番組ごとに造るのが難しいのは、番組の作り方のほうに問題あるちゅうことでっせ。町の数だけ合わせたらええちゅうもんちゃう。府がぐだぐだ言いよったら、ぶっとばしたったらよろしねん」

口調を強めたあとで前田はにやりとして「向こうかて学校が揃わへんかったら困るんやから、最後は折れよる思いまっせ」と付け加えた。

「そうか。そやな。喜いさんの言わはる通りや」

泰七郎は久々に光を見た気がした。その光の先に、建てるべき小学校の姿がやっと浮かび上がってきた。

冷めてしまった酒を二人は改めて差し合った。すぐ裏の鴨川で取ったのだろうごりの佃煮が旨かった。

「今は二十八番組も二十九番組も冴えませんけどな、小学校ができて、学問が盛んになったら、このへんは下のほうみたいに騒がしいないのがええ言うて、学者さんが集まってきはるかもしれませんで」

前田につられて、泰七郎も珍しく冗談を言った。

「おう、お公家さんの屋敷がいっぱい空になりましたさかいな。あれ、学者さんが住まはるにはもってこいや」

「ちょっと聞きかじったんどすが、外国やと、小学校の上に中学校があって、一番難しいこと勉強するのが大学いうもんらしいです」

ほお、と合いの手を入れつつ、泰七郎は前田がそんな知識まで持っているのに感心した。

「小学校で大騒ぎしとるのに、大学なんちゅうのはもしできるとしてもいつのことやら分かりませんな」

「確かに分からん。しかし案外早いのかもしれませんで。泰っさんが言うたんやないですか。世の中は大きな変わり目やて」

「そら鳩居堂の受け売りですわ」

「大学も間違いのうこのへんに出来まっせ。学者さんぎょうさん住んだはるわけやもん」

「大学自体はどこ造ります？」

「薩摩屋敷なんかどないです。もういらんはずや」

「なるほど、違いないわ」

笑い声とともに、夜が更けていった。

二十二

六月に入ると、下京の十番組、十一番組がそれぞれ八日、十一日に小学校を開校させ、二十日には下京四番組も続いた。

上京二十七番組小学校ほど府の図面に忠実ではなく、平屋建てもあったけれど、どの建物にも必要な機能はしっかり確保されていた。そのおかげもあり、番組会所、というより番組事務所としての小学校は、とてもうまく機能した。

これまでは各種の届けや手続きをするにしても、ものによって中年寄の家に行かなければならなかったり、添年寄が扱っていたり、はたまた別の町役だったりとばらばらで、足を運んだのに不在で出直すことも多かった。

小学校が出来て、出勤場には必ず誰か町役がおり、必要なことをやってくれる態勢が整った。また町役のほうでも、自宅で書き物、調べ物をするより専用の机がある出勤場のほうがずっとやりやすかったし、たまる一方の書き付け類を保存するのに苦労しなくてよくなった。

寄合のためにいちいち酒食付きの座敷を借りなくてすむ利点は言うまでもない。最も頻繁に使われたのは、役所からの触れを読み聞かせる場としてである。番組中から住民が集まってきても広い講堂なら収容できる。一度で済んで効率的だった。

警固方も小学校に詰めることで、町人たちとの連携がうまくゆき始めた。まずは出勤場の町役と面識ができるから、それだけでも不審者の捜索などで協力を頼みやすい。町人にとっても事件事故の際便利である。互いに礼儀をわきまえるようになり、平安隊のころからするとかなりよくなっていた警固方の評判がいっそう上がった。

比べて、小学校の本業というべき子供の稽古のほうは、思った通りにほど遠かった。

何よりも、通う子供が少なかった。熊谷直孝の御膝元である上京二十七番組にしてからが、小学校に来ているのは多い時間帯でも百四、五十人、午後になれば百を大きく割り込んでしまう。八歳から十五歳の子供が、番組内に五百はいるはずなのだが。ほかの小学校はもっとひどい。「誰もが通う学校」どころか、寺子屋より通う子供の割合は減っているかもしれなかった。

槇村は触れを出して、親はもちろん、奉公主にも、子供たちを学校に通わせ、筆や紙を贖う金を与えるよう促した。

「おい、お前のところの子供は学校に行かせておるのだろうな」

会う相手、相手に槇村は恫喝するように言った。

「もちろんどす」

相手がそう答えたら、本当かどうか学校にすぐ問い合わる。

「いや、なかなか難しいこともおして」

こんな返事ならもう大変だ。

「何がどう難しいのだ？　貴様は子供の行く末をなんと思っておるのだ」

槇村は激高し、相手が「すんまへん、明日からでも行かせますよって」と平身低頭するまで許さなかった。

学校はいいもの、国が栄えるために欠くべからざるもの。そのことはいつの間にか槇村の中で、疑いをさしはさむ余地のない根本原理になっていた。京都の者たちに分からせてやらねばならない。そうすれば連中も、京都にまっさきに小学校ができたことを喜び、槇村に感謝するはずだ。

槇村の自信を支えたのが娘の梅子だった。父親に性格も似ている梅子は、男の子のほうが圧倒的に多い小学校でもまるで臆するところがなく、大いに楽しんでいた。

「学校はためになる」

「立派な先生が立派な稽古をつけてくださる」

京都に来て大人びたような気がする梅子からそんな話を聞くひと時、槇村は至福を感じた。

梅子は上京二十七番組小で五本の指に入る優秀な成績を修めたが、それはもちろん、入学前から読み書きほか一通りの素養を身に付けていたからだった。またほかの子供らからいじめられることもなく、伸び伸び過ごせたのは、府の幹部で、学校建設には格別の力があった槇村の娘に、教員たちがさまざまな配慮をしたお蔭である。それらに気づくには梅子はまだまだ子供だった。槇村も、娘の優秀さと、学校の有益さを疑う謙虚さを持ち合わせなかった。

槇村の中で、小学校の仕事はすでに山を越えていた。受け入れを決めていない番組が落ちるのも時間の問題だろう。うまくいけば今年のうちにすべての小学校が揃うのではないか。

人材育成の次は、その人材を活かす場を作る必要がある。

現状、町を支えているのは大商人たちだ。三井や住友、小野といった豪商の力は、新政府も大いに頼りにした。しかし商業はなんといっても大阪だ。街の規模が大きいし、海に面し、水路を張り巡らせた運輸の利便からも京都が太刀打ちするのは容易でないだろう。

都でなくなる京都がこれから軸に据えるべきは工業だと槇村は考えていた。もちろん古《いにしえ》ながらに、人の手でちまちま物を作ろうというのではない。

長州は、御一新のかなり前から西洋の工業技術を研究していた。攘夷運動の中心になったものの、一時期を除いては外国からの情報収集にも積極的だったのだ。中心になったのが藩校「明倫《めいりん》館《かん》」で、蘭学に加えて英学に力を入れ、後にはイギリス人教師まで雇った。

安政年間から火薬精錬所を持っていたが、三年前には舎密《せいみ》局という部署を発足させ、さまざまな新式工場を作った。大砲をはじめとする兵器はもちろん、薬やガラスの工場を作ったし、西洋人が米のように口にしているという「パン」の作り方まで研究した。さらにそれらを売って金を得るやり方も模索した。

そうした長州の取り組みを知っていた槇村は、京都で同じことをやろうとした。すでに四月、庁内に「勧業方」を設置したのは、ゆくゆく舎密局を作る準備のためだった。

農業も大切だ。山に囲まれた盆地で、耕作地が限られるのは京都の弱点である。一方で、鴨川、桂川などが合流してゆく盆地の南側は、昨年もそうだったが洪水がひんぴんと起こって、これまたよい農地とは言えない。府民の胃袋を支えられなくては、ほかの産業も伸ばしようがない。

槇村が目をつけたのは、南山城《みなみやましろ》村にある、京都近郊では唯一の高原地、童仙房《どうせんぼう》だった。今のところ住む者もない森林、荒れ地で、どこの領地にもなっていない。だから税もかからない。府は前年の末から入植者を募っている。小屋を建て、最低限の食料と農具だけは与える条件だ。ぽつぽつ応募者も現れてきた。流人集所から手を挙げる者もいる。

予想通り、七月に入って小学校の建設はますます勢いを増した。その月のうちに九校の開校式が予定され、暑さの中、直垂での列式が相次ぐことを思って槇村は嬉しい悲鳴を上げた。もっとも、すでにすべての式に出席することはかなわなくなった。六日に三校もの開校式が重なったのだ。

そして最も遅れていた上京二十八、二十九番組で動きがあった。両番組で、小学校を共立したいという申し立てが、建設計画書とともに府庁に提出されたのである。

そう来たか。

一番組一小学校の原則は崩したくないが、すでに例外もできてしまっている。「認められるのならうちも」と言いだすところが相次ぐと困るが、すでにほとんどの番組で建設が固まっているから大丈夫だろう。上京二十八、二十九番組のあたりでは金集めが大変なのも想像がつく。配慮していいのではないか。

ただ、出てきた計画書をまるごとは飲めない。京都人のがめつさには何度も感心させられたが、こいつらもたいしたものだと、槇村は苦笑した。二十八番組、二十九番組それぞれが八百両の下賜を受ける前提になっているのだ。建てる学校は一つなのに、通る理屈ではない。

しかしこのごろ、そういう図々しさがかえって頼もしくも思えるようにもなってきた槇村だった。

二十三

小学校の共立を府は認めた。通達を受けて、泰七郎は胸をなでおろすとともに、前田喜左衛門の読みの正しさに改めて感服した。下渡し金については一校分しかやれないということで計画書を出し直すよう求められたが、吹っかけ気味だとこちらも思っていたので、やはり読みの範囲内といえた。

むしろ苦労したのは、府に申し立てをする前の段階、番組内のとりまとめだったかもしれない。

吉村佳作はすんなり受け入れてくれたが、二十九番組の添年寄が難色を示した。

「うちらの番組だけよそと一緒やないと作れへんなんて恥ずかしいですわ。沽券にかかわります」

二十八番組でも同じような声は少なくなかった。それも、寄付はもちろん竈金の立て替えさえ嫌がっていた者に限ってそんなことを言うのである。「ええ格好しい」だの「気位ばっかし高い」だのは、もっとお上品な町々の話と思っていたが、このあたりも間違いなく京の一部だと、おかしなところで納得させられるようだった。

よそにどう思われようが構へんやないか。うちらの沽券なんか元々二束三文や。犬に食わせてまえ。喉まで出かかるがぐっと呑み込み、腰を低くして理解を求めるのである。

沽券の話を別にすると、最も多く寄せられた懸念は、出勤場を二つの番組がどう使い分けるのかというものだった。

もっともな懸念だ。子供は一緒に稽古に励んでくれればいい。しかし番組の事務をごちゃまぜにするわけにはいかない。お隣でも見せるわけにいかない書面などもある。寄合も当然、開くのは別々だ。日程が重なったらどうするのか。

出勤場だけは二つ設けることにした。しかし講堂を二つとはさすがにいかない。無理に造っても費用がかさんで何のための共立か分からなくなってしまう。同じくらいの広さがある男子の筆道場を、寄合にも使えばよい。稽古の時間中はだめだが、日中から寄合を開くことはまずないから大丈夫だろう。一階二階の議論が出てきそうだったが「しょうもないことは言わんことにして」

と提案の前に先回りして言っておいたのが功を奏した。

両番組内の調整が終わり、府から共立を認められると、泰七郎らは計画書の修正にとりかかったが、まるまる二校分は無理としても下渡し金の上積みを目指して交渉を続けるつもりだった。出勤場が二つというだけでなく全体的に建物を大きくしなくてはならない。貰える金が多いに越したことはない。ただ交渉の決着を待っていては工事が遅れてしまう。後で急がせると費用が割り増しになる恐れもあるので、見切りで材木や大工の手配を始めた。

そして何より大切なのが教員だ。

石崎宗林にやってもらうのはいいとして、泰七郎はぜひ吉村を加えたかった。できれば首座教員にしたい。それはともかく、二十九番組には寺子屋がないから、筆道、句読を分け合ってもらえばちょうどいい。

しかし吉村は頑なだった。

「小学校の教員にはならへん言いました。元はわしも武士。二言はありまへん」

要するに、教員になりたくて小学校賛成に転じたのではないかと思われたくないのだ。

府は小学校の開校後は原則的に寺子屋を認めない方針で、すでに稽古が始まった番組では、廃業しようとしない寺子屋に槇村正直が直々にやってきて怒鳴り散らし、始末書を取っていくという話まで聞こえていたから、双柏舎を続けるわけにはいかない。生活も心配なのだが「どないにでもなります」と聞く耳を持たない。立派といえば立派だけれど、始末が悪かった。

泰七郎は一計を案じ、双柏舎の弟子たちに、小学校でも吉村の教えを受けたいという嘆願書を書かせた。これには吉村も降参して、ついに教員を引き受けてくれることになった。

算術師は前田が探した。二十九番組には、二十八番組にない両替屋がある。そこでかつて番頭を務め、今は隠居している人物を引っ張ってきた。そのあたりも、二十八番組と二十九番組は互いの足りないところを補い合えるようだった。

小学校建設に必要な費用の見積もりは結局千八百両まで膨らんだが、寄付のほうも共立を決めたあと少しずつ増えていった。

二十八番組で最高の寄付額はやはり二十両だが、それだけ出してくれる者が吉村、泰七郎以外に五人現れたのだ。十五両、十両も見込みを上回った。二十九番組では前田ら四人が二十五両出した。この中には儀兵衛が含まれる。二十両は十人近く、泰七郎には商売敵の豆腐屋も四両寄付したそうだった。

しかしこうした大口の寄付以上に泰七郎を勇気づけたのは、一分、一朱、あるいは何百文というような金を持ってきてくれる人々の存在だった。三文字屋に豆腐を買いにきた客が、代金のほかに藁に刺した銭を「小学校に」と置いていくこともあった。

泰七郎は、寄付は心からのものでなければならないと考えていた。他の人がするから、自分だけしないのは格好がつかないからということで金を出しても、損をさせられた気分がずっと残るだろう。みんなが得をするための小学校にははじめから傷がつくことになる。

だから寄付を申し出た人には、目先だけを見れば割が合わないことをわざわざ念押しして金を受け取った。承知の上で出してくれる金だからこそ尊い。また、生まれてくる学校が真に役立つものになるよう見守り続けてもらうためにも、必要なことだった。

泰七郎と前田は毎日それぞれの番組に集まった金額を報告し合っていた。七月の末、その総額は九百両に達した。

「あと百。もうええんちゃいますやろか」

切り出したのは前田だったが、泰七郎も、前田が言わなければ自分が、と思っていた。

「行きまひょ。これ以上遅らせると、出来上がんの年明けてしまいます」

正月にはおそらく、各番組の小学校で盛大な稽古始めが行われるだろう。いい節目だ。それには共立校も加わりたい。

府との交渉はまだ続いていたが、これ以上粘る意味はなさそうだった。僅かな上積みで恩を着せられ、さきざき小学校の運営に口を出されては面白くない。番組側から打ち切りを通告し、八百両の下渡しだけで建設を進める内容の計画書を提出した。これで向こうも文句のつけようはない。

大工の棟梁は二十八番組の大吾郎《だいごろう》と、二十九番組の孫六《まごろく》に決まった。それぞれの中年寄が腰を折って直接頼みに来たのに二人とも恐縮し、精一杯の仕事をすることを約束してくれた。

最大の懸案だった、立本寺前町の土地の購入も少し後に決着した。元禁裏六町組の地主は、枝町のように思っていた出町の小学校用地になるのがやはり業腹だったらしい。相場七百両と踏んでいたのを、八百四十両とはじめ言ってきた。

泰七郎は相場の根拠となる近隣の土地売買記録を調べ上げた。それを手に、改めて乗り込んでいったのは前田だ。

「どうせ上物は建て直さなあかんのでっしゃろ？　その金節約させてやろてわしら言うとるんや。人助けのつもりなんでっせ」

凄んだ前田は日ごろのとぼけた雰囲気から想像できない迫力で、なんと六百八十両で相手に手を打たせたのだった。

「ぼちぼち、きっちりした形で番組のみなに話さなあきませんな」

そんなことも、町役の間の話題に上るようになった。

もちろん仮会所に集まってもらえばいいのだが今一つ面白くない。できれば二つの番組まとめてやりたい。

泰七郎は妙案を思いついた。


八月十八日がやってきた。上御霊神社の本祭、御旅所に出ている神輿が神社に戻ってくる御霊祭の日である。

一カ月前の神輿迎にももちろん泰七郎は出席した。蔵から引き出された神輿が長柄に括りつけられ担ぎだされてゆくところに、吉村や前田と並んで立ち会ったのである。実は子供のころから神輿は三文字屋の近くに来た時に見に行くくらいがほとんどで、去年など神輿迎の日を忘れていた。こんな時が来るなんてと感慨が深かった。

そして今日は一日、神輿について氏子地域を巡る。

朝五つ、御旅所の中御霊社に神楽の音が響いた。二つの神輿が置かれた舞台の横に五間もある長柄が四本準備される。二本並べて台に載せた上に横木を渡し、神輿を据えて縄をかける。縄の結び方なども決まっているらしく、本来は小山郷、今出川口の者がそれぞれの神輿の括りつけから仕切るのだが、まだ慣れないところもあるため下御輿町、上神輿町から助っ人が来ている。

宮司のお祓いを受けた締め込み姿の担ぎ手が長柄に取り付いた。一つの神輿におよそ三十人。

「ヨイサ」

担ぎ手頭のかけ声に合わせて神輿が持ち上がった。男たちの肩や足に、筋が逞《たくま》しく盛り上がっている。見ているだけで力が入った。

「ホイットー、ホイット」

かけ声が変わり、神輿は進み始める。担ぎ手の跳ね方で鳴り環のシャン、シャンという音も随分違ってくると泰七郎は今更知った。その良しあしが技量なのだ。

先頭を行くのは小山郷の神輿である。次に今出川口が続き、さらに馬に乗った宮司と供奉《ぐぶ》の雑人たち、たくさんの山鉾、お囃子までがぞろぞろついてくる。泰七郎たち町役は今出川口の神輿のすぐ後ろを歩く。

中御霊社を出た行列は寺町通を北上した。有力な氏子の家や店にさしかかると、神輿はその場にしばらく留まって、鳴り環を盛大に響かせながら何度も差し上げられ、揺すられる。見物人から喝采がわく。

やがて神輿は今出川通に達した。順路としてはここで左に折れ、今出川御門をくぐって禁裏の朔平門に至る。今年は帝こそいらっしゃらないけれども、やんごとなき方々の御拝を戴くのである。

しかし二十八番組、二十九番組はその前に、寺町今出川の少し上まで神輿を進めてほしいと願いを出した。神社、ほかの番組も快く受け入れてくれた。かつ二つの番組のすべての住人には、その場所、立本寺前町の天水屋跡地へ、神輿の来る時刻に集まるよう触れが回っていた。

黒山の人だかりだった。祇園祭のようである。少なくとも出町界隈では空前だろう。

「退いとくれやっしゃ。すんまへん、道空けとくれやっしゃ！」

泰七郎は神輿の先まで駆けていって、懸命に通り道を作った。人の海を泳ぐように神輿が建設予定地にたどり着くと、脇に前田と吉村を並ばせる。

「お願いしまっさ」

二人に言った。二人は少しのあいだ譲り合っていたが、「御歳からいうてもここは吉村はんや」との前田の言葉で吉村が進み出た。

「もうみなさんご存じやろうけど、ここに二十八番組、二十九番組の共立小学校を造ることになりましてん」

続いて前田が、完成予定の時期などを説明した。

二人の話を聞いていた泰七郎は、群衆の中にたかと伊佐次の一家が一緒にいるのを認めた。たかと、金二を背負ったよしは手を取り合っていた。

「そらーっ。行くどお」

担ぎ手頭が声を張り上げ、群衆も続く。

「ヨイサ！」

天へ届けと神輿が差し上げられる。

「もう一回や！」

「まだまだや！」

差し上げは際限がないかと思うほど繰り返された。頭の奥が痺れてくるのを感じながら、泰七郎は前田と叫び合った。

「必ず造りあげまっせ！」

「ああ、何が何でもな！」

二十四

槇村正直は不機嫌な表情で部下から届けられた書類に目を通していた。

九月四日、京阪神の視察のため入洛していた兵部大輔《ひょうぶたいふ》の大村益次郎《おおむらますじろう》が、三条木屋町の投宿先で刺客に襲われる大事件が起こったばかりだった。犯人は全員、斬られるか捕縛されるかしたが、大村は重体のままだ。そんな時にまた面白くない話である。

書類は、番組から府庁に報告される転出、転入届をまとめたものだった。

番組ごとに集計の時期が違うので、特定時点での正確な状況を捉えることはできないが、京にどれくらいの人がいるのかおおまかに推計できる。

減るのは分かっていたが――。

御一新の四年前となる元治《げんじ》元年、洛中洛外合わせての戸数は六万九千五十五だった。これは町人だけの数字だ。仮に一戸五人としてざっと三十五万。公家。武家などを合わせると、四十万人ほどが京で暮らしていたのではないかと思われる。

しかし今、町人は三十万いるかいないかだ。戸数にすれば一万以上減った。

さらに公家の大半が、帝とともに東京へ移った。所司代や奉行所がなくなったのだから、武家については言わずもがなである。全国から京に集まっていた志士もこれからは東京に活躍の場を求める。あるいは故郷へ戻る。

代りにやってきた槇村たちのような者がいなくはないが、現在の府の職員はせいぜい数百人。在の者のほうがずっと多いから、埋め合わせるには到底足りない。

何より町人たちが京に見切りをつけて逃げ出しにかかっているのが深刻だった。東京まで行かなくても、大阪へ引っ越す者が多い。

羊羹《ようかん》で聞こえた烏丸一条の虎屋は、東幸と前後して東京に出張所を開いた。京都の店も残っているけれど、いずれ本拠を移すだろう。

酒飲みながら菓子も大好きな槇村としては味が変わらないことを願うしかないのだが、虎屋の東京進出は、もちろん甘党だけの問題ではない。

虎屋をはじめ、御所御用達を務めるような店は帝についてゆくしかない。分かっていたが、帝が行かれてたった半年でこれだけの流出があるなら、この先事態はさらに厳しくなると見なければなるまい。京都がどれほど帝、そして都という地位と結びついた土地だったか、槇村は改めて思い知らされた。

悪いことに再び物価が上がっていた。去年と打って変わって、明治二年は梅雨時に極端に雨が少なかった。比叡山で懸命の雨乞いが行われたが、田植ができず、極端なところでは田がひび割れた。

刈り入れの前から、買占めや売り惜しみがおきている。槇村は憤り、厳しく取り締まったが、市中に流通する米はほとんど増えなかった。そうこうしているうちに七、八月は雨続きになり、わずかに植えられた米が育たず、野菜もだめになるばかりだ。

市中では泥棒が横行し、町人たちは竹槍を家に備えて自営した。要人の暗殺といい、また殺伐とした空気が漂いはじめていた。

そんな中で、学校の建設は変わらず順調だった。上京二十八、二十九番組の共立を認めてやったので、洛中すべての地域に小学校が揃う目途が立った。槇村の狙いはすでに達成されたようなものだった。実際の開校も、八月は四校だけだったが、九月は一日に二校、十一、十六、二十一日にそれぞれ三校ずつの式典が重なるという具合である。

嬉しくはあるが、感激は最初のころより薄れてきた。食うもののない時に何が学校だという批判が来るのではないかと、かえって重荷に感じられる時さえある。

都でなくなる話でいえば、最後の、そして三月の東幸に匹敵する山場が迫りつつあった。京に残っている美子《はるこ》皇后の東京行きである。その東啓《とうけい》が十月と決まったのだ。

政府は東京遷都を正式には表明していない。京都の反発を恐れてむしろそこは曖昧にし、いずれ帝が京都に戻られるかのような建前をいまだに取り続けている。信じている者などほとんどいないが、一縷《る》の望みも捨てたかといえばそうではない。ひょっとしたらという気持ちは多くの人の心にある。そのよりどころが他ならない、皇后だ。

皇后までいなくなったらごまかしようはない。しかし早くもこんな話が巷に広がっている。

「帝さんが、古臭い京都にいつまで残っとるんやて皇后さんを呼び寄せはった」

「皇后さんが行かはった後は、御所も取り壊されるらしい」

都を移すのは純粋に政府の都合である。帝が京都を嫌っておられるわけではない。後のほうなどは槇村にも荒唐無稽な流言飛語の類だが、文書にして張り出したり、刷って配る者が後を絶たなかった。

槇村は警戒を強めた。先の東幸の時も、油断をすれば何が起こっていたか分からなかった。先手回しに騒動の芽を摘むのが大事だが、今度は京都に残る政府の兵が大幅に減っている。府独自の警戒態勢を強化しなければならない。

おかしな噂を耳にしたり、書き付けた文書を目にしたりしたらただちに番組や警固方に届けるよう、町人たちは厳しく言い渡された。槇村は情報をかき集める一方で、東幸の時にならって、精一杯の兵力を巡回させ、不穏な動きを抑え込もうとした。

九月の下旬になると、槇村は七月に開校していた下京五番組小学校に陣取って、東啓の準備を指揮した。京都の東玄関、三条大橋に近く、情報を集めるにも、手足になる警固方などに指示を出すにも便利だったからだ。

やはり小学校は役に立つとしばらくぶりに自分の手柄に酔った槇村が、背筋を寒くしたのは九月二十四日のことだった。朝、五番組小学校に着くとすぐ、府庁の吏員が息も荒く駆け込んできて「石薬師御門が大変なことになっている」と告げたのである。

その日早朝、幟《のぼり》を押し立てた人々があちこちから禁裏の石薬師御門に集まってきた。その数およそ千人。

「皇后さんに東京にゆかれないようお願い申し上げたい」

「帝さんにも、はよう戻ってきていただけるように」

「門を開けとくれやす。そやなかったら、わしらの言うてること、皇后さんに伝えとくれやす。それまでわしら、ここから動かへん」

口々にそんなことを訴えつつ、門兵に迫った。

幟は、数字を書き入れた番組のものだった。つまり人々は、番組の意見を代表しているか、少なくともそのつもりでやってきた。中、添年寄ら町役も何人か確認されていた。

門兵は政府の兵なので報告はまず兵部省に上がり、兵部省から府に連絡がいった。府は慌ててこの件の実務責任者である槇村と連絡を取ったというわけだ。

騒動の中心になったのは、御所西北の西陣地区にある番組が多かった。言うまでもなく西陣の主たる産業は絹織物で、御所関係者、公卿層が京都を離れることによる打撃が最も大きい地区の一つと見られていた。

後で分かったことだが、東啓が間近に迫ったという噂が前日どこからか流れ出し、聞き付けた町役級の人物が番組を越えて緊急に話し合った結果、直接皇后さまに訴えようとなったらしい。

槇村は動きをまったく察知できていなかったわけで、大村襲撃事件に続く大失態だった。

とにもかくにも、兵部省は兵をかき集めて御門に送り、府も警固方を派遣した。鉄砲、刀をちらつかせられると、集まった人々は仕方なくその場を去った。しかし全員が家に帰ったわけでなく、なお幟を立てて周辺を練り歩こうとする者もいた。

またこれらの番組からは、北野天満宮にも大勢が向かっていた。天神さまが願いを聞いて下さるよう「お千度」を成就しようというのだった。「百度」と書かれた木札を握りしめ、お参りしては本殿の外側をぐるっと歩くことを十回繰り返す、境内はそんな人々で溢れていた。

人々の怒りが一つになって府や政府に向かってきたら――。

一揆だ。それはいつの世にも支配者が最も恐れるものだ。

翌日、すべての番組の中、添年寄が府庁に呼び出された。知事の長谷信篤自らがその前に姿を現した。

「帝が今は東京にいらっしゃるというだけだ。断じて遷都でも、奠都でもない」

白々しいのは分かっていても、長谷はそう唱えつづけるしかない。東啓についてはひと言も触れない。

「帝は来春、京都にお帰りになる」

米の収穫に感謝をささげる宮中行事が「新嘗祭《にいなめさい》」で、天皇の即位後、最初に行われる新嘗祭は「大嘗会《だいじょうえ》」として在位中最大の行事に位置づけられる。延期中の大嘗会が行われる場は京都だと、長谷は必死に説明した。

それでも町役たちをなだめるのは容易でなかった。やはり西陣の関係者が特に激しく長谷に詰め寄った。

「帝さんが行ってしまわはったら、わしらどないやって暮らし立てたらええんどす」

「どうしても、帝さんには京におってもらわなあかんのどす」

手荒に退けては第二第三の暴発を招きかねない。府も扱いに慎重を期さざるを得なかった。

町役に対する説得は初日、真夜中を過ぎた八つまで続き、翌日以降も毎日開かれた。長谷以下の府吏員に加え、中央政府の役人が入れ代り立ち代りやってきた。

大町人も動員された。筆頭は言うまでもなく熊谷直孝である。熊谷以下、選ばれた六人は府に日ごろから協力的なだけでなく、慈善事業に熱心で府民の声望が高かった。六人が手分けして番組を訪ね、住民に直接府の主張を説明すると、効果は役人が同じことを言うよりずっと大きかった。

これらが功を奏したか、町人たちの興奮は少しずつ治まってきたようだった。事を荒立てて得るところがないと、向こうだって冷静になれば分かる。代りに、京都に活気を取り戻すための方策を示してほしいという要望が出てきた。

槇村もそれを待っていたので、政府から引き出した十五万両の貸し付け金で産業振興を進める計画をさっそく番組に伝えた。以前から考えていたことで、付け焼刃の目くらましではない。

やっとのことで、東啓に向けた作業が再開され、その期日は十月五日と定まった。

何としても皇后さまには、無事に出発していただかねばならぬ。

槇村は緊張しきって前日から下京五番組小学校に詰めた。輿の通る道筋を徹底的に探索させ、不審者の気配がないことを確かめて、ようやく小学校の一室に延べさせた布団に入った。

うとうとしかかったころ、ドーンという火薬の炸裂する音に槙村はかっと目を見開いた。

一緒に泊まり込んでいた属官が部屋の外で「槙村殿！」と怒鳴った。

「どこからだ」

槙村も怒鳴り返す。

「はっきりしませんが、六波羅の方角かと」

流人集所の視察で六波羅を訪れた時のことを槙村は思い出した。まさかあの年寄連中に不逞の輩が混じっていたのだろうか。

慌ただしく身支度を整えた槙村は望火楼に向かった。

「ああ」

絶望のため息が漏れた。六波羅に火の手が上がっていた。反乱だと槙村は確信した。また京都に戦火が上がったのだ。

東啓は延期するしかあるまい。まずは鎮圧だ。ここにいてもしょうがない。

すぐ府庁に向かったが、道々にも聞こえるだろうと思った次の砲声がない。いぶかしんでいると、現地からの伝令がぽつぽつと到着しだした。

「智積院《ちしゃくいん》にて火の手が上がっております」

智積院は六波羅で最も大きな寺の一つで、幕末から土佐藩の宿所になっている。土佐藩は言うまでもなく新政府の主流派である。

「土佐藩が狙われたのか？」

「かもしれません」

次の伝令は言った。

「寺内の道場が火元のようであります。手のつけようがない燃え方です」

さっきの音は、土佐藩が保管していた火薬に火がついた時のものらしかった。とすれば、砲声ではなかったことになる。

正確な情報がもたらされたのは、明け方に近くなってからだった。

「申し上げます。原因は藩士の焚火と思われます」

「反乱ではないのか」

へなへなと槇村は座り込んだ。やがて、火が道場を全焼しただけで消えたことが伝えられ、政府から、東啓を予定通り決行する旨の通達が来た。槇村は六波羅から呼び戻した警固方を沿道の警戒につけ、自らは下京五番組小学校に引き返した。

翌朝、美子皇后の輿を見送った槇村の目は真っ赤だった。しかしそんなことは何でもなかった。本当の反乱だったら、槇村の将来はどうなっていただろう。

しばらくして京都府は「府民をよく説諭し、平穏に東啓を実現させた」と政府から表彰された。槇村に個人としての栄典こそ与えられなかったものの、長谷からねぎらいの言葉をかけられた。

府も、番組の代表者に、よく町人たちを説諭したと褒詞《ほうし》を与えた。ただ一部の番組は対象から除外された。その多くは西陣の番組だった。

二十五

石薬師御門の騒動を、泰七郎はまさしく間近で見た。

その日は珍しく番組の用もなく、庄吾に任せるようになってしばらくになる豆腐作りを、土間から茶の間への上がり框に腰を下ろして見ていたのだった。

時々口を出したくなるが、それは庄吾とのやり方の違いであって、最後まで黙って見ていれば「なるほど、そうするつもりだったのか」と得心がいくことがほとんどだと、今の泰七郎は心得ていた。

呉を絞るような、力が必要な時だけ手を貸して、にがりを打つのも、ちらちらとこちらに目をやる庄吾にただうなずいて思い通りにやらせた。出来上がった豆腐をひとかけ口に運ぶと、それは三文字屋の味に仕上がっていた。

とはいえ父親が作った豆腐と泰七郎が作ったのとが違うように、庄吾の豆腐もまた微妙に違う。違うが三文字屋の味に収まっている。面白いものだと思った。

もう土間の戸を立てたままにしておく時期だったが、いったん湯気を逃がそうと泰七郎は自ら戸口へ向かい、幟を持った人々が、険しい表情で歩いているのを見たのだった。その前にも後ろにも、大勢同じ方向を目指して進んでゆく。

六年前の八月十八日、三条実美公らが京を追われた折のことを泰七郎は連想していた。あれはまだ暗い時分で、泰七郎は屋根裏に隠れるように籠って兵たちの様子を窺った。具足や鉄砲がぶつかってがちゃがちゃいう音が恐ろしかった。

今、歩いてゆく者たちは武装などしていない。町人である。町役なのだろうか、刀を差している者も僅かに見受けられるが、あとは幟だけだ。女もちらほら混じっている。

しかし人々の発する気迫は、あの時の兵たちをも上回っているように感じられた。黙って歩いていただけだったけれど、人々が何をしようとしているのか泰七郎は直観した。幟に書かれた番組の地域からも、外れていないと確信できた。

暮らしをかけた訴えなのだ。やむにやまれぬ行動だ。だからこんなに堂々としている。

しかし人々が追い返されてしまうだろうことも泰七郎は分かっていた。力ずくで追い払われるのかもしれない。場合によっては、咎めを受けたり、命を奪われたりしないとも限らなかった。

自分も人々に交じって、府や政府のごまかしを暴いてやりたかった。懼れ多いことながら、皇后さんにも「こんなやり方はひどいんとちゃいますか？　新政府の奴らに言うたってくださいよ」と訴えたかった。

しかし今の泰七郎にはやり遂げなくてはならない仕事があった。思いのたけをぶつける代償に何もかも失うのは阿呆な振舞いだ。

逃げだろうか。本当は怖いだけなのではないか。泰七郎は自問する。あるいは西陣の人たちほど、京が都でなくなることが暮らしに直結していないから、のほほんとしていられるのではないか。

否定はできない。否定しようとも思わない。言えることは、自分は得を求めるということ。損をしてもいいのは、それが遠くのもっと大切な得につながる時だけだ。

「関わり合いになったらあかん」

泰七郎は、奉公人たちに言った。

「あれ、何なんです？」

訊ねたのは長助だった。

「立派なことしようとしたはるんや」

「そやのにですか」

「そや。卑怯もんみたいかもしれんけどな。わしは親御さんからお前らを預かっとる立場でもある。お前らを危ない目え遭わすわけいかん」

ほどなく姿を見せた伊佐次にも、泰七郎は同じことを言った。

「まあ伊佐次はんは、わしがごちゃごちゃ言わんでも、あれがどういうもんか分かってはるわな」

「へえ」

迷うふうを見せながら伊佐次は続けた。

「利助はんが行ったかもしらん」

「ほんまか」

泰七郎の目が険しくなった。

「わしのちょっと前に路地から出て行かはりました。あんな早う起きてはんの見たことなかったさかい、どこ行くんやて訊いたんですわ。大原の親んとこちゅうんやけど、南向かうみたいやからおかしいな、思いましてん。そういうたら昨日の晩も誰か遅うに訪ねてきてはったみたいやった」

ありうる話だった。利助の商売は色紙や短冊の細工だ。客はすべて公家と言っていい。

「利助はんには後でわしが会わななならんやろう。無事に帰ってきてくれはったらやが」

その日は、振り売りも騒ぎに巻き込まれかねないところは避けるよう泰七郎は指示した。振り売りに行かない者にも、たか、すみを含め不要に出歩くことを禁じた。

結果的には、利助は何事もなく長屋に戻ってきた。番組から利助ほか数人、石薬師御門へ行った者がいた。泰七郎は町役として一人ずつ事情を訊いたが、府庁で役人たちがした愚にもつかない説諭については、そんなものがあったことだけ伝えてこう話した。

「腹が立つのはわしにもよう分かる。けど意味のないことはやめようや。新しい世の中に合わせて、どないしたら暮らしが立つか考えるこっちゃ。やりようによったら、今までより豊かになれるかもしれん。あれこれ試してみるんや。番組もできるだけ手え貸す」

しかしそう言ったのが、利助にはかえって苛立ちを強める方に働いてしまった。

「おためごかしはよろしわ」

「本心や。できたら金の融通もしてやりたいくらいやが――」

小学校のために金策に走り回る今、その余裕は残念ながらない。利助はほら、と言わんばかりの顔をした
「中年寄とこに、集めた金がうなっとるんでしょうに」

「それは材木屋やら大工やらに払わんならん金や」

小学校建設は順調に進んでいる。天水屋が取り壊された跡では、上御霊神社の宮司を招いて地鎮祭が行われた。土台になる石を据え付ける作業の一方で、買い付けた材木から部材が切り出され、枘《ほぞ》を刻みつけられている。だが金の調達は綱渡りだ。半額の手付は済ませたが、七十両ほどまだ残金に足りない。

けれどいくら説明しても利助は毒づくばかりだった。

「そいで吉村はんは小学校から給金貰うようにならはるんでっしゃろ。やっとれん。要するに小学校とかいうもんのほうが、路地の穀潰しより大事ちゅうこってしょう」

以前長屋に小学校の説明をしに行った時、利助はぼそぼそ「へえ」とか「そうでっか」とかつぶやくだけだったので、不満をため込んでいるのに泰七郎は気づかなかった。

「まどろっこしいかもしらんけど、学校を造らへんと京はいよいよすたれてまう。もぬけの殻になってしもた御所の代りいうてええくらいや。それしか道はないんや」

利助は黙ったけれど、納得していないのは明白だった。

二十八番組を、大年寄になった熊谷直孝が訪れたのは数日後のことだ。

「や、しばらくどしたな」

馴れ馴れしく話しかけてきた熊谷が、府の意向を受けた説諭にやってきたと分かって泰七郎は言った。

「うちからもちょっと様子覗きに行ったんがおりましたけど、わしがもう関わらんよう言うときましたさかい」

身元などは明かさない姿勢をやんわり伝えたのに、熊谷はにっこり笑って「そうでっか。そら助かりますわ。面倒くさいこと多うて、てんてこ舞いしてまっさかい」と応じた。

「横谷はんやったら安心してお任せできますわ」

泰七郎が頭を下げると熊谷は「学校の具合、どないでっか」と訊ねてきた。

「あとひと息ちゅうとこどすかな」

ほっとしたせいか本音が漏れた。熊谷が穏やかに言う。

「力になれることあったら何でも言うとくれやっしゃ」

「おおきに」

泰七郎が小学校の建営に激しく反発していたことには触れようとしない。相変わらずの狸ぶりだ。

それにしても、と泰七郎は考える。熊谷の鳩居堂は、まさに利助が作っているような品物を商っているのではないか。公家がいなくなれば何百、いや何千両の売り上げが消えるだろう。にもかかわらず、東啓受け入れざるべからずと説いてみせる。効果は絶大に違いない。

恐ろしい爺さんだと、改めて思わずにいられなかった。

二十六

十月の小学校開校はついに二十校に達した。

上京、下京に共立校がひとつずつあるが、一月の新番組成立後、下京二十四番組から南部の十三町が独立して三十三番組になった。番組の数は上京、下京ともに三十三、学校は合わせて六十四である。残るは十六校。四分の三がすでに開校に漕ぎつけたわけだ。

難題の運営資金に関しても、新たな調達の仕組みが固まりつつあった。

金が足りないなら小学校が自ら商売をして金を稼げばよい。

こちらの中心になったのは熊谷直孝と並ぶ有力者でやはり大年寄になった北条太兵衛だ。北条は、建営に深く関わった下京十四番組小学校に、まずその仕組みを作り上げた。

番組内から金を集めるところは同じだが、それを元手にして金貸しを始めようというのだ。貸付の利息が月一分半、出資者には月一分の利息がつくので、そちらにも旨味がある。差額は小学校の経費に充てるほか、番組内の困窮者を救済するのにも使う。府の下渡し金を返してゆく資金ともなる。

小学校が地域を繁盛させる鍵になるという府の主張を、北条は知恵を絞って形にしてくれたのだ。槇村はこの「小学校会社」の仕組みを模範にして、他の番組にも奨励した。まず広まったのは大商人が多い下京の番組だった。一万両以上の出資金を集めたところもある。折よく政府から、追加の「手切れ金」として米七百石を十二カ月間毎月貰えることになったのも小学校会社の財産に組み入れた。番組によって、米のままで貸し付けて一刻あたり月一升というような利米を取ったり、換金して使ったり、運用の仕方はさまざまだ。

東啓前のごたごたで一時肝を冷やした槇村もすっかり調子を取り戻した。ここまで来れば、もう手を離れたようなものだ。槇村はますます、小学校以外の政策に熱中するようになった。

一つは、小学校の上に位置する、より高度な学校の構想だった。

その「中学校」には、小学校で優秀な成績を修めた子供たちを選んで入学させる。養成するのはまず小学校の教員。いずれは京都を豊かにするのに必要な技術者や法律などの専門家にもしたい。

槇村は、長州藩の明倫館を京都に作ろうとしたのである。また、これからの学問は何といっても西洋のものをどんどん取り入れなければいけないと、中学校と別に「独逸《ドイツ》学校」「英学校」「仏学校」なども設ける計画を立てた。

一方で、暮らしを立てる術を知らないまま大人になってしまった者たちにも目を向けた。流人集所はもちろんそのためのものだが、花街の女たちを特に気にかけた。馴染んでいるから、と言われればそれまでだが。

槇村は、以前こと乃に冗談で「芸妓衆の学校も造ろうか」と言ったことを思い出した。何せあの手の女たちは芸事のほか何も知らない。落籍《ひか》されたはいいが、飯の炊き方すら分からず放り出されたなどの話まである。まして大多数の芸妓にとって、客がつかなくなった後の生活はまことに厳しいものだった。

冗談を本当にすればよい。教えるのは裁縫を始めとする内職、染色や紙漉《す》きもいいかもしれない。学びながら得た労賃は積み立てさせ、独立後の開業資金に充てる。

さらには、石薬師御門の騒動を二度と繰り返させないためにも、西陣の振興に手をつけなければならないと考えた。

十一月に入って、織元を監督、指導するために府の肝いりでできたのが「西陣物産会社」だ。宮家公家がいなくなって絹織物が売れなくなるなら、別の客を探すしかない。さしあたり狙うべきは商家のお内儀だろう。町人の服は木綿に限るなどという決まりは事実上とっくになくなっているが、まだ質素な身なりの女が多い。しかし旦那たちは宮家公家よりよっぽど金を持っている。伸びしろは大きい。

ただいくら金があっても、商家は勘定に厳しい。貴婦人相手になら、値段はあってないようなものだった。注文を受ける時には値段の話などしないことが多いし、同じ品物でも、相手によってまったく違う値がついた。そんなやり方では商家にそっぽを向かれてしまう。

まずは値段を明瞭にする。不当に高くてはもちろんいけない。かといってべらぼうな値引きもまずい。物産会社は、値段の基準を決めて、織元に徹底させた。

その上で、京都の外に販路を広げてゆく。宮家公家だってこの世から消えたわけではない。東京に行っただけだ。あちらで売ればいい。向こうで作られたら京都が空になるが、出張の販売所を置かせる分には問題ない。さっそく調査に取り掛からせた。

その発想をもっと広げれば、外国に売ったらどうかということにまでなってくる。

今の槇村は何につけ外国である。言葉がからきし駄目なのは変わらないけれど、西洋事情はもちろん、外国に関する書物を手当たり次第に手に入れて読む。読めば読むほど日本の進む道は西洋のあとをついてゆくしかない気がし、その先頭を京都が切ってやるという意欲が燃え盛るのだった。

ついてゆくのと別に、客にできればてっとり早く儲けが入る。西洋に日本で作った物を売れば、その代金で機械でも武器でも買い付けられる。

あちらで日本の文物が人気らしいことも槇村は知った。清や朝鮮との違いが西洋人にはよく分からず、ごっちゃになっているふうだがこの際目をつぶろう。何にせよかつて日本で買い付けられるものといえば金や銀、絹糸くらいだったのが、職人の繊細な技に関心が寄せられるようになったのだ。誇らしい話である。

西陣織もその一つになれるし、ならなければならない。物産会社では、売り込みの方途を考えるとともに、西洋人に受ける品物の研究も始めた。

ゆくゆくは、織工を西洋に送って勉強させてみたい。

そんなことまで槇村は夢見だした。

二十七

皇后の東啓からほどなく、共立小学校の棟上げが行われた。

泰七郎ら町役をはじめ、番組の住人が祭りの日にひけを取らないほど集まった中で次々柱が立てられていった。やがて、ひと抱えはありそうな梁に縄がかけられ、大工たちが力を合わせて引き上げた。二人の棟梁が、柱の天辺に踏ん張ってこれまた大きな木槌をふるう。刻まれた枘《ほぞ》には寸分の狂いもなく、気持ちのよい音とともに梁ががっちり柱とかみ合った。

更地を眺めていた時は思ったより狭く感じられて不安を覚えたくらいだったが、形が見えるようになったことで、間違いなく立派な建物ができるという安堵と感激が泰七郎の胸を満たした。

振舞われた酒肴は、節約のため番組のお内儀連中が手作りした。

「こんな棟上げも悪うないな」

大工たちは笑いながら煮しめを頬張り、「年内には仕上げてみせまっさかい」と腕を叩いた。

棟上げの後、現場を見に行くのは泰七郎の日課になった。屋根が葺かれ、外壁にも次々板が打ち付けられて、日に日に建物はそれらしくなってゆく。

昼時に覗くと、よく大工の子供が弁当を届けに来ていた。鑿《のみ》や鉋《かんな》を代りのように持ち帰る子もいる。家で研ぐのが彼らの仕事なのだろう。小学校にはもちろん通ってほしい。しかし親の仕事の手伝いも続けてほしいと泰七郎は思った。両立できる小学校にしなくてはいけない。でなければ新しい時代の受け入れがかえって難しくなるだろう。

建物の建設は順調な一方で、教員の採用のほうに予定外の出来事があった。盛栄堂の石崎宗林が辞退したのである。

石崎の実家は商家だったが、大阪に移ることになり、石崎にも手伝ってほしいと言ってきた。本人も迷ったようだったが、小学校が始まるまで盛栄堂は続けるものの、そこでおしまいにして京都を離れる決意を固めたという。

句読の講師を急に探さなければいけなくなったわけだが、まもなく、公家屋敷で働いていた青侍で、主家が東京に行くのにもろもろの事情で同行できず職を失っていた小野《お の》為政《ためまさ》という人物が見つかった。

さらにはこの小野が、親戚筋でかつて学習院に出仕した経験もある小野政敏《まさとし》も雇ってもらえないだろうかと願いを出してきた。学習院といえば帝がお造りになった公家子弟のための学問所で、当然、学識は折り紙つきである。

俸給の支払いを考えれば予定以上の員数を雇うのは悩ましくもあったけれど、共立校として子供の数がそれなりに膨らむのは明らかだった。何より優秀な教師を抱えられる機会を逃したくない。

またぞろ自分が退くと言いだした吉村佳作には、泰七郎が認められないと釘を刺した。弟子たちの嘆願書の件だけでなく、吉村が学校の現場に立ってくれる安心感は大きかった。

幸い、共立の利点は建設費以上に後の運営費用のやりくりで際立つと分かってきた。単純に考えて毎年の竈金がふた番組分に増える。小学校会社で運用する原資として配られる米も倍になる。

「うちらの小学校では、どこにも負けへん稽古をつけてもらいたいしな」

上京二十九番組の中年寄、前田喜左衛門の言葉が町役の総意となり、吉村が首座教員、小野政敏は首座格ということに決まった。

建設費のほうは、地道な寄付集めが続いていた。

どうしても足りないなら、熊谷にすがればなんとかなるのは分かっていた。今すぐでも、不足分をまとめて貸してくれたに違いない。けれど泰七郎はどうしてもその金を番組の中で調達したかった。ほかの町役にそう主張するだけでなく、自ら五両を追加で寄付した。そのために父親から受け継いだ銀煙管《きせる》まで質に入れた。

集まった金はその都度、吉村のところへ持ってゆく。吉村は、稽古場の奥にある自分の部屋に、誂えさせた錠前付きの頑丈な箱を置いて金を保管している。泰七郎も何度か収めるところに立ち会ったが、小銭が多いせいもあって箱はとんでもない重さだ。寄付してくれた人々の心がそのまま詰まっているようで、自然に頭が下がった。

その日、吉村に金を届けたあとで泰七郎は念仏寺に立ち寄った。

念仏寺は上京二十八番組の仮会所である。本満寺は寺町通の東側なので二十九番組の仮会所になった。西側には、東側と比べると少ししか寺がないが、その一つが念仏寺だ。流民集所の北にあって双柏舎から目と鼻の先といっていい近さなのも、番組としては都合がよかった。

だが今日は番組の用ではない。

本堂の前を素通りして、奥にある墓地に足を踏み入れた泰七郎の目に大小の人の姿が入ってきた。子供たちを連れた伊佐次、よしの夫婦とたか、そしてすみだった。

まだ白さが残る卒塔婆《そとば》の周りには、しょっちゅう取るからだろう、草などもほとんどないのだが、僅かに生えてきたのをみなでむしっている。歩けるようになった金二も、力になろうとするように小さな手を出す。

伊佐次は十年ちょっと前に丹後から京に出てきたので、さきを入れる墓がなかった。丹後では遠くて頻繁に参れないと困っているのを知って、泰七郎が仮会所の縁で心やすくなっていた念仏寺に口を利いた。泰七郎にとっても有難かった。寄合ほかの用があれば墓に必ず寄るし、たかは流人集所に来るたび足を伸ばすようだ。

そして今日は、さきの月命日なのである。

「あ、旦那はん」

気がついて慌てて立ち上がった伊佐次に、泰七郎は草取りを続けるよう言った。それが終わると、両親と弟たちにまず線香を上げさせ、自分はたか、すみの次、最後に手を合わせた。

卒塔婆の前には線香と竜胆《りんどう》の花が手向けられている。

「小学校でええ成績やったら褒美が出るさかいな。頑張って褒美もろうて、お供えしいや」

泰七郎が声をかけると、すみは真顔で「分かった」とうなずいた。


吉村が三文字屋を訪ねてきたのはそれから十日ばかり過ぎた昼前のことだった。

「吉村はんが？」

奥にいた泰七郎は、たかに取り次がれて戸惑った。突然だったし、数日前にも金を届けたばかりで、新たに話をしなければならない理由が思いつかない。だいたい吉村のほうから足を運ぶなど建営に賛成する決意を聞かせに来てくれた時以来だ。

「何の用事やて？」

「旦那に直接言うさかいて」

土間まで出てきた泰七郎が「こらどうも」と言い終わる前に、吉村は上がり框に駆け寄った。総髪が乱れて毛が幾筋も額から垂れていた。額から下は、血の気が失せて真っ白だった。

「何かありましたん？」

無言で吉村はうなずいた。上がるよう促すと少し迷ってから従った。しかし人払いをさせた上、座敷に入ったあと自ら顔を廊下に出して誰もいないのを確かめた。戸をぴったり閉めると泰七郎との間をつめて低く声を絞り出した。

「金が――」

その先が続かない。

「どないしましたんや」

「盗まれた」

泰七郎も息を呑んだ。

「押し込みどすか。お怪我とかは」

「いや、金だけやられた」

いつも吉村は金の置いてある部屋で寝るのだが、前日は宇治に用があってそのまま泊まった。さきほど帰ってきて、錠を金鋸《のこ》で挽き切られた箱を見つけたのだという。地袋の床が外されており、土塀には乗り越えた跡が残っていた。妻、二人の下女はまったく気づかなかったらしい。吉村の部屋が、屋敷の一番端に位置しているせいもあるだろう。

「ひと晩のことでも妻の寝所になり移しとくんやった――物騒なんは分かっとったのに」

吉村には、元武士の家に泥棒に入る輩などいないという油断があったのだろう。うなだれる姿に、泰七郎もかける言葉が見つからなかった。

吉村が預かるのは二十八番組で集めた金だけだし、土地の代金と建設費の半金も払い済みなので、箱に入っていたのは二百両余りだった。それも重くてすべては無理だったのだろう、賊はおそらく金貨だけを持って逃げた。まだ数えていないが百両前後盗られたと思われる。

それでも大金だ。小学校の建設資金が失われるなど、町役としてあってはならない失態である。

二本差しはこういう時のためかと、頭をよぎったくらいだった。

「警固方へは」

「まだや。まずは三文字屋さんにと思うて」

背筋が寒くなるのを感じつつ泰七郎は懸命に頭を巡らせた。そして言った。

「この話、しばらくわしらだけのことにしときまひょ」

「なんでや」

今度は吉村が驚いた。

「一刻も早う探してもらわんならん。ぐずぐずしてる暇ないで」

そして「心配やろうけど、咎はわしが一人で受ける。絶対累は及ばんようにするさかい」と付け加えた。

「そんなんちゃいます。見損なわんといてください」

もとより泰七郎には、金が戻ってくるなら命くらい惜しまない覚悟がある。けれども一番大切なのは、小学校建設への影響をいかに小さくするかだ。

「今、金がなくなったてなったら番組中、大騒ぎになります。大工も仕事止めてしまいよるかもしれん」

「分かってるけど、いずれはどうせ――」

「二、三日のうちに金が出てきいひんかったらしゃあないです。しかしわしは、出来る前から小学校に傷をつけとうないんですわ」

　吉村の家に今大金があると分かっているのは番組の住人か、少なくともなにがしかのつながりがある者だ。残念ながら住人の仕業と考えるのが自然だが、それが明るみに出れば番組の恥というばかりでなく、寄付してくれた人々と、不満を抱き続けている人々との溝が深まるのは避けられない。

「番組のために造る小学校が、争いの種になってまういうことです」

「しかしなあ」

「案外早う目星はつけられる気ぃします。警固方の手え借りんと捕まえられるかもしれん」

　泰七郎は考えたことを話した。

　賊は屋敷のどの部屋に金箱が置かれているか分かっていた。かつ吉村の留守を把握していた。そこまで条件を満たす者となるとかなり限られる。

　妻は除いていいだろう。とすると下女を疑わなければならないのか。だが、下女ならわざわざ床下から部屋に忍び込む必要はない。手引き役だったとしても、賊を屋敷に入れてやれる。怪しまれないための目くらましということはもちろんありうるが――。

「ぱっと思いつくいうたらそんなもんやで」

「嫌な話しまっけど堪忍しとくれやす」

　泰七郎はためらいつつ言った。

「手引きやったら、子供も使えまっせ」

吉村の目に怒りが燃え上がった。

「昨日今日、稽古を休みにしたさかい、わしの留守は弟子らも知っとる。しかし金の在り処なんか教えへん」

「勘づく子おもおるんちゃいますか。少のうとも、師匠の部屋がどこかくらいは人に説明できまっしゃろ」

さらに憤然とした面持ちになった吉村だったが、反論できなかった。泰七郎は続けた。

「お気持ちは分かります。けど、もし当たってるとしても悪いのんは子供にそんなことやらす奴や。そいつを見つけ出して金取り返すんが、片棒担がされた子おのためにもなることや」

「分かった」

吉村もようやく言った。

「警固方に知らせるんは待とう」

そして「よろしゅう頼む」と頭を下げた。

手筈を打ち合わせて吉村は双柏舎に戻った。見送った泰七郎が踵を返すと、庄吾と視線がぶつかった。しかしそっと目を逸らし、質問もしてこない。この時間、庄吾が店にいるのは正式に番頭になったからなのだが、そんなところも番頭にふさわしく成長したと泰七郎は思った。

腹などまったく空いていなかったけれど、この後に備えなければと台所に入った。泰七郎の分だけ残された膳に、温め直した汁をたかが添えた。たかも何も訊いてこない。泰七郎は自分から「小学校の金が盗まれた」と囁いた。たかの顔が一瞬で強張った。

「どないなりますの？」

「分からん」

「取り返せたらええんやけど」

「そやな。それもうまいこと取り返さんならん」

「うまいことて？」

汁をかけた飯をかき込んで、泰七郎は立ち上がった。

「心配せんでええ。どんなことがあっても学校は造る。造ってよかったたて、いつかはみんなに思うてもらえる学校をな」


泰七郎が双柏舎に向かったのは半刻の後だった。

稽古場には、下女の知らせで呼び出された弟子たちが集まっていた。もちろんみな、何があったか知らされていない。急いで寺子屋へ来るよう言われただけだ。何が始まるのか不安げな子供もいるし、自分一人叱られるわけではないらしいのにほっとしていると見える子供もいる。

何人かには連絡がついていないらしかったがこれ以上時はかけられない。そろそろ始めようと吉村が言い、泰七郎もうなずいた。

稽古場に、五十人を超す子供たちが並んで座った。正面に吉村が、少し離れて泰七郎が相対する。子供たちは、何者だ？　と言わんばかりにじろじろ泰七郎を見つめている。

最初に吉村は、休みにした日に突然呼び出したことを律儀に子供たちに詫びた。泰七郎については、二十八番組の添年寄で自分を普段から助けてくれる人物だと紹介した。

「ところでお前たちに訊きたいことがある。ものすご大事なことやさかい、心あたりのあるもんは正直に答えてもらいたい」

子供たちのざわめきが止み、泰七郎に向きがちだった目も吉村に集まった。

「稽古が休みになったら教えるよう、大人に頼まれたもんはおらへんか」

しばらくして十二、三くらいの男の子が「頼まれたちゅうか、そういうのは忘れんと知らせえて、おかんいっつも煩《うるさ》いでっけど」と言った。

「見知らん大人からはないか」

重ねての吉村の問いかけに、子供たちは顔を見合わせる。

「ある？」

「ないわそんなもん」

小さな子同士が互いに首を振って見せてはおかしそうに笑っていた。再びおしゃべりが始まったが、吉村に向けた声は上がらない。

「では、わしが金をどこに仕舞うてるか、訊かれたもんおるか」

今度も聞こえてくれるのは「ううん」や「だいたい知らんわな」といったつぶやきばかりだ。

「何でそんなこと知りたがらはんの」どこかの女の子はそうおしゃまに呆れてみせた。

黙って様子を見ていた泰七郎はふと、ほかの子供から少し離れてぽつんと座っている男の子に目を留めた。

十にはなっていないだろう。身体は大きいが、顔立ちがいかにも幼い。あまり活発な性質でないのか、仲間と言葉を交わしたりもせず、手にした風車《かざぐるま》をぼうっと眺めていた。

その子がだんだん身を縮こまらせていくように泰七郎は感じた。気のせいではなかった。うつむき加減になったと思うと、背中まで丸まって顔が見えなくなった。居眠りしているのでもない。握りしめられたままの風車が膝の上で震えている。

泰七郎は立ち上がって吉村に耳打ちをした。その子に目をやった吉村がはっとした表情になった。

「しばらく遊んどってええ」

吉村の言葉に歓声が起こる。紛れて泰七郎はその男の子に近づいた。

「ちょっと来てくれるか」

だしぬけに話しかけられて、男の子は飛び上がりそうになった。

「心配すること何もあらへんさかい」

泰七郎が重ねて言うと、いっそう身体を小さくしながら、蚊の鳴くような声で「へえ」と返事をした。うまい具合に、ほかの子は二人に注意を払わなかった。

賊の忍び込んだ吉村の部屋で、吉村と泰七郎は子供からことのあらましを聞いた。

最初は半月ばかり前、双柏舎での稽古が終わって家へ帰ろうとした時に、道端に立っていた男が子供を呼び止めたのだという。

顔を向けた子供は、男の腰に差された風車に見とれた。羽根がきらきら光っている。

「どや、きれいやろ」

子供がうなずくと男は「やろか」と言った。

「ほんま？」

駆け寄った子供に男は風車を渡してくれた。息を吹きかけるとよく回って羽根の色合いが混ざり合うのが面白かった。

「代りにちょっと頼み聞いてくれるか」

「へえ」

男が子供の手を引いて、少し先に止めてあった荷車の陰に連れて行った。

「おっしょさん、お金どこに置いてはるか知ってるか」

子供は何を問われているのか分からず首を傾げた。

「小学校造るのに集めたお金、おっしょさんが預かってはるはずやねん」

「知らん」

子供が繰り返すと、男は苛立った顔になった。

「ほな、おっしょさんの部屋てどこや。稽古の中休みとかに行かはるようなとこ」

「それやったら稽古場の奥かな。わいらは入ったらあかんねん」

稽古場とその部屋、さらに玄関と稽古場の位置関係を詳しく訊き出したあとで、「稽古が二日続きで休みになるようなことあるか」とも男は訊ねてきた。

「時々ある」

「ほしたら、そういう時わしに教えてくれるか。わし毎日ここにおるさかいに」

そしてつけくわえた。

「わしと話したこと誰にも言いなや」

翌日から、子供が双柏舎を出てくるといつも男が待っていた。「休みにはなってへん」そう言えばすぐ帰ったが、ある日は新しい風車を持ってきて、ぼろぼろになりかかった前のと取り換えてくれた。風車を双柏舎の仲間が見つけて羨ましがったけれど、子供は約束を守り、男のことは話さなかった。

そして一昨日。

「明日、明後日休みや」

男は目を輝かせた。しかし他言無用を念押しするのも忘れなかった。

今日になってこんなことになるなんて。男とのやりとりを知っているとしか思えない吉村の話は子供を凍り付かせた。とても大事なことだから正直に、と吉村は言った。けれど約束もある。

なぜ男はあんな約束をさせたのだろう。人に知られるとまずいことだからではないか。怖くてたまらなくなった時、子供は泰七郎に声をかけられたのだった。

「あのおっちゃん、悪い人なん？」

それには答えず、泰七郎は「どこの誰か、知らんのか」と訊ねた。

「前には会うたことないおっちゃんやった」

人相、身なりを根掘り葉掘りしたが、泰七郎より若い、優男風というくらいしか分からなかった。番組中の大人はほぼ全員把握している泰七郎だがそれだけでは何ともできない。

あと一歩までたどり着いたのに、と落胆しかかった時、泰七郎は子供の風車に見覚えがある気がした。

風車にというより、その羽根の模様にである。表面を擦ると光る粉が指についてくる。雲母《きら》刷りを施した上等の紙でできているのだ。

「あ」

同じ紙が利助の家にあった。石薬師御門の騒動の後で話を聞きに行った時、仕事机の上に重ねて置かれているのを確かに目にした。

「わし、その男を知っとります」

吉村が身を乗り出す。泰七郎の話に興奮を隠さずうんうんとうなずく。

傍らでは子供が怯えていた。

「約束破ったら、あのおじちゃん、わいをどないしはるん？」

「どないにもさせへん」

泰七郎は子供の頭を撫でながら答えた。

「よう教えてくれた。ほんまおおきに」


駆けつけた利助の家は散らかっていた。床に茶碗がひっくり返っており、仕事道具も出しっぱなしだ。中に場違いな金鋸が交じっていた。一方、行李《こうり》は空っぽだった。そして本人の姿はどこにもなかった。

泰七郎はよしに訊ねて、明け方、木戸の開いたすぐ後に利助がどこかから帰ってきたことを掴んだ。このごろしょっちゅうらしく、長屋の者も気に留めなかったという。

「賭け事ですわ」

公家屋敷街のほうをよしはあごでしゃくってみせた。公家の中には収入の足しに屋敷を賭場として貸す者がいた。大半が東京に移った今もいくつか残っている。

「けど今日は珍しい、その後もすぐ荷物背負うてどっか行かはったな」

つぶやいたよしは、揃って現れた中年寄、添年寄の険しい表情を窺いながら「利助はんに何か？」と訊ねた。

「いや、何でもない」

言いつつ泰七郎は「利助はんの親兄弟、大原にいてはるんやったな」とよしに確かめた。

「そのはずでっけど」

利助がどこに逃げるにせよ、その前に大原に立ち寄る見込みは大きい。こちらは三刻以上の遅れだが、利助もこれほど早く追っ手がかかるとは思うまい。何と言っても、それ以上は運び出せなかったほどの金を担いでいる。休み休みしか進めないのではないか。

ただちに速足自慢が集められ、ことのあらましを伝えて送り出された。そして泰七郎も足回りを整えて後を追った。一緒に走るのは無理にしても、番組でじっと待っているなどとてもできなかった。

大原といえば古には平清盛の娘、建礼門院《けんれいもんいん》が平家滅亡後に隠棲した地である。今出川口橋を渡ったあとは、下鴨神社の脇から高野川に沿ってひたすら上流を目指す。やがて川筋が山合いに入ってゆく。坂道がきつくなるにつれて息は切れ、それが白く凍り付く。悪いことに冷たい雨が落ちてきた。いくらもしないうちに服はすっかり濡れ通った。

無駄足だったらどうしよう。不安も次第に募ってくる。利助が大原は危ないと考えたかもしれない。であれば、警固方に動いてもらうべきだったことになる。取り逃がした責めを番組が負わなければならない。

忘れるには足を動かすしかなかったが、疲れと冷えでだんだん持ち上がらなくなってきた。山は暗くなるのが早いのもあって、僅《わず》かな段差に何度も躓《つまづ》いた。一度は激しく転んだ。

八瀬《やせ》を過ぎてしばらくしたころ、あたりがすっかり闇に覆われた。泰七郎は持ってきた灯りを出そうと立ち止まった。するとかすかな、しかし規則正しく地面を蹴る音が聞こえた。前方に目を凝らすうち、小さな人影が浮かび上がり、みるみる近づいた。尻っぱしょりで走り続けてきたらしい。全身から湯気が上がっている。

向こうも泰七郎を認めたようだ。

「どうだ?」

「捕まえました!」

力が抜けて、泰七郎はへたり込んだ。男に抱き起されながら、大原の里にあと十数町というところで利助を見つけ、取り押さえたと報告を受けた。

「お連れしますわ」と言われたが、泰七郎は断った。男には少しでも早く、吉村にこのことを知らせてもらわなければならない。疲れは吹き飛んでいた。

夜道を急ぐこと半刻余り、行く手に火が見えた。大きな木の下で雨宿りしながら、男たちは火の周りに座って休息を取っていた。後ろ手に縛《いまし》められ足にも縄をかけられた利助が転がされている。泰七郎は追っ手をねぎらい、取り戻された金を確かめてから、利助の傍にしゃがんだ。髪と着物から冷たい滴がぽたぽた落ちた。

「何もしゃべりよらへんのですわ」

追っ手の一人が言った。

「申し開きせえへんのか」

泰七郎が訊ねても、利助はなおしばらく無言だったが、やがて「斬られるんやな」とつぶやいた。

「十両からの盗みは死罪や。そやろ？」

「ああ」

頭を持ち上げ、泰七郎を睨みつけた利助が喚き出す。

「好きにしたらええ。はよ連れて帰って役人に差し出したれや。どうせとうの昔から死んでたようなもんや」

泰七郎はじっと利助を見返して「金は使うてへんのやな」と言った。

「そんな暇あるかい」

「ほな、何もなかったことにできる」

「何やと？」

泰七郎は立ち上がった。

「言うた通りや。あんたは借金取りが怖うて逃げた。それだけや」

「ふざけんといてくれ」

利助は狼狽し、身を捩《よじ》らせた。

「恩かけとるつもりか。騒ぎにしとないからやろ」

「ちゃうとは言わん。けど利助はんにも悪い話やないやろ。お互い得しよう」

「生きとったかてわしなんかどないもならん。花札の借金十三両あんねんで」

「稼いで返したらええやないか」

「稼ぐ？　もうひと月も新しい仕事入ってへんのや。きれいな紙なんか、今は子供をたぶらかすくらいにしか使えへん」

「あんたの腕の使い道はまだあるはずや。時代に合うたもんを考えるんや」

「阿呆らし」

利助は不貞腐《ふて》れたようにまた黙り込んだ。

「ほどいたってんか」

泰七郎に言われて、追っ手の男たちも驚いたようだった。

「なんぼなんでも、一回は連れて帰らんとまずいことないですか」

「ええんや」

「まあ、添年寄が言わはるんやったら」

ためらいながら従った男たちに、泰七郎は「みな、御苦労さんどした。ほな帰ろ」と声をかけた。

「利助はんもいつか戻ってきたらええ。待ってるで」

少し歩き出してから振り返ると、利助は焚火に背を向けてうずくまっていた。その後ろに黒い山々が恐ろしげに聳《そび》え立つ。

呑み込まれんようにな。

泰七郎はそう祈った。

二十八

ついに六十四校目、最後の一つとなる上京二十八、二十九番組共立校が開校式を迎えた。

ただその十二月二十二日、槇村正直は他のことで気もそぞろだった。九月の大村益次郎襲撃事件が処理の大詰めで思わぬごたごたに見舞われたのである。

重傷を負った大村は大阪へ送られてオランダ人医師ボードウィンの手当てを受けたが、二カ月後力尽きた。捕らえられ、京都で拘束されていた六人の襲撃犯は死罪の上さらし首と決まった。

ところが処刑日に予定されていた一昨日、弾正台《だんじょうだい》京都支庁の長たる大忠《だいちゅう》の職にあった海江田信義《かいえだのぶよし》が、処刑をいったん中止するよう申し入れてきた。弾正台に連絡がなかったというのが理由だった。長谷信篤知事、松田道之《まつだみちゆき》大参事らは言われるまま、粟田口《あわたぐち》の処刑場に向かっていた犯人らを獄舎に戻した。

弾正台に刑の中止を指示する権限はない。薩摩出身で大村を含む長州関係者とそりが合わなかった海江田の嫌がらせとみた槇村は、長谷らの判断に噛みついた。

結局府として、弾正台側の越権を指摘する書面を太政官に提出することになったものの、槇村は微妙な立場に置かれてしまった。自分は絶対に正しいし、木戸準一郎がかばってくれるのも間違いない。滅多なことにはなるまいが、長谷や松田は、槇村が一人いい格好をしたと思っているはずだ。

その長谷、松田と並んで槇村は、共立校の講堂に列座していた。心のどかというわけにはいかない。

せっかくの晴れの日に――。

手放しで喜べる気分ならよかったが、致し方なかった。

着慣れた直垂の袖に目を落とす。新調した時は、すべての事が成る日まで想像して心を浮き立たせた。こんなものかと今は少し拍子の抜けた感じがする。

共立校の建物は新築だが、建坪にすれば五十坪を少し超す程度の平屋建てである。標準よりやや広いとはいえ、番組二つ分には物足りない。

開校が最後になるくらい懐に余裕がない地域なのだから、よくやったほうなのかもしれない。完成しただけでも喜んでおくべきだろう。何より、京都市中に小学校を行き渡らせる構想が、明治二年のうちに完成したのは大きい。

そう考えれば、わしはやはり大したことを成し遂げたんじゃろうな。

ようやく槇村は顔をほころばせた。

式が始まった。次第はこれまであちこちでやってきたのと同じ決まりきったもので、まずは長谷が、学問の神たる孔子《こうし》、菅公《かんこう》*を描いた掛け軸の前で開学を宣言し祝詞を述べた。

続いて創立に功のあった町人たちが表彰される。これは槇村の担当である。

*菅原道真のこと

筆頭は二十八番組の中年寄、吉村佳作だ。寺子屋の師匠らしい。大店のない地域ならではだろうか。小学校に最後まで反対していたことも関係あるかもしれない。だとしても結局は小学校の首座教員に横滑りできたのだから丸く納まったわけだ。

共立の構想はおそらく、二十九番組の中年寄である前田喜左衛門から出たのだろうと槇村は推測していた。茫洋《ぼうよう》として見えるがやり手に違いない。

次が二十八番組の添年寄、横谷泰七郎という男だった。寺子屋の師匠も珍しいけれど、豆腐屋というような小さな商売の者が添年寄を務めるのはほかに憶えがない。それでも、二人の中年寄らと並び、最も多額な二十五両の寄付者に名を連ねている。相当な無理をしたか。

すでに一年以上前になる惣呼び出しでその男が役人に食い下がっていたことなど、槇村はすっかり忘れていた。四十がらみ、中肉中背で容貌もありふれた男を、まさに豆腐のようだと思った。豆腐にはこれといった味はない。薬味を載せて醤油をかけねば飯の菜にもならない。

一歩進み出た男が深々と礼をした。再び前を向いたその目が、槇村の目と合った一瞬ぎらりと光って、槇村は思わず身体を固くした。

我に返った時、横谷はもう元の場所に戻って、穏やかな視線を菅公の軸のあたりに向けていた。肩に乗った裃の張りが弱くなっており、形が崩れないか心配になるほどだ。

ただの豆腐屋だ。今のは光の具合か何かだ。

気を取り直して槇村は次の名前を読み上げた。番組からの希望で寄付額が一両に満たないものまで紹介することになっていたので、その数はべらぼうに多かった。もう少し絞らせられたろうに。あとで部下に注意しておかなければと槇村は考えた。

玄関で府のお偉方を見送った泰七郎は、振り返って小学校を仰いだ。時節柄、外に出ると正午に近い今もひりつくような寒さだが、今の泰七郎はそれも忘れていた。乾いた陽射しの中、小学校は質素な造りながらがっしりと地を踏みしめていた。削られたばかりの木の香りが漂ってくる。

「やっとこさ終わりましたな」

二十九番組の添年寄が伸びをしながら近づいてきた。

「暮の忙しい時にあれやらこれやらえらい騒ぎやった。明日から急いで正月の準備や」

「終わりやあらしませんで。始まりでっせ」

泰七郎は言った。

「そうでしたな」

相手も慌てて顔を引き締めた。

「年明けたらすぐに稽古初めがあるし、御下渡し金のうちの四百両はこれから返していかなあかんのやしな」

それらもまた、始まりの始まりに過ぎなかった。人の気持ちを変えるには長い時間がかかる。おそらく自分の生涯をかけて取り組まなければならないだろうと泰七郎は思った。

「今日、子供らも来させとおしたなあ」

離れていった添年寄に代って、いつの間にか前田が隣に立っていた。

「それがほんまなんやろな」

吉村も近づいてきて言う。

「やりがいがある、思うときます」

泰七郎が答えて、三人はうなずき合った。

とにかく礎《いしずえ》は出来た。槇村は槇村の仕事をしたのだ。熊谷直孝についても同じことが言えるだろう。自分たちは、利用できるものを利用してやるだけだ。

大きな絵を描く者がいなくては何も始まらない。しかしそれを丁寧に、地道に形にしていく者も劣らず大切だ。京にはこれまでそういう人々がたくさんいたし、これからもたくさん必要だ。

子供たちは徳識を備えた大人に育つだろうか。商売を盛んにし、それぞれに立派な家族を持つだろうか。風俗を美しくして、京を天下に誇れる街たらしめ続けてくれるだろうか。

自分たちにかかっている。

午後から講堂のしつらえを少し変えて行われた宴会は早々に切り上げて、泰七郎は三文字屋に帰ってきた。これからが本番だと啖呵を切った手前少し面目なかったが、やはりどっと疲れが出てしまったのである。

「早おしたな。今日は盛大にやらはるんやろうと思てましたのに」

たかに意外そうな顔をされて泰七郎は苦笑した。

「学校、いつから？」

土間に出てきたすみが訊いた。

「来年の十五日や」

稽古初めの日を泰七郎は教えた。府の定めた小学校規則で十二月二十日の稽古終わりと共に定められているので、開校式からしばらく稽古ができないがしょうがない。

「はよ行きたいなあ」

「行ったらよう勉強せなあかんで」

「うん」

「おさきちゃんに、いろんな本読んで聞かせたげられるようにな」

「うん」

すみには、学校でまごつくことのないよう、今から読み書きのさわりを稽古させている。師匠役は音八だ。音八も、人に教えると自分はどこが分からなかったのかがよく分かると喜んでいる。

盛栄堂はすでに閉まっていた。空家の札が建物に貼ってあったが、買い手は見つかっただろうか。石崎宗林は大阪でどうしているだろう。

音八と長助は、小学校がどんなところか、ちょっと心配なようでもある。

「怖い師匠がいるぞ」と泰七郎は冗談まじりで脅かしている。実際、吉村は厳しい時には厳しそうだ。しかし小野政敏との組み合わせはよその小学校に決してひけを取らないだろう。今日の開校式でも教員の試験があったが、形式的なものとしても小野の受け答えは見事だった。

「清ちゃんとか金ちゃんは行かはらへんの？」

すみが今度はたかに訊ねている。

「今は小さすぎるな」

「大きいなったら行かはんの？」

たかが困ったように泰七郎を見る。

「行ってはもらいたいけどな。二人のおとん、おかんが決めはることや」

そう言ってから泰七郎は付け加えた。

「もし行かはらへんかったら、すみが教えたげ」

すみは嬉しそうに大きくうなずいた。そのまま土間に降りて草履をつっかける。

「どこ行くんや」

「教えたげに行ってくる」

言うが早いか表に飛び出した。戸も開けっ放しだ。

「まだ自分も習うてへんのに」

音八が呆れたようにつぶやき、居合わせたみんなが笑った。泰七郎も笑った。理由はよく分からないけれど、きっと小学校は大丈夫だという気分になっていた。

槇村正直は翌明治三年六月、正六位に叙せられ、四年京都府大参事になる。六年、京都の豪商小野組が東京に本店を移したいと願い出たのを拒んで訴えられ、一時逮捕されたりもしたが、八年、京都府権知事に昇進した。九年には従五位を受け、十年、京都府知事に着任して四年間務めた。

三年に設立した京都舎密局は、ドイツ人ワグネルの指導下、石鹸や炭酸水、ビールなどを作った。鉄工場は六年、製紙場は九年に開業させた。西陣織の近代産業化を進め、職工のフランス派遣も実現した。彼らが持ち帰ったジャカード織機は製品の質と生産効率を飛躍的に向上させた。

槇村が特に力を入れたのが博覧会だった。西欧でやっているというものを、小学校同様府と町人たちが協力し、初めて日本に導入した。四年の試験的な実施に続いて、翌年からは京都博覧会と銘打って毎年開催するようになる。国内外の文物を集めた会場には、外国人を含め万単位の客が押し寄せる活況を見せた。

一方で、盆の行事は文明の進歩を阻害するとして大文字の送り火を止めさせ、府民の不興を買った。知事時代には、発足したばかりの府会をないがしろにして、かつては昵懇《じっこん》の仲だった府会議長、山本覚馬《やまもとかくま》と激しく対立した。その山本の妹である八重《やえ》の嫁ぎ先、新島襄《にいじまじょう》が設立した同志社英学校にも、槇村はキリスト教への警戒感を露わにしてことあるごとに嫌がらせをした。

◇◇◇

ただ、学校というものについて言えば、槇村は自分が作ったつもりでいる小学校に、ずっと愛着を抱き続けた。折に触れては各地の小学校を訪れて、子供たちの知識を試すような質問をした。もちろん勉強のよくできる子供が好きだったが、ある女生徒に「お前のその髷《まげ》は何のためにあるか」と質問したら「ほな、知事さんのそのお髭《ひげ》は何のためなんどす」とやり返されたこともあった。

槇村にとって最も嬉しかったのは、京都に小学校群が出現した三年後になる五年、福沢諭吉が視察に訪れ、激賞してくれたことだろう。

京都の小学校計画は、槇村の先任者というべき広沢兵助と町人たちが福沢の「西洋事情」を学ぶところから始まった。その福沢が「民間に学校を設けて人民を教育せんとするは余輩積年の宿志なりしに、今京都に来りはじめて其実際を見るを得たるは。其悦《よろこび》、恰《あたか》も故郷に帰りて知己朋友に逢ふが如し。大凡《おおよそ》世界の人、この学校を見て感ぜざるものは報国の心なき人といふべきなり」と、視察後「京都学校の記」に書いた。

福沢は京都博覧会の見物も兼ねてやってきた。博覧会も福沢が「西洋事情」で紹介したものだ。槇村は福沢のかなり出来のいい弟子だった。

福沢に少し遅れて、明治天皇も久々に京都を訪れ、博覧会と小学校を見た。槇村には生涯最高の瞬間の一つだった。この年、京都を後追いをする形で政府は学校制度を整える。

もっとも京都でも、小学校ができた当初の就学率は二割程度にとどまった。「学校なんぞできても、喜んでるやつなんかだれもおらん」。そんなつぶやきは、少なくない府民の本音だった。

しかし変化も早かった。学校の存在に慣れた人々は、次第にそれを地域の誇りと感じるようになった。町人に加え、京都に残った公家や武家の子弟も学校へ通いだした。最初に造った建物は手狭になり、数年で早くも改築、移転が相次いだ。改めて多額の費用が必要になったが、人々は喜んで金を出し、新しい学校ができると地域を挙げて盛大に祝った。この時、多くの小学校には望火楼が付設され、火事の被害を少なくするのに貢献した。

明治十年には、就学率がおおよそ五割に達した。家持の子供はもちろん、全府民の八割に当たる裏長屋の子供も、学校へ行くのが特別なことではなくなった。その後も就学率は伸び続け、ついに小学校の義務教育化に至る。

上京二十八、二十九番組共立校も明治五年、最初の場所から数町下がったところにあった勧修《かじゅう》寺宮里坊《じのみやさとぼう》を買い取って移転するとともに、当時の町名から梨樹《なしのき》小学校と改称した。すぐそばに住んでいた三条実美の雅号は梨堂《りどう》である。屋敷跡は後に実美とその父実萬を祀る梨木《なしのき》神社になった。

明治十六年、面している寺町通の別称にちなんで京極小学校に再度名前を変える。

このころ、学校と隣り合う旧公家屋敷街は、御所を取り囲む公園「御苑《ぎょえん》」として整備された。石薬師御門は、学校の真裏に移され、御苑の入口の一つになった。

さらに四半世紀の時が流れた大正二年、京都市京極尋常小学校の入学式に臨む新一年生の中に、小川秀樹《おがわひでき》というひょろりとした色白の子供がいた。

小川の父は地質学者で、小川が一歳の時京都帝国大学の教授になって東京から一家で移ってきた。寺町今出川の角近くに住むことになったのは、貸家になった旧公家屋敷がたくさんあったからだった。同志社も薩摩藩邸跡地に移転していたため、あたりは学者町とも呼ばれた。しかし小川が後に物理学者湯川《ゆかわ》秀樹として、日本人で最初のノーベル賞を受けるなど、同級生たちも教師らも夢にも思わなかった。

小川の卒業と前後して着任した校長、岩内誠一《いわうちせいいち》は、京極小学校にそれまでなかった校歌を定めようと思いたち、自ら詞を書いた。

常盤《ときわ》の緑茂り合う
御苑に近き学び舎《や》に
宮居《みやい》の甍《いらか》仰ぎつつ
日毎《ごと》に辿る人の道

その五十年前、宮居より帝が去られることに抗議する人々が石薬師御門に集った騒動を、岩内が知っていたかどうか定かでない。

格好の遊び場となった御苑では、今も子供たちが楽し気に駆けまわっている。

（終）

あとがき

番組小学校の誕生をテーマにした小説を書けないかと考えついたのは、二〇一七年の秋ごろだった気がします。

翌年が「明治百五十年」だったわけですが、明治モノにそれから手をつけても、間に合うように仕上げられるかはなはだ心許なく思われました。そうだ、番組小学校なら「百五十年」までもう一年の猶予ができる。自分も卒業生の一人だし――というくらいの、不純で、何とかなったら儲けもの的な動機に過ぎなかったのです。

それが使命感のようなものに変わったのは、母校・京都市立京極小学校のルーツである上京二十八、二十九番組共立小学校が、六十四校の最後の一校として、明治二年も押し詰まってから滑り込むごとく開校したと知った時でした。十二月二十二日が創立記念日なのは子供のころから分かっていましたが、日付の意味など一度も考えませんでした。

行政が地域住民に出させた金で番組小学校が生まれたことも、恥ずかしながら初めて知りました。であるならば、二つの番組の共立という特殊な形態も、開校にこぎつけるまでの困難の大きさを表しているのではないかと感じました。

旧柳池小学校が「日本初の小学校」であることは全国的にも有名です。先見の明があり、かつ時代を切り開く力を備えた「偉人」たちの輝かしい業績に違いありません。しかし同じく歴史の激動期を生きた人々の、荒波の中でもがきつつ進むべき道を模索する営みも劣らず尊いはずです。

残念ながら、共立小学校の開校過程にまつわる資料は、私の力不足でほとんど見つけられませんでした。三文字屋の泰七郎、たか夫婦を中心とする出町地域の人々と彼らのエピソードは想像の産物です。ストーリーを作るに当たってはエンターテインメント小説の技法もいろいろ取り入れましたが、当時の町人たちが、小学校設立という降ってわいた難題をどう受け止め、どんな行動をとったか、私なりに考え抜いたつもりです。

この小説を書くことで、毎日のように御苑で遊んだ幼い日々の思い出から、学校というものの存在、制度の本質に至るまでが、今までと違ったふうに見えてきました。そして、自分も歴史の中を生きているのだと改めて実感しました。

浜松学院大学短期大学部の和崎光太郎氏（京都市学校博物館顧問）をはじめ、同志社大学の小林丈広氏、京都市歴史資料館の秋元せき氏らに、番組小学校と当時の京都の状況についてさまざまなことを教わりました。上御霊神社の神事を伝える活動をしておられる（現在、御霊祭は五月十八日に行われます）、今出川口京極神輿会のみなさんほかからも多大なご協力をいただいています。深く感謝いたします。

二〇一九年五月　荒木源

荒木　源（あらき・げん）
一九六四年京都市生まれ。番組小学校を発祥とする京極小学校卒。東京大学文学部仏文科卒業後、朝日新聞社会部記者を経て、二〇〇三年に『骨ん中』で作家デビュー。『ちょんまげぷりん』『オケ老人！』『探検隊の栄光』（小学館刊）が映画化され、話題に。ほか『けいどろ』『大脱走』などの著書がある。

カバーイラスト　數間幸二（カズマキカク）

「御苑に近き学び舎に」

発行日　二〇一九年五月三十一日　初版発行
著　者　荒木　源
発行者　前畑　知之
発行所　京都新聞出版センター
〒六〇四—八五七八　京都市中京区烏丸通夷川上ル
ＴＥＬ〇七五—二四一—六一九二
ＦＡＸ〇七五—二二二—一九五六
http://www.kyoto-pd.co.jp/book/

印刷・製本　株式会社京都新聞印刷

＊定価はカバーに表示してあります。
＊乱丁、落丁の場合は、お取替えいたします。

ISBN978-4-7638-0715-1　C0093
Printed in Japan